DUNKLER PRINZ

SHADOW CITY: DUNKLER ENGEL

JEN L. GREY

KAPITEL EINS

DIE WELT DREHTE sich um mich, als ich mich meinen Verfolgern zuwandte – Munkar, Phul und Ishim, die drei Engel, die geholfen hatten, mich einzufangen. Meine Nackenhaare stellten sich auf, als ich Mutter, Vater und Azbogah hinter mir spürte.

Die Kopfverletzung, die ich mir bei dem Versuch zugezogen hatte, mit den drei Artefakten in der Hand aus Shadow City zu fliehen, hatte sich nur geringfügig erholt. Und jetzt, da ich Ingram einen Kopfstoß verpasst hatte, um mich aus seiner Umklammerung zu befreien, war an Heilung vorerst nicht zu denken.

Ich hielt die Artefakte, die ich im gläsernen Bettrahmen meiner Eltern gefunden hatte, fest. Die Energie, die noch vor wenigen Augenblicken in meiner Handfläche pulsiert hatte, war verschwunden. Das war seltsam, zumal die Engel, die meine Flucht verhindert hatten, erwähnt hatten, dass sie die Energie spüren konnten, die von den Gegenständen – einem Rubin, der in ein dickes Goldband eingefasst war, einem Totenkopfring und einem zweiten Rubin – ausging.

Ich wandte mich Ingram zu, aber plötzlich konnte ich nicht mehr zwischen oben und unten unterscheiden. Galle brannte in meiner Kehle. Sogar das riesige gläserne Engelsgebäude verschwamm.

Blut strömte aus Ingrams Nase. Er berührte sein Gesicht und seine moosgrünen Augen verdunkelten sich. »War das klug? Du kannst dich kaum in der Luft halten.« Seine Wut war fast greifbar und er verringerte den Abstand zwischen uns. In meinem verwirrten Zustand konnte ich nur erkennen, wie er seine bräunlichen Federn auf ihre stachelige Seite klappte – die Seite, mit der ich üblicherweise Dämonen enthauptete oder verhinderte, dass mich Kugeln und Schwerter trafen.

Er hatte vor, mich zu verletzen. Ich hatte sein Ego einmal zu oft angekratzt.

Phul hob sein Schwert und Ishim und Munkar trieben näher an Ingram heran. Munkar fuhr mit der Hand durch sein dunkles Haar. »Ingram, sie ist verletzt. Es ist nicht nur an dir, die Entscheidung zu treffen, ihre Verletzungen auszunutzen. Insofern sie sich nicht zur Wehr setzt, natürlich.«

Nicht *nur*.

Das Wort war fast schon lächerlich.

»Ist schon gut«, sagte ich leise stöhnend. Ich hatte mich noch nie erbrochen, aber es gab für alles ein erstes Mal. Das lernte ich gerade. »Mit ihm kann ich es noch lange aufnehmen.«

Oder bei dem Versuch sterben.

Er musste erkennen, dass er mit seiner Bemerkung, der letzte Mann zu sein, der mich jemals berühren würde, eine Grenze überschritten hatte – eine Grenze, die er immer wieder zu überschreiten versucht hatte, seit ich unsere sexuelle Beziehung beendet hatte.

Unterdurchschnittlich war ein Kompliment für seine Leistung im Bett.

Nur Levi hatte noch das Recht, solche Anspielungen zu machen. Mein vorbestimmter Partner hätte nicht toleriert, dass Ingram mich berührte, aber er war in der Hölle, um das Dämonenschwert zurückzuholen, das er dorthin gebracht hatte. *Und*, um Eliza zu retten, die Hexe, die meine Freunde Ronnie und Annie aufgezogen hatte. Die Prinzen der Hölle benötigten sowohl das Dämonenschwert als auch Eliza, um unentdeckt aus der Hölle zu entkommen, damit sie gegen die Engel Krieg führen konnten. Aber wenn Levi zurückkehrte, würde jeder hier höllisch bezahlen müssen.

Der Wind wehte durch mein Haar. Ich bewegte mich also, aber ich war mir nicht sicher, ob es aufwärts- oder abwärtsging. So musste es sich anfühlen, wenn man in eine starke Strömung geriet. Ich hatte Geschichten über Todesfälle gelesen, bei denen die Betroffenen versucht hatten, nach oben zu schwimmen, um das Wasser zu durchbrechen. Aber ihr Gleichgewichtssinn war durcheinander gewesen – genau wie meiner jetzt –, und sie waren immer tiefer ins Wasser geschwommen und ertrunken.

»Halt dich zurück, Ingram!«, rief Azbogah von hinten.

Eine Hand berührte meinen rechten Arm, und etwas Vertrautes knisterte zwischen uns. Der Geruch von Geißblatt erfüllte meine Nase.

Azbogah.

Er hatte mich noch nie auf diese Weise berührt. Er hatte mich nach der Explosion in der *Höhle der Elitewölfe* geheilt, aber das hatte sich anders angefühlt. Das Gefühl, das jetzt zwischen uns flimmerte, musste ein Streich meines Verstands sein. Es war, als teilten unsere Kräfte eine Essenz ... was unmöglich war.

Mein erster Impuls war, mich zurückzuziehen, aber er war alles, was mich aufrecht hielt.

»Lass sie los, Azbogah!«, sagte Mutter barsch.

Er gluckste grimmig, während sein Griff fester wurde. »Damit sie fällt und sich verletzt?«

»Als würde dich das interessieren«, erwiderte sie, und ihr Lotusduft wurde intensiver, je näher sie kam.

»Das tut es«, sagte er, hielt dann inne und räusperte sich. »Sie ist bereits verwundet. Mir wäre es lieber, wenn sich ihr Zustand nicht noch verschlechtert. Wir brauchen Antworten – und auf die werden wir warten müssen, bis es ihr besser geht.«

Alle Engel hatten die Fähigkeit, zu heilen, aber einen anderen Engel zu heilen, war verpönt, weil der Prozess die magischen Kräfte kombinierte. Ich hatte meine Freunde schon oft genug geheilt, aber keiner von ihnen war ein Engel.

Seine Erklärung beruhigte mich etwas. Er half mir nicht, weil er sich um mich sorgte, sondern vielmehr, um schneller an mein Wissen zu kommen. *Das* konnte ich akzeptieren, auch wenn mir der Verrat meiner Eltern, insbesondere Yelahiahs, das Herz gebrochen hatte.

Ich verstand, dass die Situation aussichtslos wirkte, aber sie hatte so schnell über mich geurteilt. Ihr Misstrauen war wohl auf meine Entscheidung zurückzuführen, mich mit Levi – einem Dämon – zu verbinden. Aber was ich heute getan hatte, war für *sie* gewesen.

Ingram erschien neben mir – und ich schaffte es, meinen Blick auf ihn zu fokussieren. Meine Sehkraft verbesserte sich, meine natürliche Heilung setzte ein. Sein Gesicht war unbeweglich genug, dass ich seine Züge erkennen konnte. Seine Nase blutete nicht mehr, er heilte also auch. Auf seinem weißen Baumwollshirt und der beigefarbenen Hose waren dunkle karmesinrote Flecken zu sehen. Immerhin hatte ich ihn mit meiner Kopfnuss anständig verletzt. Sein ingwerblondes Haar war zerzaust von unserem Gerangel. »Ich kann die Artefakte zurück ins Gebäude bringen«, meinte er.

Azbogah bohrte seine Finger in meine Haut und erwiderte: »Auf keinen Fall. Ich werde sie dort abliefern, nachdem ich Rosemary in ihre Gefängniszelle gebracht habe.«

Mutter schwebte vor mir, ihre dunklen Schwingen verdeckten Ingram. Ihre vollen blutroten Lippen waren geschürzt, während sie mich mit ihren waldgrünen Augen musterte. Sie schnalzte mit der Zunge, und selbst im Mondlicht funkelte ihr bernsteinfarbenes Haar. »Ich bringe sie zum Gefängnis, und du kannst gemeinsam mit Pahaliah die Artefakte abliefern.«

Sie wollte mit mir allein sprechen und sicherstellen, dass die Artefakte das Artefaktgebäude auch tatsächlich erreichten.

Sie legte eine Hand auf meinen Arm, aber ich wäre lieber gestorben, als mich von ihr berühren zu lassen. Ihr Blick und ihre Worte, nachdem sie die Artefakte in meiner Handfläche gesehen hatte, waren sehr kränkend gewesen.

Sie hegte keinen Zweifel an meiner Schuld und ihr Urteil war bereits gebildet.

Genau das hatte sie in Bezug auf Azbogah immer kritisiert.

Sie war einst der Engel der Gerechtigkeit gewesen, aber sie hatte nicht einmal bei ihrer eigenen Tochter nach der Wahrheit gesucht.

Die Ironie schmerzte und ein ungläubiges Glucksen bildete sich in meiner Brust. Wie oft hatte ich Sterbliche für seltsam gehalten, weil sie in schrecklichen Momenten und in weniger als idealen Situationen lachten? Und hier war ich nun, schlug mit den Flügeln und tat wieder einmal das, was ich einst bemängelt hatte.

Meine Magie klimperte gegen Azbogahs ... so vertraut. So seltsam.

Doch Mutters Verrat beherrschte meine Gedanken.

Meine Freunde hätten mich nie beschuldigt, diese Artefakte gestohlen zu haben; sie *wussten*, wie wichtig mir Wahrheit und Gerechtigkeit waren. *Das* war Familienloyalität.

Zugegeben, ich war genauso voreingenommen wie Mutter gewesen, bevor Levi mich auf diesen Makel aufmerksam gemacht hatte.

Die Welt drehte sich immer noch, aber langsamer. Ich würde allein fliegen können, solange ich mich nicht zu schnell bewegte.

»Ich bin okay.« Ich löste meine Arme sowohl aus Azbogahs als auch aus Mutters Griff.

»Yelahiah, glaubst du wirklich, ich würde zulassen, dass du deine eigene *Tochter* ins Gefängnis bringst?« Azbogahs wintergraue Augen verengten sich und er wirkte noch strenger. Wie immer trug er einen schwarzen Anzug, dessen Farbton zu seinen nachtschwarzen Flügeln passte.

Wieder einmal kämpften sie um die Vorherrschaft; jeder wollte den anderen übertrumpfen. Nachdem ich ein Jahrtausend lang ihre Auseinandersetzungen beobachtet hatte, war ich es leid. Ich war mir nicht sicher, wie Vater damit umging, dass sie Ex-Geliebte waren, und er hatte ihre ständigen Kämpfe länger mitansehen müssen als ich.

Das war wohl ein Vorteil der eindimensionalen emotionalen Kapazität. Dinge, die andere übernatürliche Rassen störten, blieben uns verschlossen.

»Warum bringt ihr die Artefakte nicht zu dritt zurück

ins Gebäude?« Ich zwang mich, mich aufzurichten, obwohl mir übel war und mein Magen rumorte.

Ingram lachte. »Wirklich? Glaubst du, wir trauen *dir* zu, dass du dich selbst ins Gefängnis bringst?«

Warum hatte ich den Schuft nicht umgebracht? Er war furchtbar. Ich hatte wohl früher darüber hinwegsehen können, weil es mich nicht wirklich interessiert hatte. Er war ein Mittel der sexuellen Befriedigung gewesen. Jetzt erfüllte ein saurer Geschmack meinen Mund, wenn ich nur daran dachte.

Ich wünschte, ich könnte es ungeschehen machen.

Es war das seltsamste Gefühl, das ich je erlebt hatte, und ich konnte es nur als eines bezeichnen: Bedauern.

»Nein«, zischte ich. Der Drang, seine Hoden zu entfernen, nahm zu. Es sollte ihm nicht erlaubt sein, sich fortzupflanzen. Das wäre eine Beleidigung für die Rasse der Engel und die Gesellschaft als Ganzes. »Das habe ich nicht gesagt.«

Vater hustete und mir wurde warm ums Herz.

Das hatte er bereits getan, als ich noch ein junger Engel gewesen war, um mich vor irrationalem Verhalten zu warnen.

Irrationalem Verhalten?

Das war unmöglich. Nicht bei unserem Mangel an Gefühlen.

Eine Erinnerung, die ich vergessen hatte, die aber für die Situation essenziell war, stupste mich an.

»Ich stimme Rosemary zu«, sagte Vater, während er sich neben meine Mutter schob, wobei seine weißen Flügel im Mondlicht silbern schimmerten. Der Wind zerzauste sein karamellgoldenes Haar, während seine himmelblauen Augen mich unverwandt anblickten. »Munkar, Phul und Ishim können sie ins Gefängnis begleiten.« Er zuckte zusammen, atmete aber tief durch, um seine Fassung wiederzuerlangen.

Ich fröstelte. Ich wusste, dass mein Vater mich nicht aus dieser Situation herausholen konnte, aber ich hatte mir etwas ... mehr erhofft. Aber ich würde mich an die Tatsache klammern, dass er Ingram aus beiden Szenarien hinausmanövriert hatte.

»In Ordnung.« Azbogah nickte. »Wenn die drei Krieger einverstanden sind und Zeit haben, sich damit zu befassen.«

Wenn sie dachten, ich hätte nicht gemerkt, dass ich umzingelt war, hielten sie mich eindeutig für inkompetent. »Ich werde nicht versuchen, zu entkommen. Ihr wisst alle, dass ich die Artefakte habe. Außerdem bin ich verletzt. Es wäre dumm von mir, es überhaupt zu versuchen.«

»Das sagt jemand, der eine Flucht in Erwägung zieht.« Ingram schnaubte und flog näher an mich heran.

»Du Schwachkopf.« Munkar rollte mit den Augen und schwebte auf das gläserne Apartmentgebäude zu. »Sie haben sie umzingelt, um zu verhindern, dass sie flieht. Deshalb hat sie es gesagt. Da sie sich ungewöhnlich schnell erholt, werde ich ein paar Engelsfesseln holen.«

Seine Worte erreichten mich. Ich heilte viel schneller als sonst. Und der einzige Unterschied zwischen jetzt und zuvor war, dass Levi und ich unsere Bindung gefestigt hatten.

Ich blinzelte und stellte zufrieden fest, dass sich die Welt wieder langsamer bewegte. Bald würde ich wieder ich selbst sein. Munkar war derjenige, der mir beigebracht hatte, auf Details zu achten, also war er natürlich derjenige, der meine Genesungsgeschwindigkeit wahrgenommen hatte.

Phul und Ishim kamen näher und schlossen den

größeren Bereich, den ich als Fluchtweg hätte nutzen können.

Ein weiterer Beweis dafür, wie schlecht diese Engel mich kannten. Ich würde nie versuchen, zu fliehen. Sie hatten mich gefasst, und ich musste daran glauben, dass die Wahrheit mich befreien würde ... irgendwann.

»Gib mir die Artefakte!« Mutter streckte ihre Hand aus.

Azbogah ergriff meinen Arm, und sagte: »Nein, gib sie mir! Ich glaube noch immer nicht, dass *du* diejenige bist, die sie genommen hat.«

Oh, darauf würde ich *wetten*. Hätte ich an Glücksspiel geglaubt, hätte ich meine Freiheit darauf verwettet, dass er diese ganze Situation inszeniert hatte. »Ich werde sie Vater geben.« Von allen Optionen, die ich derzeit hatte, war er mir die liebste.

»Gut.« Azbogahs Nasenflügel flatterten, als er seinen Griff löste. »Gib sie Pahaliah.«

Ich verschwendete keine Zeit und reichte Vater die Gegenstände. Als er sie betrachtete, runzelte er die Stirn. »Yelahiah, das ist *dein* Ring.«

Ihr Ring? »Der Feuerstein der Gerechtigkeit?« Hatte sich die Magie darin deshalb nicht seltsam angefühlt? Mutter hatte mir von ihrem Schwert und ihrem Ring erzählt und erklärt, dass die Kombination tödlich war, weil sie der Wahrheit und dem Licht in der Welt diente.

»Wirklich?«, flüsterte Yelahiah und griff danach, um ihn ihm zu entreißen.

Azbogah schlug ihre Hand weg. »Nein. Erinnerst du dich? Du hast zugestimmt, ihn auszuhändigen, damit sich die anderen übernatürlichen Rassen in unserer Gegenwart wohlfühlen. Wenn du ihn an dich nimmst, erklärst du den Vertrag für ungültig und gibst deinen Sitz im Rat auf.«

Und hier war er – sein Plan. »Nun, *sie* hat ihn nicht genommen. Das war ich«, sagte ich.

Azbogahs Iriden verdunkelten sich und nahmen dabei die kohlegraue Farbe meiner Flügel an. »Dir ist schon klar, was du da gestehst.«

Es war eine Falle, doch ich hatte keine andere Wahl, als direkt hineinzulaufen. Es war eine Entscheidung zwischen Mutter und mir, und sie war das Ratsmitglied, das er als Bedrohung betrachtete. Obwohl sie mich verletzt hatte, ging es hier nicht um Gefühle oder Vergeltung. Die Aufrechterhaltung des Gleichgewichts innerhalb der Engelsrasse stand im Vordergrund. Wenn meine Eltern verdorben erschienen, dann würden alle Azbogah folgen. »Ach, was denn?«

»Wenn jemand, der mit der Magie der Gerechtigkeit verbunden ist, den Ring für eine vermeintlich gerechte Sache einsetzt, kann er Flammen erzeugen.« Er ließ die Anspielung in der Luft hängen. »Und wenn man bedenkt, wie dieser Ring an deiner Magie haftet, ist es klar, dass du dir diese Macht zunutze machst.«

Mit dem Ring also wollte er Mutter das Feuer in der *Höhle der Elitewölfe* in die Schuhe schieben.

Und deshalb hatte ich die Stärke der Macht nicht gespürt, als ich ihn in die Hand genommen hatte. Sie hatte sich mit meiner eigenen Kraft vermischt – dem Teil, den ich von meiner Mutter geerbt hatte.

»*Sie* hat das Feuer ausgelöst«, sagte Ingram keuchend. »Und sie hätte fast die Mutter ihres Wolfsfreundes getötet. Kein Wunder, dass sie fast beim Versuch, sie zu retten, gestorben wäre. Sie hat sich schuldig gefühlt.«

Mutter legte die Stirn in Falten. »Das ist unmöglich. Rosemary war gar nicht hier.«

»Genau mein Punkt.« Ich glaubte, Azbogahs Stimme

leicht zittern zu hören, aber das musste ich mir einbilden. »Es könnte darum gehen, *dich* zu beschützen.« Seine Augen begegneten meinen, und für einen Moment wurde seine sonst so strenge Miene weicher. Er murmelte: »Rosemary, wo hast du diese Artefakte gefunden? Sag die Wahrheit!«

Mit der Wahrheit würde ich ihm geben, was er wollte. Obwohl ich es ablehnte, jemandem etwas anzuhängen oder zu lügen, konnte ich eine Version der Wahrheit erzählen, die Mutter nicht verletzte. »Ich habe die Artefakte genommen«, sagte ich laut, um sicherzustellen, dass Ingram, Ishim und Phul mich hörten und keine Fragen aufkamen. »Es spielt keine Rolle, wo ich sie gefunden oder wie ich an sie gekommen bin. Sie gehören *mir*.«

»Unglaublich.« Ishim seufzte und seine hyazinthblauen Augen verengten sich. Das Mondlicht glitzerte auf seinem dunklen Teint, und die Schultern des edlen Kriegers sackten vor Enttäuschung zusammen.

Aber das war unmöglich, schließlich war er ein Engel.

Azbogah knirschte mit den Zähnen und eine Ader in seinem Hals wölbte sich. »Verstehst du, dass du die Schuld für das Feuer und die Diebstähle auf dich nimmst?«

»Ja.« Schuld auf sich zu nehmen, war besser als Azbogahs Manipulation der Engel zugunsten seiner eigenen Ziele. Ich glaubte, dass das Schicksal Gerechtigkeit walten lassen und am Ende alles ans Licht kommen würde. Weder Mutter noch ich hatten etwas mit den Ereignissen zu tun. Die Beweise waren nur Indizien, und ich musste darauf vertrauen, dass Sterlyn und meine Freunde meinen Namen reinwaschen konnten.

»Nur um das klarzustellen – unsere Beziehung ist vorbei«, sagte Ingram laut. »Ich kann nicht mit einer Frau in

Kontakt stehen, die verurteilt wurde, weil sie sich gegen ihr Volk und die Bewohner der Stadt gestellt hat.«

Seitdem ich in die Stadt zurückgekehrt war, hatte ich einiges erlebt – aber Ingram war es, der mich am wütendsten machte. Ich verstand, dass mich meine Verbindung mit einem Dämon in den Augen meiner Mutter befleckt hatte. Aber Ingram wollte die Situation ausnutzen und es so aussehen lassen, als hätte er die Kontrolle. Es war ekelhaft.

Mutter hatte recht. Er war genau wie Azbogah.

»Du Trottel«, höhnte Phul, dessen bronzene Haut sich im Bereich seiner Augen kräuselte. »Wir alle wissen, dass sie schon vor geraumer Zeit mit dir Schluss gemacht hat.«

Ingram wich überrascht zurück.

»Außerdem riecht sie nach einem anderen Mann.« Ishim schüttelte den Kopf und schloss die Augen.

»Das ist wahr.« Azbogah beugte sich vor und beschnupperte mich. »Ich kann nicht bestimmen ...«

Munkar schwebte von seinem Balkon herab, in den Händen Handschellen aus Himmelsglas. Eine Kette aus Himmelsmetall verband die Manschetten, und das Schloss an beiden Enden war aus Metall, aber das Glas war undurchdringlich. »Hier, legen wir ihr Handschellen an, dann kann ich sie persönlich zum Gefängnis begleiten.«

Azbogah wich zurück. »Nun gut.«

Munkar nahm meine Handgelenke und fesselte sie. Mir lief es eiskalt den Rücken hinunter, und ich blickte in Richtung der Wohnhäuser, wo mehrere Engel von ihren Häusern aus zusahen.

Mein Herz wurde schwer. Obwohl Azbogah den Untergang meiner Mutter gewollt hatte, war ich ihre Tochter. Das bewahrte sie zwar davor, selbst an den Pranger gestellt zu werden, aber allein die Assoziation mit mir würde ihr schaden.

Trotzdem – so hoffte ich – war es die bessere Option.

Mutter kam auf mich zu und biss sich auf die Unterlippe. War das ein Ausdruck von Bedauern?

Ein weiterer seltsamer Umstand. Ich schüttelte kurz den Kopf, weil ich nicht wollte, dass sie ihren Ruf weiter ruinierte, indem sie mir Zuneigung zeigte.

Sie musste den Engeln beweisen, dass sie stark war, auch in Hinblick auf ihre eigene Familie.

Meine Wangen brannten, aber ich hob mein Kinn an. Ich hatte nichts Falsches getan und musste deswegen auch nicht schuldig aussehen. Wenn ein Engel ein Verbrechen beging und nicht fiel, wurde angenommen, dass er im Sinne des Allgemeinwohls gehandelt hatte. Ich musste stark bleiben.

»Gehen wir«, murmelte Munkar.

»Wir können ...«, setzte Ishim an.

Munkar schüttelte den Kopf. »Sie ist gefesselt. Ich schaffe das allein.«

Begierig darauf, zu verschwinden, wäre ich am liebsten schnell zum Gefängnis geflogen. Ich wollte nicht an den Bürgern vorbei, die mich anstarrten und miteinander tuschelten. Aber das musste geschehen, wenn ich wollte, dass der Name meiner Mutter unversehrt blieb.

Ich versuchte, an meiner Entschlossenheit festzuhalten, und würdigte niemanden eines Blickes, als ich mich auf den Weg machte. Meine Augen kribbelten, was darauf hindeutete, dass ich den Tränen nahe war, was ich nicht zulassen konnte. Wenn ich Mutter oder Vater ansah, würde ich in Tränen ausbrechen, und das würde eine noch größere Szene verursachen.

Als wir in Richtung Stadt flogen, rief Azbogah: »Unser

Gespräch ist noch nicht beendet. Bringt sie in die Sonderabteilung!«

Ich hatte nicht erwartet, dass dies das Ende sein würde. Ich schwieg, als wir über die Wälder flogen. Ein Fuchs rannte auf die Unterkunft der Engel zu; wahrscheinlich Grady, der Fuchswandler, dem Azbogah den freien Ratssitz besorgt hatte, damit dieser ihn unterstützte.

Mein Blut pumpte härter und pulsierte vor Verärgerung darüber, dass Azbogah diesen Schwindel koordiniert hatte.

Ich konzentrierte mich auf die Eichen und Mammutbäume unter mir. Die Hexen hatten den Wald für die Wandler der Stadt angelegt. Das Gras glitzerte im Mondlicht und machte die sich leicht verändernden Farben der Luft besser sichtbar. Allerdings stand der Effekt in keinem Verhältnis zu dem strahlenden Licht am Tag, wenn die Sonnenstrahlen direkt durch die Kuppel fielen. Dann erinnerten die Farben an den Himmel.

Wir flogen in Richtung des riesigen Artefaktgebäudes, um das Zentrum der Stadt zu meiden, und erreichten bald ein großes quadratisches Gebäude am Rande des Wandlerviertels und nahe der undurchdringlichen Zementmauer, die die Stadt schützte. Das Gebäude war aus Zement, genau wie die Mauer. Man hatte mir zwar gesagt, dass es sich um eine spezielle Arrestzelle handelte, aber ich hatte die Bedeutung dieses Begriffs verdrängt. Jetzt wusste ich Bescheid.

Munkar landete und klopfte an die Tür des Gefängnisses, die aus Engelsstahl gefertigt war.

Mein Herz pochte. »Ihr wurdet angewiesen, heute Nacht draußen zu sein, nicht wahr?« Ich hatte es für seltsam gehalten, dass die drei so spät in der Nacht noch trainiert hatten. Ishim, Phul und Munkar waren die drei führenden Lehrer der Engelsakademie. Aber ich hatte den

Umstand ignoriert und angenommen, dass sie lediglich trainiert hatten, um ihre Fähigkeiten auf dem neuesten Stand zu halten.

»Wir wurden gebeten, morgen früh einige Engel auszubilden, also haben wir geübt. Darüber hinaus steckt nichts dahinter, aber ich bin froh, dass wir die Geschehnisse mitbekommen haben«, antwortete er.

Ich musste nicht fragen, wer sie gebeten hatte, das ausgerechnet heute zu tun. Die drei übten immer über Wochen, um sich vorzubereiten und ihre Kompetenz zu sichern, wenn sie andere unterrichten sollten. Azbogah war derjenige, der den Trainingsplan führte.

Ich biss auf meine Zunge, denn ich wollte mir nicht noch mehr Probleme bereiten. Davon hatte ich genug.

Ein Jaguar öffnete die Tür. Er war groß und hatte dunkelbraune Haut, und seine limettengrünen Augen verengten sich, als er mich dort stehen sah.

Doch meine Aufmerksamkeit wanderte weiter. Vor mir befanden sich vier Zellen, zwei auf jeder Seite des Mittelgangs. Die hinteren gegenüberliegenden Zellen waren bereits belegt.

Mit einem Keuchen zuckte ich zurück. »Nein, das könnt ihr mir nicht antun.« Von allen Orten, an denen sie mich hätten unterbringen können, wollten sie mich hier mit *ihnen* einsperren?

KAPITEL ZWEI

DAS MUSSTE MEINE STRAFE SEIN – hier mit Luna und Ezra festzusitzen. Sie waren zwei der Personen, die ich auf dieser Welt am meisten verachtete, und das wollte schon etwas heißen. Sie waren auf einer Stufe mit nur einer anderen Person – Azbogah.

»Komm schon, Rosemary«, sagte Munkar, als er mich hineinzog. »Du machst es nur noch schlimmer für dich und das will ich nicht. Du warst immer eine gute Kriegerin, und ich weiß, dass mehr im Gange ist als das, was ich gesehen habe.«

So hatte er mich noch nie gelobt, und es dauerte einen Moment, bis ich begriff: Er dachte nicht das Schlimmste von mir, obwohl er mir nicht so nahestand, wie meine Mutter es tat. Dieses kleine Detail wäre mir entgangen, wenn er nicht derjenige gewesen wäre, der betont hatte, wie wichtig es war, auf die Worte und den Tonfall eines jeden zu achten.

Hoffnung blühte in meiner Brust auf und schwächte meinen Widerstand. Wenn er die Umstände meiner Verhaftung verdächtig fand, würde vielleicht nicht jeder automatisch Schlussfolgerungen ziehen, trotz der belastenden Beweise.

Dennoch hielt ich den Mund. Alles, was ich sagte, würde nur noch mehr Aufmerksamkeit auf mich lenken, und das Beste, was ich tun konnte, war, nicht aufzufallen. Gesehen zu werden, war nicht immer gut, und je sichtbarer ich war, desto tiefer würde ich fallen.

Azbogah würde fallen – und selbst seine Flügel würden ihn nicht retten. Das war nun meine Lebensaufgabe: der ganzen Stadt zu beweisen, wie korrupt und manipulativ er war.

»Bring sie hier rein!«, sagte der Jaguar, wobei er auf die Zelle deutete, die der Eingangstür am nächsten lag, direkt neben Luna. Er öffnete die Metalltür und winkte uns hinein.

An jeder Zellentür befand sich ein großer quadratischer Ausschnitt mit Gitterstäben als Barriere, sodass ich Ezra und Luna von der Tür aus sehen konnte. Die Zellen waren bis auf die Fenster zum Gang hin komplett aus Beton.

Lunas langes goldenes Haar war etwas dunkler, als ich es in Erinnerung hatte und ihre einst türkisblauen Augen wirkten eher marinefarben. Ihr Teint war blass im Vergleich zu dem warmen Olivton, den er einst besessen hatte. Sie sah krank aus. Die Bösartigkeit, die sie früher ausgestrahlt hatte, war verschwunden.

Seltsam.

Ezra hingegen war eine andere Geschichte. Seine schlammartige Essenz umhüllte mich wie die eines Dämons und ich fröstelte. In seinen meergrünen Augen lag so viel Hass, und mit jedem finsteren Blick betonte er dieses Gefühl. Sein zobelbraunes Haar war länger als sonst, es reichte ihm bis über die Ohren, und ich vermutete, dass er es entweder nicht schneiden wollte oder die Gefangenen diese Möglichkeit nicht regelmäßig hatten.

Da sie insgesamt gepflegt aussahen, nur blass, würde ich darauf wetten, dass es Ersteres war.

Ezras Mund verzog sich zu einem grausamen Lächeln, als er den Neuankömmling – mich – musterte.

Als der Rat erklärt hatte, Ezra und Luna von der allgemeinen Gefängnisbevölkerung zu trennen, hatte ich erwartet, dass ihr Quartier Teil des eigentlichen Gefängnisses war, das näher am Stadtzentrum lag. Es war ein einfaches dreistöckiges Gebäude, das von außen unscheinbar wirkte. Innen war es fast so, als lebte man in einem Haus von Shadow City. Der Hauptunterschied war die Größe der einzelnen Zellen und das Fehlen einer Küche. Ich hatte es auf Geheiß meiner Eltern ein paar Mal besucht, um mich über die Funktionsweise des Gefängnisses zu informieren, falls ich einmal eine Rolle im Rat übernehmen sollte.

Dieser Ort war ebenso einfach, aber die Zementwände und die Stahltür verschärften die räumliche Enge, als hielten sie es für wahrscheinlicher, dass wir Unheil anrichteten oder ausbrachen. Ezra und ich hatten Verbindungen zu einflussreichen und starken Individuen und Luna verfügte aufgrund ihrer verstorbenen Eltern über Insiderwissen bezüglich der Ratsgeschäfte, was sie für jemanden, der ehrgeizige Ziele verfolgte, sehr wertvoll machte. Also war es nur logisch, dass wir besser bewacht wurden.

»Ich hätte nie gedacht, den Tag zu erleben, an dem Rosemary in Handschellen hier hereinkommt.« Ezra gluckste und seine Iriden erhellten sich vor Belustigung. »Vielleicht ist es doch nicht so schlimm, hier zu sein. Ich werde einem Engel beim Fallen zusehen.«

Er erwartete, dass ich mich in einen Dämon verwandeln würde. Der Gedanke schlug mir auf den Magen. Auf keinen Fall würde ich dem nachgeben und Azbogahs Macht über mein Volk stärken. Lieber würde ich auf ewig hier verrotten, als mich zu beugen und den Fehlgeleiteten und Unwissenden Macht zu geben.

»Ach, halt die Klappe!«, knurrte Luna. »Ich schwöre, ich wünschte, sie würden unsere Fenster zumauern, damit ich dich nicht die ganze Zeit hören muss. Du klingst nicht so klug und charmant, wie du glaubst.«

Das Kinn des Jaguars zuckte, und er deutete noch einmal in Richtung Zelle. »Beeil dich, damit ich gehen kann! Die beiden zanken mehr als meine Kinder.«

Herrlich. Ich würde mir lieber alle Federn ausrupfen, als hier bei diesen beiden Schwachköpfen zu bleiben, aber ich hatte keine andere Wahl.

Munkar führte mich in die Zelle. In der einen Ecke stand ein Einzelbett mit einfachen weißen Laken und einem weichen Kopfkissen. Auf der anderen Seite befand sich eine Tür, die zu einem kleinen Badezimmer führte, mit einer Toilette auf der rechten und einer kleinen Stehdusche auf der linken Seite. Dazwischen war ein Waschbecken mit einer Schublade darunter. In den oberen Teil der drei Meter hohen Betonwand war ein quadratisches Fenster eingelassen, das direkt gegenüber der Zellentür nach außen zeigte und Licht ins Innere ließ. Das Fenster war geschlossen, und ich konnte erkennen, dass es aus Engelsglas gefertigt war. Es war also undurchdringlich. Aufgrund der Position des Fensters konnten wir zumindest zeitweise die Sonne genießen.

Kein Wunder, dass die beiden so blass aussahen. Ich könnte wetten, dass sie seit ihrer Festnahme nicht nach draußen gelassen worden waren. Die Polizei wollte keine Flucht riskieren.

Mein Herz schmerzte, obwohl ich nie vorgehabt hatte,

zu fliehen. Es war sinnlos, und es würde nur noch mehr Zweifel an meiner Familie aufkommen lassen.

Ich trat in die Mitte der Zelle und der Jaguar zog eine Waffe.

»Steck die lieber weg, Hicks«, sagte Munkar, während er die Handschellen von meinen Handgelenken löste. »Sie kann mit ihren Flügeln Kugeln abwehren, also macht die Waffe sie nicht weniger gefährlich oder dich bedrohlicher.«

Ärger flammte in mir auf, und ich ballte meine Hände zu Fäusten und bohrte meine Nägel in meine Handflächen. Ich brauchte eine Ablenkung, um nichts zu sagen. Ich wünschte, Munkar hätte nichts über die Waffe gesagt, aber ich musste mich daran erinnern, dass sein Handeln nicht persönlich war. Er schützte sich selbst. Wenn er nichts gesagt hätte und ich entkommen wäre, hätte man ihn befragt, warum er den diensthabenden Wächter nicht daran erinnert hätte. Schließlich hatten Wandler nur selten mit Engeln zu tun.

Ich rieb meine Handgelenke und berührte meinen Hinterkopf, wo mich einer der Krieger geschlagen hatte. Er schmerzte und ich zog eine Grimasse. Zumindest drehte sich die Welt um mich herum nicht mehr, aber das bedeutete nicht, dass ich völlig geheilt war. Wenn ich mich schnell bewegte, würde der Schwindel vermutlich zurückkehren.

Munkar lehnte sich an mein Ohr. »Mach keine Dummheiten.«

Auch wenn seine Warnung wahrscheinlich auf Besorgnis beruhte, gefiel mir der höhnische Ton nicht. »Das tue ich selten.«

Er wölbte eine Braue und ich runzelte die Stirn. Ich hatte mich mit drei gestohlenen Artefakten erwischen lassen. Wenn das nicht die Definition von Dummheit war …

Ich hatte meine Wahl getroffen. Jetzt musste ich mit ihr leben.

Hicks wippte auf seinen Fußballen hin und her und offenbarte sein Unbehagen über die offene Zellentür.

»Ich komme«, sagte Munkar verärgert, klopfte mir auf die Schulter und sagte: »Wenn du mal reden willst, weißt du ja, wie du mich erreichen kannst.«

Was für ein merkwürdiger Satz. Ich nahm an, dass ich eine Wache bitten könnte, ihn anzurufen, wenn es nötig war, aber auch wenn er in meiner Jugend ein Mentor gewesen war, bedeutete das nicht, dass ich ihm vertraute. Die Zahl der Personen, die ich für vertrauenswürdig hielt, schrumpfte von Tag zu Tag, und ich war mir nicht einmal sicher, ob meine eigene Mutter noch zu ihnen gehörte.

Der Instinkt, zu fliehen, durchströmte mich, aber ich hielt ihn in Schach. Stattdessen konzentrierte ich mich auf meine Verbindung zu Levi, die mir auf eine Weise Frieden brachte, wie sie es nie zuvor getan hatte. Sie war zwar weiterhin lauwarm, aber dafür schmerzfrei. Ich hoffte, dass er den Schmerz meiner Kopfverletzung nicht mitbekommen und in Panik geraten war. Falls ja, hatte er sich hoffentlich bald wieder beruhigt, denn der Schmerz war mittlerweile in leichtes Unbehagen übergegangen.

Ich bewegte mich auf das Bett zu, da ich nicht wusste, was ich sonst tun sollte. Die Zelle war vielleicht drei auf drei Meter groß und würde um mich herum schrumpfen, je länger ich blieb. Das Badezimmer nahm ein Viertel des Raums ein, aber ich musste dankbar sein, dass die Zellen nicht so aussahen, wie sie es in den Gefängnisfilmen der Menschen taten – mit Toiletten mitten im Raum und Gemeinschaftsduschen.

Sobald Munkar aus der Zelle trat, knallte Hicks die Tür zu. Das Geräusch des zurückschlagenden Stahls erinnerte mich an eine Bombe, obwohl es nicht annähernd so laut gewesen war. Die Bedeutung der Situation wurde mir bewusst.

Ich hatte meine Freiheit verloren.

Seinetwegen.

Ich breitete meine Flügel aus und ließ mich auf die Matratze zurückfallen, die fast genauso weich war wie die zu Hause. Wenigstens würde das Schlafen kein allzu großes Problem darstellen. Zumindest nicht mehr als sonst, wenn ich ohne Levi irgendwo war.

Es tat weh, zu atmen. Wie würde ich ihn sehen können? Ich war in der Stadt gefangen, und er konnte es nicht riskieren, erneut hierherzukommen. Der spärliche Verstand, den ich mir hatte bewahren können, drohte, zu verschwinden.

Hatte ich ihn heute Morgen zum letzten Mal in den Armen gehalten, ihn geschmeckt, seinen süßen Pfingstrosenduft gerochen?

Hicks' Schritte hallten auf dem Betonboden wider, als er Munkar zur Tür brachte. Munkar flatterte mit den Flügeln; er schien neben ihm herzufliegen.

Meine Kehle brannte, als mein Blick zur glatten Zementdecke wanderte und dann verschwamm. Ich konnte nicht weinen, solange Munkar hier war. Das würde zu viele Fragen aufwerfen, und davon gab es schon genug.

Ich schloss die Augen, in der Hoffnung, die Tränen zu unterdrücken. Ich durfte nicht zulassen, dass meine irrationale Seite die Oberhand gewann. Inzwischen würden Sterlyn, Griffin, Ronnie und Alex von meinem Schicksal erfahren haben, und sie würden wissen, dass ich unschuldig war. Sie würden einen Ausweg für mich finden. Im Gegensatz zu Luna und Ezra war ich zu Unrecht inhaftiert worden, und die Wahrheit würde ans Licht kommen.

Das tat sie immer.

Manchmal ... nicht so schnell wie nötig.

Meine Kehle wurde wieder eng.

Hör auf damit, Rosemary!, schimpfte ich mit mir selbst.

Beide Männer traten ins Freie und die Tür schloss sich hinter ihnen.

Ich war allein.

Ich liebte die Einsamkeit, also könnte das ein Segen sein.

»Alsoooo ...«, gurrte Ezra. »Was hast du angestellt, Prinzessin?«

Ich verkrampfte mich und meine Augen flogen auf. Dies war definitiv nicht der Inbegriff von Einsamkeit und das Schicksal hatte mich grausam daran erinnert. »Die Tatsache, dass du es wissen willst, bestätigt meine Überzeugung, dass ich es nicht mit dir teilen werde.« Mein Blick huschte zum vergitterten Fenster, aber ich konnte ihn von dort, wo ich lag, nicht sehen. Immerhin. Seine Stimme zu hören, war schon quälend genug. Lieber würde ich niedergestochen oder anderweitig schwer verletzt werden, als in sein abscheuliches Gesicht starren zu müssen.

»Du warst schon immer ein arrogantes Miststück«, höhnte Ezra.

Das Bett in der Zelle neben mir quietschte. Luna musste sich hingesetzt haben. Sie schnaubte. »Es ist seltsam. Als ich noch da draußen war, warst du immer höflich, obwohl du nichts für Rosemary übrig hattest. Aber jetzt, da du von Zementwänden und einer engelssicheren Stahltür geschützt bist, laberst du nur noch Schrott. Das ist sehr alphamäßig von dir.«

Ich hatte keine Ahnung, was *Schrott* in dem Zusammenhang bedeutete, aber ich verstand, was sie meinte. Zu diesem Zeitpunkt mochte sie Ezra wahrscheinlich noch weniger als mich. Und sie und ich hatten unsere Differenzen so lange ausdiskutiert, bis sie rot angelaufen war und mich an der Uni angegriffen hatte.

»Wenigstens haben meine Eltern nicht von mir verlangt, jemanden ins Bett zu kriegen, der mit jemand anderem als mir schläft.« Ezra lachte. »Und zwar ausgerechnet Griffin.«

Früher hätte sie bei solchen Gelegenheiten einen ihrer Ausraster gehabt. An der Universität hatte sie regelmäßig Wutausbrüche bekommen, wenn Griffin nicht genau das getan hatte, was sie von ihm verlangt hatte. Wie er sie so lange geduldet hatte, blieb mir ein Rätsel.

Nein. Jetzt, da ich Gefühle hatte, verstand ich irgendwie, warum er so gehandelt hatte. Sie war die Tochter des besten Freundes seines toten Vaters, und er hatte damit gekämpft, den Tod seines Vaters zu bewältigen. Er hatte niemanden missachten wollen, von dem sein Vater viel gehalten hatte.

Argh! Diese ganz neue Ebene des Verstehens war ziemlich mühsam und anstrengend.

»Es ist mir scheißegal, was du von mir denkst«, erwiderte sie schnippisch.

Etwas lastete unangenehm auf meiner Brust und zwang mich zum Sprechen. »Tu nicht so, als wäre der Versuch, Griffin zu töten, um Sterlyn zu zwingen, mit dir Kinder zu zeugen, besser gewesen! Die Tatsache, dass du *gedacht* hast, das könnte tatsächlich funktionieren, beweist welch ein …« Ich suchte nach dem richtigen Wort für diese Situation. Ich brauchte eines, das er verstehen würde, und so dachte ich an die dummen Filme, die Sierra mich hatte anschauen lassen.

Hohlkopf. Nein, er würde Kopf hören und denken, ich hätte ihn als klug bezeichnet.

Tölpel. Dieses Wort gehörte vermutlich auch nicht zu seinem Wortschatz.

Ignorant. Zu hoch für ihn.

Dann fiel mir das richtige Wort ein. »Es beweist, welch ein *Idiot* du bist.«

Luna lachte. »Weißt du, ich habe Rosemarys Geradlinigkeit immer gehasst, aber jetzt, da sie hier ist, muss ich mir wenigstens nicht mehr ständig dein aufgeblasenes Geschwätz anhören.«

»Vergesst nicht«, sagte Ezra und seine Stimme wurde härter, »ich bin nicht der Einzige, der eingesperrt ist. Also tut nicht so, als hättet ihr nichts falsch gemacht.«

Genau das war das Problem. Ich war unschuldig, aber das konnte ich nicht sagen. Denn wenn sie wüssten, dass ich die Wahrheit sprach, wäre meine Mutter hier und nicht ich. Und ihre Unschuld wäre schwerer zu beweisen.

Anstatt etwas zu sagen, rollte ich mich mit dem Rücken zur Tür, schloss die Augen und konzentrierte mich auf meine Verbindung zu Levi.

Luna und Ezra stritten eine Stunde lang. Angesichts all der Feindseligkeit hätte ich, wenn es sich um eine von Sierras Liebeskomödien gehandelt hätte, geglaubt, dass sie gegen eine Anziehung ankämpften. Aber je mehr Ezra redete, desto mehr wollte ich mir die Ohren abschneiden.

Ich hatte ihn immer für einen selbstverliebten Opportunisten gehalten, aber sein Narzissmus war schlimmer, als ich ursprünglich angenommen hatte. Ich kam zu dem Schluss, dass diese Eigenschaft zuvor nicht so offensichtlich gewesen war, weil er sie hatte verbergen müssen, um sich bei den anderen Ratsmitgliedern beliebt zu machen. Aber hier war sein Ego alles, was er zum Überleben hatte.

Die Geräusche an diesem Ort machten mich nervös, aber Ezras ständiges Getöse machte es noch schlimmer.

Ich rieb meine Brust und wünschte, Levi wäre zurück auf der Erde. Ich wollte nicht, dass er etwas überstürzte und einen unüberlegten Schritt machte. Wenn er zu früh zurückkäme, könnte das bedeuten, dass etwas schiefgelaufen war und er versagt hatte. Aber wenn er sich zu viel Zeit ließe, könnte das auch ein Zeichen dafür sein, dass etwas nicht so gelaufen war, wie wir es geplant hatten.

Der Mond stand hoch am Himmel, und obwohl ich erst seit wenigen Stunden hier war, kam es mir wie eine Ewigkeit vor.

Ein Geräusch — es klang wie das Entriegeln eines Schlosses — brachte mich dazu, mich auf den Rücken zu drehen.

Als sich die Gefängnistür öffnete, sprang ich auf und stellte meine Füße schulterbreit auseinander. Während ich mich ohne Fluchtmöglichkeit in einer Zelle befand, konnte jeder hereinspazieren — und ich weigerte mich, nicht darauf vorbereitet zu sein, dass mir jemand etwas antun wollte.

Ein schwacher Freesienduft wehte in meine Zelle, gefolgt von Sterlyns Stimme. »Es ist mir egal, dass Azbogah, Erin und Grady nicht wollen, dass wir sie sehen. Wir gehören alle vier dem Rat an und wir wollen mit der neuen Gefangenen sprechen. Ich verstehe, dass sie aufgrund von Interessenkonflikten nicht zulassen, dass ihre Eltern kommen, aber wir sind nicht *sie*.«

Gefangene.

Das Wort schwirrte durch meinen Kopf und bereitete mir Bauchschmerzen. Früher hatte ich gedacht, dass jeder,

der in einer Zelle saß, schuldig war. Warum sonst war er eingesperrt worden? Und nun bewies ich mir selbst das Gegenteil.

Ich konnte nicht glauben, wie voreingenommen ich gewesen war.

»Na schön«, stöhnte Hicks.

Als ich zu meiner Tür ging und hinausschaute, entdeckte ich Sterlyn, Griffin, Ronnie und Alex. Ich hatte gehofft, dass sie kommen würden. Sie hatten bewiesen, dass sie hinter mir standen, und zwar mehr als meine Eltern.

Sterlyns silbernes Haar war zu einem tiefen Pferdeschwanz gebunden, und ihre lavendelsilbernen Augen fixierten mich. Ihre Haut glühte im Mondlicht, was unterstrich, dass sie ein immer seltener werdender Silberwolf war.

Griffin stieß ein leises Knurren aus, als er schnupperte. Seine haselnussbraunen Augen wurden dunkler, als er seinen Kopf in Richtung von Ezras Zelle bewegte. Sein langes honigbraunes Haar blieb selbst bei der schnellen Bewegung an Ort und Stelle. Er war etwa fünfzehn oder zwanzig Zentimeter größer als Sterlyn, und ich schätzte ihn auf fast zwei Meter.

Alex nutzte seine Vampirgeschwindigkeit, um sich zwischen Griffin und Ezras Zelle zu schieben. Sein dunkelblondes Haar stand ein wenig ab, aber seine sanften blauen Augen waren auf Griffin gerichtet. Er war etwa ein Meter achtzig groß und im Vergleich zu Griffins muskulösem Körperbau eher schlank, aber er war robust und unsterblich. Sein leichter britischer Akzent wurde intensiver, als er sagte: »Du sollst dich auf die Sache konzentrieren und keinen Armleuchter verprügeln, der sich nicht wirklich für deine Gefährtin interessiert hat, sondern eher dafür, was sie ihm bieten kann.«

Ronnie schüttelte den Kopf, ihr kupferrotes Haar wippte. Sie schloss ihre smaragdgrünen Augen und kniff sich in den Nasenrücken. Ihre Haut war jetzt, da sie sich in einen Vampir verwandelt hatte, blasser, aber das machte sie noch schöner. »Du bist keine große Hilfe.«

»Er ist es nicht wert.« Ich hatte ihm über Stunden hinweg zugehört. »Ich schwöre, du würdest nur sein Ego anstacheln.«

»Außerdem reagiere ich mich auch nicht an Luna ab.« Sterlyn wölbte die Brauen.

Luna war unheimlich still im Vergleich zu ihrem Verhalten vor der Ankunft der vier.

»Na schön.« Griffin nickte in Richtung meiner Tür. »Mach auf! Wir wollen mit ihr reden.«

»Das würde ich an deiner Stelle nicht tun«, trällerte Ezra fröhlich. »Immerhin sind sie beste Freunde. Wenn jemand sie rausholen würde ...«

»Halt die Klappe, Köter!«, zischte Alex mit nun roten Augen. »Mir gefällt nicht, was du da andeutest.«

Was für ein Chaos! Es wäre besser gewesen, wenn sie nicht gekommen wären – oder zumindest, wenn Griffin und Alex draußen geblieben wären.

Ronnie berührte den Arm ihres Gefährten und sein Körper entspannte sich.

Mein Herz pochte angesichts ihrer Interaktion. Ich vermisste Levi. Ging es ihm gut? Es nicht zu wissen, war schlimmer, als in dieser Zelle zu sitzen.

»Ich kann die Tür nicht öffnen.« Hicks verschränkte die Arme vor der Brust und trat einen Schritt zurück. »Es tut mir leid. Sie zwingen uns, die Schlüssel einer der Wachen im kameraüberwachten Sicherheitsraum zu geben.«

Falls jemand versuchen sollte, ihn anzugreifen und ihn

zu zwingen, die Gefangenen freizulassen, wäre er dazu nicht in der Lage.

Griffin knurrte, aber Sterlyn berührte seinen Arm. Ihre Augen leuchteten. Zum Glück hörten Alex und Griffin immer auf ihre Gefährtinnen.

»Es ist in Ordnung.« Ronnie legte den Kopf schief und drehte sich zu mir um. »Wir haben gehört, dass du etwas genommen hast. Ich nehme an, dass du keine andere Wahl hattest.«

Ich erwartete fast, dass sie sich in ihre Schattenform verwandelte, um zu mir in die Zelle zu kommen, aber sie blieb in ihrer menschlichen Gestalt. Immerhin hatten meine Freunde die Situation verstanden. »Besser ich als jemand anderes. Die Stadt ist bekannt dafür, vorschnelle Urteile zu fällen.«

Sterlyn atmete aus und nickte. »Das hättest du nicht tun müssen.«

Sie schimpfte nicht mit mir, sondern teilte mir lediglich mit, dass es nicht meine Pflicht war, mich selbst zu belasten. Sie mussten wissen, dass ich keine Märtyrerin war. »Es war nicht meine Absicht. Aber glaub mir, es war besser als die Alternative.«

Als sie ihr Kinn hob, wusste ich, dass sie meine Botschaft verstanden hatte – ich hatte die Artefakte gefunden und keine Zeit gehabt, sie zu entsorgen, bevor Azbogah gekommen war.

Ein lautes Klopfen ertönte und dann öffnete sich die Tür ein weiteres Mal.

Ich musste den Neuankömmling nicht sehen, um zu wissen, wer den Raum betreten hatte. Vielmehr war ich schockiert, dass diese Konfrontation so lange auf sich hatte warten lassen.

KAPITEL DREI

DER DUFT von Geißblatt erfüllte den Raum, und das Geräusch von Flügelschlägen bestätigte meinen Verdacht.

Azbogah war eingetroffen.

Seine Stimme hallte durch den Zementklotz, als er in mein Blickfeld trat. »Was macht ihr *vier* denn hier?«

Ich wollte die Augen verdrehen, aber Azbogah lebte davon, Situationen herbeizuführen, in denen er andere zu einer hitzigen Reaktion anstacheln und diese dann zu seinen Gunsten nutzen konnte. Es gab Zeiten, in denen Griffin und Ronnie reagierten, ohne dass eine Reaktion nötig gewesen wäre. Ich verstand, dass sie sich behaupten wollten, aber sie neigten dazu, dies auf ihre eigenen Kosten zu tun. Es war ein wichtiger Balanceakt, wenn es darum ging, stark zu sein oder einen Kampf auszusitzen. Manchmal konnte es einen den Krieg kosten, eine Schlacht zu gewinnen, und Azbogah wusste, wie er die Sterblichen dazu bringen konnte, in einer Weise zu reagieren, die seine Haltung unterstützte.

Womit er nicht gerechnet hatte, war Sterlyn und ihr Sinn für Zusammenhalt, der sich auf alle übernatürlichen

Rassen erstreckte. Ihr reines Wesen war wie ein Leucht-feuer für alle, die einen Wandel zum Besseren wünschten.

Leider bedrohte der Wandel die meisten Bewohner der Stadt. Nachdem sie über ein Jahrtausend lang abgeschottet gewesen waren, hatten sich die Leute hier in ihren Gewohnheiten festgefahren. Sterbliche dachten, gegen Ende ihres Lebens unflexibel zu werden, aber ihr Starrsinn war nichts im Vergleich zu dem der Unsterblichen. Damit ein Unsterblicher sich änderte, bedurfte es eines lebensver-ändernden Ereignisses – wie etwa die Verbindung mit einem Dämon.

Sterlyn straffte die Schultern und wandte sich ihm zu. »Wir wollten vor der Ratssitzung morgen früh noch ein paar Fakten sammeln.«

»Du traust Pahaliah, Yelahiah und mir nicht zu, alle Seiten der Geschichte zu erzählen?« Seine Iriden verfins-terten sich, und seine Aufmerksamkeit fiel auf mich. »Das finde ich sehr ... interessant.«

Dies war einer der Fälle, in denen ich mir wünschte, Sterlyn hätte weniger gesagt. Sie war zwar strategisch geschickt, aber sie war noch *jung* und nicht mit Engeln aufgewachsen.

»*Solltest* du das interessant finden, Azbogah? Nicht jeder hier lässt sich täuschen wie der Rest der Stadt«, sagte Ezra höhnisch von seinem Fenster aus. Sein Unterkiefer zuckte, als er den Engel anstarrte.

Luna schnaubte. »Bitte! Jeder hier weiß, was vor sich geht. Die einzige *ahnungslose* Person war ich, aber das spielt keine Rolle. Der Rat brauchte noch immer einen Sündenbock.«

»Du hast mehrmals versucht, mich zu *töten*.« Sterlyn schob ihre Schultern zurück, wandte aber ihren Blick nicht von Azbogah ab. »*Und* du hast versucht, Probleme zwischen Griffin und mir zu verursachen.«

»Warte!« Ronnies Mund blieb offen stehen. »Ist das das Flittchen, das versucht hat …«

»Halt die Klappe!«, knurrte Griffin und zeigte auf Ronnie. »All das liegt in der Vergangenheit, und ich möchte nicht daran erinnert werden.«

Sie mussten auf Kurs bleiben. Wenn sie zuließen, dass andere das Gespräch beeinflussten, zeigte das, wie unreif sie waren. Und Azbogah würde das gegen sie verwenden. Ich musste eingreifen, bevor die Dinge entgleisten. »Sie sind vor ein paar Minuten angekommen, und ich habe ihnen nichts gesagt, was du nicht schon weißt.«

Ich konnte nichts dafür, dass sie zu dem gleichen Schluss gekommen waren wie Azbogah. Der Unterschied war, dass der dunkle Engel mit absoluter Sicherheit wusste, dass ich die Gegenstände nicht genommen hatte. Schließlich war er derjenige, der sie im Bettgestell meiner Mutter versteckt hatte.

»Du bist ein Engel, und dies ist eine Engelsangelegenheit, die dem Rat präsentiert werden wird.« Mit einem überheblichen Lächeln schnippte er mit dem Handgelenk. »Eure Einmischung ist nicht gerechtfertigt.«

Alex wippte auf den Fußballen zurück. »Der Rat hat das Recht, sich in alle übernatürlichen Angelegenheiten einzumischen, die die Stadt betreffen. Wenn gestohlene Artefakte nicht dazu gehören, dann weiß ich auch nicht. Auch Ronnie wurde einst in Gewahrsam genommen – obwohl Gwen und ich dem nicht zugestimmt hatten.«

Meine Brust vibrierte, während ich leise lachte. Alex hatte ihn in die Enge getrieben – dass Ronnie in Gewahrsam genommen worden war, hatte sich als Streitpunkt erwiesen, und Azbogah hatte die gleiche Ausrede benutzt. Azbogah hätte es besser wissen müssen, als zu versuchen, die Wahrheit aus Bequemlichkeit zu verbiegen. Vor allem, wenn es um den Vampirkönig und die Art und Weise ging, wie Azbogah die Verhaftung der jetzigen Vampirkönigin inszeniert hatte, während sie ein Mensch gewesen war. Alex war nicht annähernd so alt wie ich, aber er war über dreihundert und hatte die meiste Zeit seines Lebens dem Rat angehört. Er war sehr versiert im Umgang mit der politischen Opposition.

Wie erwartet verzog Azbogah das Gesicht.

Griffin übernahm das Wort, blähte seine muskulöse Brust auf und warf ein: »Und die Polizei ist für die Überwachung des Artefaktgebäudes zuständig. Die Truppe besteht hauptsächlich aus Wandlern, aber auch einige Vampire sind vertreten. Daher betrifft die Situation alle Wandler, Vampire und Engel.«

»Wow, Griff.« Luna klang überrascht. »Du klingst ja so alphamäßig.«

Ezra gluckste. »Er ist auch ohne dein Zutun schon arrogant genug. Er hält sich gern für klug und würdig, aber wir alle wissen, dass er nur deshalb der Alpha von Shadow City ist, weil er einen Silberwolf an seiner Seite hat.«

»Den Silberwolf, den du aus genau diesem Grund für dich haben wolltest«, fauchte Ronnie. »Aber der Unterschied ist, dass Griffin ein guter Kerl ist, der sich um Sterlyn, die Stadt und ihre Bürger sorgt, im Gegensatz zu *dir*.«

Diese Konfrontation musste ein Ende haben, was erst dann geschehen würde, wenn meine Freunde das Gefängnis verlassen hatten. Sie hatten die Informationen bekommen, die sie benötigten. »Wolltet ihr sonst noch etwas wissen?«, fragte ich und lenkte ihre Aufmerksamkeit wieder auf mich.

Als Sterlyn meinem Blick begegnete, schüttelte ich unmerklich den Kopf.

Sie biss sich auf die Unterlippe, trat aber auf die Tür, die nach draußen führte, zu. »Haben wir noch etwas zu besprechen?«

Gut, sie hatte die Botschaft verstanden. »Ich habe euch alles gesagt, was ich zu sagen bereit war.«

»Dann wird es Zeit, dass ihr geht.« Azbogah wies auf die Tür. »Hicks, begleite sie hinaus! Ich brauche ein paar Minuten, um Rosemary zu ihrem Angriff auf die drei Krieger und Ingram zu befragen.«

Meine Freunde konnten ihm nicht widersprechen. Er hatte seine Worte so gewählt, dass sein Anliegen nur die Engel betraf, ein Thema, das technisch gesehen nichts mit den gestohlenen Artefakten zu tun hatte.

Azbogah war schlau.

Ronnie verschränkte die Arme, bereit, zu argumentieren.

»Er hat recht«, sagte ich. »Wenn er über den Angriff sprechen will, ist das eine andere Situation. Ihr vier geht jetzt besser schlafen. Es ist schon spät.« Soweit ich das beurteilen konnte, musste es nach Mitternacht sein. Meine Augen waren schwer geworden, und ich hatte immer noch leichte Kopfschmerzen. Auch ich brauchte Ruhe, aber angesichts meiner Ungeduld hinsichtlich Levis Rückkehr und dem Trauma des Abends wollte mein Geist nicht abschalten.

Die vier sahen mich mit angespannten Mienen an. Ich hatte keinen Zweifel daran, dass sie sich geweigert hätten, von meiner Seite zu weichen, wenn sie bei mir hätten bleiben können. Aber sie hatten ihre eigenen Leute, um die sie sich kümmern mussten.

Ich war in der Lage, auf mich selbst aufzupassen. Das

war ich schon immer gewesen, und obwohl ich lernte, dass das nicht bedeutete, dass ich das immer tun musste, war es in diesem Fall das Beste für alle Beteiligten.

Als Sterlyn meine Entschlossenheit erkannte, war sie die Erste, die einlenkte. Sie nahm die Hand ihres Gefährten. »Rosemary, wenn du etwas brauchst ...«

»Ich weiß.« Sie musste ihren Satz nicht beenden. Sie war eine entfernte Verwandte, da der Schöpfer der Silberwolflinie mein Onkel gewesen war, aber auch ohne diese Verbindung bestand kein Zweifel daran, dass sie meine Familie war. Das waren sie alle vier.

»Bei den Göttern!«, sagte Luna. »Sie hat nun schon ungefähr viermal gesagt, dass ihr gehen sollt. Es wäre schön gewesen, wenn Griff sich so um mich gekümmert hätte. Wir waren unser ganzes Leben lang befreundet und er hat mich einfach so fallen lassen.« Schmerz durchzog ihre Worte.

Es war wahrscheinlich das erste Mal, dass sie Griffin sah, seit ihre Mutter Saga den tödlichen Angriff in Shadow Ridge koordiniert hatte, um Sterlyn gefangen zu nehmen und sie an Ezra zu übergeben. Saga war an den Folgen ihres korrupten Machtstrebens gestorben.

»Die Luna, die ich mal gemocht habe, ist verschwunden. An ihre Stelle ist jemand getreten, der bereit ist, mich zu verletzen, um die Pläne ihrer Mutter zu unterstützen«, sagte Griffin kalt. »Es ist schwer, sich um jemanden zu sorgen, der gewillt ist, die Gefährtin des eigenen Kindheitsfreunds zu entführen und sie dazu zu zwingen, als *Zuchttier* zu fungieren.«

Alex legte einen Arm um seine Gefährtin und führte sie zur Tür. »Wir sind alle müde und müssen zurück zur Villa. Wir werden morgen früh an der Notfallanhörung teilnehmen, bei der besprochen wird, wie die Artefakte entwendet wurden.«

Sterlyn zerrte an der Hand ihres Gefährten und folgte Alex. Hicks war direkt hinter ihnen, darauf bedacht, sie aus dem Gebäude zu geleiten.

Ich lauschte den leiser werdenden Schritten und meine Brust zog sich zusammen. Jetzt, da sie gingen, wollte ich, dass sie blieben. Ich schluckte – entweder, um mich davon abzuhalten, etwas zu sagen, oder um die Tränen zurückzuhalten. Ich war mir nicht sicher.

Die Tür schloss sich, aber ich hörte das Klicken des Schlosses nicht.

Azbogah nahm Sterlyns Platz vor meinem Fenster ein und musterte mich schweigend.

Er mochte wesentlich älter sein als ich, aber das bedeutete nicht, dass ich so ungeduldig war wie meine Freunde. Ich weigerte mich, den Blick abzuwenden, und konzentrierte mich weiter auf ihn.

»Die leere Zelle da drüben ruft deinen Namen«, raunte Ezra und veranlasste Azbogah, seine Flügel enger an seinen Körper zu ziehen.

Mit bebenden Nasenflügeln warf Azbogah einen Blick auf die Zelle des ehemaligen Ratsvertreters der Wolfswandler. »Vielleicht solltest du dich daran erinnern, was wir besprochen haben, nachdem du von Sterlyn, Griffin und den anderen gefangen genommen wurdest.«

Ich speicherte diese Information für später ab. Gemessen an den Regeln, die Azbogah mit Vorliebe wiederholte, hatte er gegen die Richtlinie, dass jede übernatürliche Rasse ihre eigenen Angelegenheiten regelte, verstoßen, indem er Ezra nach dem Angriff des ehemaligen Ratsmitglieds auf andere Wolfswandler befragt hatte.

In der Hoffnung, dass Ezra noch mehr sagte, schwieg ich, aber Ezra verstummte, während sich sein Gesicht rötlich verfärbte.

»Wow«, sagte Luna trocken. »Du musst mir sagen, womit du ihm gedroht hast, damit ich ihn selbst zum Schweigen bringen kann.«

Azbogah schloss die Augen und wandte sich wieder mir zu. »Rosemary, du musst mir sagen, was heute Abend passiert ist.«

Ein Lachen entwich mir, bevor ich es unterdrücken konnte. Ezra und Luna hatten nur wenig gesagt, aber es hatte gereicht, um Azbogah zu zwingen, sich auf das zu konzentrieren, weswegen er hergekommen war. Offenbar hatte meine Zeit mit Sierra meine Toleranz für sinnloses Geplänkel so weit erhöht, dass es seine Wirkung auf mich verloren hatte.

Er runzelte die Stirn und starrte mich an.

Die meisten Engel lachten in ernsten Situationen nicht. Wir reservierten Humor für Sarkasmus oder um unseren Standpunkt zu unterstreichen, indem wir andere herabsetzten. »Ich habe bereits erklärt, dass ich die Artefakte genommen habe.« Ich musste aufpassen, dass ich nicht mehr als nötig sagte. Sollte er mich bei einer Lüge erwischen, würde er sich beeilen, mich freizulassen, und einen anderen Weg finden, Mutter zu belasten.

»Das hast du bereits gesagt.« Er legte den Kopf schief, weil er wusste, was ich tat, aber nicht in der Lage war, mich damit zu konfrontieren. Schließlich durfte er nicht preisgeben, dass er etwas wusste, was er nicht wissen sollte. »Wie bist du in das Artefaktgebäude eingebrochen, wo es doch so viele Zauber und Sicherheitsvorkehrungen gibt?«

Wenn Mutter hinter Gittern gewesen wäre, hätte er diese Fragen nicht gestellt. Er hätte sich über die Gegenstände ausgelassen, die in ihrem Zimmer, auf ihrer Seite des Bettes, gefunden worden waren. Vater wäre mit ihr untergegangen – Kollateralschaden. Vielleicht war das die vorgesehene Strafe für meinen Vater, weil er mit meiner Mutter zusammen war.

»Das ist eine ausgezeichnete Frage.« Ich musste ausweichen, zumal er versuchte, mich mit einem Trick zum Einknicken zu bringen. »Eine, auf die sicher *viele* Leute eine Antwort haben wollen, aber die Frage betrifft nicht nur die Engel. Hast du meine Freunde nicht deshalb weggeschickt, weil es um den *Angriff* auf die anderen Engel geht?« Ich zwang mich zu einem Lächeln und klimperte mit den Wimpern, wobei beide Gesten im Engelsjargon *verpiss dich* bedeuteten.

Er zischte und ballte seine Hände zu Fäusten. »Ist das ein Spiel für dich?«

»Das ist es nicht.« Er war derjenige, der versuchte, mich zu überlisten, aber ich war schon immer eine ausgezeichnete Pokerspielerin gewesen. Dafür hatte Mutter gesorgt. Ich wollte die Anschuldigung zurückschleudern, hielt mich aber zurück. Schließlich war das etwas, was Sterlyn oder Ronnie gesagt hätten, um den arroganten Schuft zu reizen.

Die wichtigste Strategie beim Poker bestand darin, seinen Vorteil gegenüber dem Gegner zu verbergen, bis der Zeitpunkt gekommen war, den tödlichen Schlag zu landen. Vielleicht fragte er sich, ob ich glaubte, dass er hinter dem Diebstahl der Artefakte steckte. Aber er konnte sich dessen erst sicher sein, wenn ich es bestätigte. Soweit er wusste, beschützte ich meine Mutter, ohne eine Ahnung zu haben, wer mein Feind wirklich war.

Fairerweise musste man sagen, dass ich nur vermutete, dass er der Dieb war; er hatte es nicht bestätigt, was wiederum bewies, dass ich mit meinen Worten vorsichtig sein musste.

»Glaub mir, ich wäre lieber nicht hier.« Das war ehrlich und aufrichtig. Ich *wollte* in Shadow Terrace sein und darauf warten, dass Levi zurückkam. In einer magischen Stadt festzusitzen, in der Dämonen nicht erlaubt waren, war problematisch für uns. Aber das Schicksal schien andere Pläne zu haben.

Der dunkle Engel funkelte mich an. »Erzähl mir etwas Nützliches, und ich sorge dafür, dass du hier rauskommst.«

»Ich habe die Artefakte genommen«, sagte ich langsam, damit er mich verstand. »Ich habe nichts weiter zu sagen.«

»Du wirst so lange reden, bis ich dir sage, dass du es *nicht* mehr tun sollst«, blaffte er und sein Gesicht lief rot an.

Ich wollte grinsen, aber ich unterdrückte den Drang. Ich hatte ihn schon hinreichend verärgert und wollte nicht, dass sich die Situation noch weiter zuspitzte.

»Ich sagte, *sprich!*« Er stampfte mit dem Fuß auf und erinnerte mich damit an ein kleines Federkind.

Mit kochendem Blut verbannte ich alle Spuren meiner Fröhlichkeit. »Ich bin *kein* Hund. Ein Befehl wird mich nicht dazu bringen, zu gehorchen.«

»Immerhin hat sie nicht *Wolf* gesagt«, murmelte Luna.

Sie erinnerte mich an eine wütende Version von Sierra.

»Ich bin dein Ratsvertreter und ...« Er atmete schwer aus.

»Was?« Er war sprachlos, wahrscheinlich, weil er nicht viel hatte, womit er mir drohen konnte. »Willst du mich ins Gefängnis werfen? Willst du mich umbringen?« Ersteres war bereits geschehen, und Letzteres würde er nicht tun, weil er beweisen wollte, dass ich nicht die Person war, die die Artefakte gestohlen hatte. Er brauchte mich lebendig.

»Überschätze deine Bedeutung nicht!«, zischte er.

Dieses Mal konnte ich mir ein Lachen angesichts der Ironie der Situation nicht verkneifen. »Ich bin nicht die Einzige mit diesem Problem.«

Er fuhr mit der Hand durch sein stacheliges Haar, eine für ihn ungewöhnliche Geste. Ich hatte ihn verunsichert.

»Ich komme morgen wieder, nachdem du Zeit hattest, dich auszuruhen und nachzudenken«, sagte er mit zusammengebissenen Zähnen.

Zu schweigen, fiel mir schwerer denn je, was bewies, dass Emotionen zu irrationalen Handlungen führten. Zum Glück hatte ich viel Erfahrung in Selbstbeherrschung.

Nach einem Moment drehte er sich auf dem Absatz um und marschierte zum Ausgang. An der Tür angekommen, rüttelte er kurz an der Klinke – doch dann zögerte er.

Azbogah wartete, vielleicht weil er dachte, ich würde mich ihm anvertrauen, wenn er so tat, als würde er gehen. Was er nicht wusste, war, dass ich heute Nacht lieber hierbleiben würde, als zurück zu meinen Eltern zu gehen. Dort würde ich entweder zusehen, wie sie abgeführt wurden, um meinen Platz einzunehmen, oder ich würde gezwungen sein, *ihre* Fragen zu beantworten. Dieser Zeitpunkt würde unweigerlich kommen, aber er musste nicht heute Nacht eintreten. Ich würde hier liegen und mich ganz auf Levi konzentrieren und darauf, wann er endlich zurückkehrte. Er und seine Gruppe sollten jeden Moment in dieser Dimension eintreffen, und mit jeder Sekunde, die verging, machte ich mir mehr Sorgen, dass etwas schiefgelaufen sein könnte.

Die Tür wurde geöffnet und Azbogah holte tief Luft. Als er schließlich nach draußen trat, atmete ich wieder leichter. Seine Anwesenheit hatte mich mehr beunruhigt, als mir bewusst gewesen war.

Das Schloss rastete ein, und ich lehnte mich gegen die Wand, die meine Zelle von Lunas trennte. Ich drückte meinen Kopf gegen den kühlen Beton, um mich zu sammeln. Ob ich es nun zugeben wollte oder nicht,

Azbogah war eine ernst zu nehmende Gefahr. Er hatte es nicht in eine Führungsposition geschafft, weil er ein Erzengel war – denn das war er nicht –, sondern durch seine Gerissenheit und seinen Einfluss. Zugegeben, vieles davon rührte von seiner Verbitterung darüber her, dass er der erste *normale* Engel überhaupt war, aber die kleine Tatsache hatte ihn noch entschlossener gemacht, Macht zu erlangen.

Glücklicherweise hatte ich mich in meinem Gespräch mit ihm nicht tiefer in die Bredouille gebracht – und das trotz meiner Kopfverletzung. Ich musste mich ausruhen, denn ich hatte das Gefühl, dass Azbogah morgen noch unerbittlicher sein würde.

Der Drang, meine Flügel zu bewegen, war übermächtig, also flog ich die kurze Strecke zu meinem Bett. Mir wurde mulmig zumute. Der Raum fühlte sich bereits kleiner an. Was, wenn ich hier nicht bald rauskam? Das Fliegen hatte mir so lange Freiheit geboten, besonders bei Sonnenuntergang. Das dunkle Orange der untergehenden Sonne war meine Lieblingsfarbe.

Luna räusperte sich. »Ich weiß, wir haben uns nie verstanden. Verdammt, du hast Griffin früher auch gehasst, aber ich habe auf die harte Tour gelernt, dass man ihnen niemals vertrauen darf.«

»Wem?« Vielleicht gab ich ihr mit meiner Nachfrage, was sie wollte, aber ich musste mehr erfahren.

»Ihnen allen«, knurrte Luna. »Jedem Einzelnen von ihnen. Sie tun alles, was nötig ist, um an die Spitze zu kommen. Es ist ihnen egal, auf wem sie herumtrampeln oder wen sie verletzen. Selbst wenn es um ihr eigenes Fleisch und Blut geht.«

»Du warst schwach und manipulativ«, erwiderte Ezra.

»Tu nicht so, als hättest du deinen Eltern nicht die Macht gegeben, dich zu benutzen!«

»Pass auf, was du sagst, Ezra!«, schoss Luna auf eine Art zurück, die ich noch nie von ihr gehört hatte. »Du bist auch hier, also tu nicht so, als wärst du besser als ich. Wenigstens war ich nicht so dumm, mich erwischen zu lassen. Ich habe nur den falschen Leuten vertraut – meinen Eltern.«

Ihre Worte berührten mich, und mein Herz verkrampfte sich vor Unbehagen. Ich konnte mir nicht vorstellen, Eltern zu haben, die mich nicht wollten.

Erinnerungen an meine eigene Kindheit schossen mir durch den Kopf – ich, als sehr junger Engel, nicht älter als zehn Jahre, meine Mutter neben mir fliegend, lachend.

Wie seltsam. Das konnte nicht geschehen sein. Vor Levi hatte ich keine Emotionen empfunden ... und doch waren Gefühle an das Lachen gebunden.

Meine Kopfverletzung musste schlimmer sein, als ich es angenommen hatte.

»Wir brauchen alle Ruhe«, sagte ich kurz, während die Verwirrung in mir fast überwältigend wurde.

»Ja, wir haben morgen einen anstrengenden Tag vor uns. Hier im Gefängnis«, erwiderte Ezra trocken.

Weder Luna noch ich reagierten darauf.

Ich faltete meine Flügel zusammen und legte mich mit dem Rücken zur Wand auf die Matratze. Die Zeit verrann, und dass ich den Mond nicht sehen konnte, machte es nicht besser. Schließlich wurden meine Augenlider schwer und der Schlaf übermannte mich.

Ich öffnete schlagartig die Augen. In meiner Brust sprühten Funken, und meine lauwarme Verbindung zu Levi entflammte erneut vor Hitze.

Seine Panik breitete sich in mir aus. Ich erschauderte.

Etwas stimmte nicht.

KAPITEL VIER

TROTZ DES WIEDERAUFLEBENS unserer Verbindung konnte ich nicht an dem Glück festhalten, ihn wieder auf der Erde zu haben. Nicht, wenn ihm oder jemandem, den er liebte, etwas Schreckliches zugestoßen war. *Was ist los?*

Das sollte ich dich fragen, antwortete er, wobei sich seine Sorge mit der meinen vermischte und mein Herz noch heftiger schlug.

Das war sowohl ein Vorteil als auch ein Nachteil unserer Verbindung. Wir spürten alles, was unser Gefährte auch spürte, was unsere eigenen Gefühle verstärkte. Beim Sex und anderen glücklichen Anlässen war diese Intensität ein Segen, aber wenn die Gefühle negativ waren, war es schwieriger, damit umzugehen, vor allem, da ich noch nicht darin geübt war, Emotionen zu haben.

Wenn du mir nicht sagst, was passiert ist, werde ich dich später bestrafen, und zwar nicht auf die Weise, die dir gefällt, drohte er.

Das Verrückte daran war, dass mich seine Warnung zum Lächeln brachte. Bei den Göttern, ich hatte ihn vermisst, und er war nur ein paar Stunden weg gewesen. Selbst wenn er einen Weg finden würde, mich angemessen zu bestrafen ... Solange er in meiner Nähe war, wäre ich bereit, mich foltern zu lassen ... auf jede Art und Weise, die ihm einfiel.

Und wieder rückten die Wände um mich herum enger zusammen.

Ich schlang meine Arme um mich und wünschte, es wären seine statt meine. *Etwas Schreckliches ist passiert, während du weg warst.*

Diese *Empfindungen* hatten mich zwar zu einer dramatischen Person gemacht, aber dennoch fürchtete ich mich davor, ihm zu sagen, was geschehen war. Ich wollte nicht, dass er sich irrational verhielt.

Rosey ... Seine Gefühle sprudelten mir entgegen.

Wenn ich dort gewesen wäre, hätte er geknurrt. Je länger ich brauchte, um die Situation zu erklären, desto unberechenbarer wurde er. *Sterlyn hat eine SMS von Kira erhalten.* Es war schwer, den Namen der Fuchswandlerin in einem Gespräch mit Levi zu verwenden, da die beiden so gut miteinander auskamen. Sie war nie eine Bedrohung für uns gewesen, aber er hatte ihr einen Spitznamen gegeben – so wie er mir einen gegeben hatte –, und das hatte mein Blut zum Kochen gebracht. Aber für Kleinlichkeiten war jetzt keine Zeit, und ich musste pragmatisch bleiben. *Sie haben die Prüfung des Lagerhauses abgeschlossen und das Fehlen von Artefakten festgestellt. Sie waren im Begriff, den Rat über die Ergebnisse zu informieren, aber Kira wollte uns einen kleinen Vorsprung geben, da Azbogah immer unruhiger wurde.*

Was hat das mit dir und dem Schmerz zu tun, den ich in der Hölle empfunden habe?, fragte er unverblümt. *Wir* müssen das Schwert wieder in das Artefaktgebäude bringen, bevor der Rat sein Fehlen bemerkt.

Ein Teil der Last auf meinen Schultern wurde leichter. Mir war gar nicht bewusst gewesen, wie sehr ich unter Stress gestanden hatte. *Wird es nicht einfach zu dir zurückkehren, so wie Ronnies Dolch es tut?* Ich hatte noch nicht genug mit Dämonenwaffen zu tun gehabt, um zu verstehen, wie sie funktionieren.

Jedes Schwert arbeitet anders. Da Wrath der Dämon des Krieges ist, hat sein Dolch die Fähigkeit, dem Besitzer zu erscheinen, wann immer er ihn braucht. Moms Schwert funktioniert nicht so – es bleibt an Ort und Stelle, bis ich es wieder abhole. Aber du weichst meinen Fragen aus.

Ich arbeite mich vor. Er musste die ganze Geschichte hören. *Ich bin zurück zum Haus meiner Eltern geflogen, weil ich es durchsuchen wollte, bevor Azbogah es tun konnte. Ich hatte den Verdacht, dass dort etwas versteckt sein könnte … und ich hatte recht.* Als ich die Geschichte erzählte, wurde mir klar, dass es nichts gab, was ich hätte anders machen können. *Ich habe drei Artefakte in ihrem Bettgestell gefunden und versucht, sie zu verstecken. Aber mir ist die Zeit davongelaufen und Azbogah hat mich erwischt. Ich befinde mich in einer Sonderhaftzelle in der Stadt.*

Zunächst konnte ich ihn nicht lesen. Das Gefühl, das durch unsere Verbindung drang, war seltsam, als versuchte auch er, herauszufinden, was er fühlen sollte. Dann brachen Unglaube und Wut wie eine Flutwelle über mich herein. *Sie haben dich eingesperrt, obwohl du nichts falsch gemacht hast? Was ist mit den Engeln geschehen, die daran glauben, das Richtige und Ehrenhafte zu tun?*

Ich habe ihnen gesagt, dass ich die Artefakte genommen habe. Ich machte mich auf seine Reaktion gefasst. An seiner

Stelle wäre ich entsetzt. *Was ich auch getan habe ... Ich habe sie aus dem Bettgestell geholt. Wenn sie Mutter verhaftet hätten, wäre Azbogah in der Lage gewesen, die Kontrolle über die Engel und die Stadt zu übernehmen. Er hat so viele korrupte Verbündete unter den anderen übernatürlichen Rassen, und wenn sie einen Platz an der Macht erlangen ... Ich konnte nicht zulassen, dass sein Plan funktioniert.*

Ein Teil seiner Wut verflog. *Ich verstehe. Es mag mir nicht gefallen, aber du hast nicht nur deine Mutter beschützt, sondern auch die Stadt. Aber ich schwöre, ich wünschte, du würdest nicht immer versuchen, das Richtige zu tun.*

So bin ich nun mal. Ich kann nicht tatenlos zusehen, wenn etwas Unrechtes passiert. Wenn Mutter beschuldigt worden wäre, hätte das alles zum Schlechten verändert. Ich kann diese Eigenschaft nicht abschalten, und ich will es auch gar nicht. Selbst im Angesicht des Unheils das Richtige zu tun, verlieh mir Kraft, und das war etwas, das ich nicht aufgeben konnte.

Verdammt noch mal, das weiß ich. Seine Frustration, aber auch eine Wärme, die das Wesen seiner Liebe widerspiegelte, sickerte durch unser Band. *Ich hätte nie gedacht, dass ich jemanden lieben könnte, der so selbstlos ist wie du. Du gibst immer alles und bringst dich in Gefahr, ohne eine Gegenleistung zu erwarten. Aber das ist eine der Eigenschaften, die ich am meisten an dir liebe, auch wenn es mich manchmal wütend macht und erschreckt.*

Mein Herz schwoll an. Seine Akzeptanz und Unterstützung bedeuteten mir mehr als alles andere im Universum, was mich gleichzeitig faszinierte und betäubte. Er machte mich stärker, aber er hatte auch die Macht, mich zu zerstören. Das hatte ich gelernt, als er mich verlassen hatte, um seinen Vater zu retten, gleich nachdem wir unser Band geknüpft hatten.

Sein vermeintliches Verlassen wäre nicht so quälend gewesen, wenn er mich über seine Pläne zur Rückkehr informiert hätte. Er hatte es so aussehen lassen, als würde er nicht zurückkommen, und er hatte das Dämonenschwert, das er Kira mit einer List aus dem Artefaktgebäude hatte stehlen lassen, mit in die Hölle genommen.

Dieses Mal war er mit seinem Vater und fünf Mitgliedern des Hexenzirkels – Circe, Aurora, Lux, Herne und Aspen – in die Hölle zurückgekehrt, um das Schwert und die mächtige Hexe Eliza zu finden. Obwohl seine Abwesenheit hart gewesen war, hatte es sich nicht so angefühlt wie damals, als ich angenommen hatte, dass er nie wieder zu mir zurückkehren würde.

Ich biss auf meine Unterlippe, um meine Tränen zu unterdrücken. Ich wollte nicht, dass Ezra oder Luna erfuhren, dass ich weinen konnte, oder noch schlimmer, dass ich es hier tat. *Ich wünschte, du könntest mich in den Arm nehmen.*

Ja, ich auch. Daran habe ich immerzu gedacht, als ich dort war. Er hielt inne. *Besonders, als ich deinen Schmerz gespürt habe ... den du mir immer noch nicht erklärt hast.*

Ich hatte gehofft, ihn zu überspielen, aber ich hätte es besser wissen müssen. *Es ist passiert, als sie mich geschnappt haben. Ich habe versucht, zu fliehen, aber es waren drei der Kriegerengel in der Nähe, die mich einst ausgebildet haben. Gegen sie, Ingram und Azbogah hatte ich keine Chance.* Ich gab das nur ungern zu, aber Ishim, Phul und Munkar waren drei unserer besten Kämpfer, und sie hatten mir alles beigebracht, was ich wusste. Wenn ich besser vorbereitet gewesen wäre, hätte ich entkommen können, aber der Schock, mit den Artefakten in der Hand erwischt zu werden, hatte mich aus der Bahn geworfen.

Wenn sich erneut eine ähnliche Situation ergeben würde, wäre ich bereit, mich zu wehren und ihre Schritte zu kontern.

Ich werde dafür sorgen, dass jeder von ihnen für den Schmerz, der dir zugefügt wurde, büßen muss, schwor er.

Meine Wangen schmerzten von dem breiten Lächeln, das sich auf meinem Gesicht ausgebreitet hatte. Ein Schwur der Gewalt, um ein Unrecht zu rächen, das einem geliebten Individuum angetan worden war, galt unter den Engeln als die romantischste Geste überhaupt. *Sind Eliza und das Schwert in Sicherheit?* Ich blinzelte und stellte fest, dass ich ganz natürlich einer Person den Vorzug vor einem mächtigen Artefakt gegeben hatte. Früher hätte ich meine Worte sorgfältig gewählt, um sicherzustellen, zuerst nach der Person zu fragen.

Ja, es ist gut gelaufen … Er verstummte.

Ich erhob mich langsam und achtete darauf, dass die Matratze nicht knarrte. Ich wollte Ezra und Luna nicht wecken und hören, wie sie einander erneut anfauchten. Trotz der kurzen Zeit, die ich hier war, wollte ich schon nach Ohrstöpseln verlangen – obwohl das bei meinem übernatürlichen Gehör auch nicht viel nützen würde.

Ich ging in der Zelle auf und ab, um etwas von meiner nervösen Energie loszuwerden. *Was ist passiert?*

Wir haben die Hölle ohne Probleme verlassen, aber sie werden bald merken, dass sowohl Eliza als auch das Schwert fehlen. Seine Beklemmung war spürbar. Bevor ich nach mehr Informationen fragen konnte, fuhr er klugerweise fort: *Sie werden Vergeltung fordern.*

Als ich aus dem kleinen Fenster schaute, bemerkte ich, dass sich der Himmel aufhellte. Es musste schon nach halb sieben Uhr morgens sein. Die Ratssitzung würde in den nächsten Stunden stattfinden.

Aber die Prinzen der Hölle können nicht kommen, ohne dass alle davon erfahren. Nicht, dass sie nicht andere schicken könnten, um uns das Leben schwer zu machen. Das hatten sie schon oft mit Dämonen ausprobiert, die so schwach waren, dass ihre Anwesenheit die Engel in Shadow City nicht alarmiert hätte. Die meisten Engel blieben innerhalb der Mauern; ich war eine Ausnahme, denn ich hatte die Erlaubnis erhalten, die Shadow Ridge University zu besuchen. Der Waffenstillstand zwischen Engeln und Dämonen sah vor, dass die Engel in Shadow City blieben, während die Prinzen der Hölle und die gefallenen Engel in der Hölle verweilten.

Die Dämonen, die bislang auf die Erde gekommen waren, gehörten zwar zu den gefallenen Engeln, aber nicht zu den ehemaligen Erzengeln, sodass die Engel von Shadow City nichts davon mitbekommen hatten.

Das heißt aber nicht, dass sie keinen Ärger bereiten werden. Etwas veränderte sich in Levi. *Liebste, wir erreichen die Häuser, und die Hexen sind unruhig, weil die Sonne aufgeht. Wenn ich nur langsam auf deine Fragen reagiere, ist das der Grund.*

Die Hexen waren nervös, weil sie Shadow City und dem mächtigen Hexenzirkel unter der Führung von Erin so nahe waren. *Pass auf dich auf! Ich liebe dich.*

Liebe beschreibt nicht einmal, was ich für dich empfinde. Manche könnten es als Besessenheit bezeichnen, neckte er. *Ich melde mich bald wieder bei dir.*

Unsere Verbindung kühlte leicht ab, jetzt, da wir sie nicht mehr aktiv nutzten, aber in meinem Herzen hatte sich bereits Wärme ausgebreitet, weil ich wusste, dass er in der Nähe und in Sicherheit war. Zumindest hatte ich das, und über den Rest würde ich nicht nachdenken ... noch nicht.

Ich atmete aus und breitete meine Flügel aus, weil ich den Drang verspürte, mich in den Himmel zu erheben.

»Wenn du das schon für schlimm hältst, dann lass uns in sechs Monaten noch einmal sprechen«, murmelte Luna. Zuerst dachte ich, sie spräche mit sich selbst, aber dann fuhr sie fort: »Ich bin kein Engel, aber ich denke, dein Bedürfnis, zu fliegen, ist wie das Bedürfnis eines Wolfswandlers, zu rennen. Manchmal denke ich, dass ich meine innere Wölfin nicht mehr spüren kann, und das macht mir Angst. Doch manchmal ist sie so wütend und frustriert, dass ich befürchte, sie könnte die Kontrolle übernehmen und meine menschliche Seite eliminieren. Ich bin mir nicht sicher, welche Version schrecklicher ist. Mich hier zu verwandeln, ist nicht genug. Sie ist gefangen und verzweifelt danach, zu rennen.«

Der Gedanke war beunruhigend. Ich hatte kein magisches Wesen in mir, wie es die Wandler taten. Sie waren einzigartig, weil sie Mensch und Tier vereinten. Ihre Magie konnte nicht reproduziert werden. »Sie lassen dich nicht rennen?«

Ich verstand, warum wir von den anderen Häftlingen getrennt waren. Als ich zuletzt dort gewesen war, waren rund dreißig Gefangene aus allen möglichen Rassen darunter gewesen. Viele der normalen Insassen hegten einen Groll gegenüber dem Rat, da dieser das letzte Wort bei allen Verurteilungen hatte. Luna und ich waren die Kinder von Ratsmitgliedern, und Ezra war selbst Mitglied gewesen, also ergab es Sinn, dass sie uns vom Hauptgefängnis getrennt hielten – wir könnten Ziele für Vergeltungsmaßnahmen sein. Aber das erklärte nicht, warum Luna und Ezra nie Zeit im Freien verbringen durften.

»Und ich dachte, du wüsstest alles«, seufzte sie, dieses

Mal ohne die Feindseligkeit, die sie mir sonst entgegenbrachte.

Fairerweise musste man sagen, dass es nicht unangebracht gewesen wäre, wenn sie sich abfällig geäußert hätte. In letzter Zeit hatte ich darüber nachgedacht, wie ich mich vor dem Aufeinandertreffen mit Levi verhalten hatte, und mir war klar geworden, dass meine Selbstsicherheit als voreingenommen missverstanden worden sein könnte. »Es tut mir leid, wenn ich dir den Eindruck gegeben habe, alles zu wissen. Es ist nur so, dass man, nachdem man eine gewisse Zeit gelebt hat, einige Dinge von Natur aus weiß. Meine Weisheit kann entwaffnend sein, wenn ich so alt erscheine wie jemand, der wesentlich jünger ist.«

»Ah ...« Luna gluckste. »Da ist sie ja.«

Und ich hatte gedacht, ich hätte mich gut geschlagen. »Ich habe nicht gemeint ...«

»War nur ein Scherz.« Luna sprach nun lauter und ihre Matratze knarrte leise, als würde sie sich noch mehr der Wand zuwenden. »Die alte Rosemary hätte sich nie entschuldigt.«

Ich rieb meine Arme und versuchte, einen Schauer zu unterdrücken. Ich war früher nicht gerade freundlich gewesen, und selbst nachdem ich mich mit Sterlyn angefreundet hatte, war ich vielen gegenüber kalt geblieben. Aber Levi hatte eine tiefgreifende Wirkung auf mich, und ich hatte das Ausmaß noch immer nicht ganz erfasst. »Du hast recht. Aber das beantwortet meine Frage nicht.«

»Durch unsere Verbindungen zum Rat fürchten sie, wir könnten uns aus dem Staub machen«, antwortete sie schlicht.

Das war grotesk. »Das ist das Dümmste, was ich je gehört habe.«

Sie lachte, und dann klang der Ton so gedämpft, als hielte sie sich den Mund mit den Händen zu.

Ich war mir nicht sicher, was sie so amüsant fand, aber ich machte mir keine Gedanken darüber, nachzufragen. Sterbliche teilten anderen gern mit, was sie lustig fanden.

Als sie sich wieder gefasst hatte, sagte sie erwartungsgemäß: »Nicht wörtlich. Sie fürchten, wir könnten Leute haben, die uns bei der Flucht helfen. Je weiter sie uns in die reale Welt hinauslassen, desto größer ist die Chance, dass wir mit solchen Leuten in Kontakt treten.«

»Hm.« Wenn sie es so erklärte, klang die Auflage nicht annähernd so albern. »Diese Theorie hat durchaus ihre Berechtigung, auch wenn ich bezweifle, dass dir jemand helfen will. Deine Eltern haben dir nicht viele Verbündete hinterlassen.« Ich zuckte zusammen. Der Aufenthalt im Gefängnis brachte meine Unverblümtheit zum Vorschein. »Ich meine ...«

»Das ist in Ordnung. Du bist einfach nur ehrlich.« Ihre Füße streiften den Boden, als sie aufstand. »Aber du hast recht. Ich war ein Schachfigürchen im Spiel meiner Eltern und zu dumm, um das zu erkennen. Ich habe mich an meinen Jugendfreund, an dem ich nicht wirklich interessiert war, herangemacht, um sie glücklich zu machen. Ich habe mich ihm mehrfach an den Hals geworfen, obwohl er mich ständig zurückgewiesen hat. Wer würde so jemanden wollen?« Sie stieß ein trockenes Lachen aus. »Jetzt ist nicht nur meine Wölfin aus dem Gleichgewicht geraten, weil sie eingesperrt ist, sondern ich bin auch eine Abtrünnige. Ich habe kein Rudel, und das macht mich nur noch wahnsinniger.«

Ihre Zeit hier hatte ihr eine Perspektive eröffnet, die ich so nicht zu hören erwartet hatte. Ich merkte, wie ich ihr gegenüber auftaute, obwohl sie einige Dinge getan hatte, die schwer zu verzeihen waren. Immerhin hatte sie versucht, Sterlyn, einen Silberwolf, zu töten. Ich hatte Mutter und mir selbst vor langer Zeit versprochen, dass ich jeden Silberwolf, der mir über den Weg lief, mit meinem Leben beschützen würde.

Lunas Worte waren zwar nett, aber Taten sprachen lauter. Trotzdem hielt ich den Mund, da nichts Positives dabei herauskommen würde, sollte ich diese Worte aussprechen. Vielleicht war das Anti-Unhöflichkeit-Training, das Sierra mir im vergangenen halben Jahr auferlegt hatte, wirklich angekommen, auch bei Leuten außerhalb unserer Kerngruppe.

Stille erfüllte den Raum, und ich legte mich zurück ins Bett, um zu vergessen, wo ich war.

DIE ZEIT VERGING IM SCHNECKENTEMPO. Ich konnte Minuten nicht mehr von Stunden unterscheiden. Das Einzige, was ich mit Sicherheit wusste, war, dass es noch Tag war und man uns Frühstück gegeben hatte: Eier, Toast und etwas, das wie Orangensaft schmecken sollte. Das Fenster der Zelle war geöffnet und ein Tablett hindurchgeschoben worden. Jetzt stand das leere Tablett in der Ecke des Zimmers und verhöhnte mich.

Jeder Bissen war wie eine ganz andere Art von Folter gewesen, wie ich sie noch nie erlebt hatte und auf die ich nicht vorbereitet gewesen war, aber ich hatte mich dazu gezwungen. Ich konnte nicht zulassen, dass ich zugrunde ging, und ich weigerte mich, noch viel länger hier festzusitzen. Ich würde zu Levi zurückkehren. Irgendwie. Die Wahrheit würde ans Licht kommen – und zwar zu meinen und Mutters Gunsten.

Das Klicken des Schlosses machte uns alle drei nervös. Ich lernte schnell, dass die Wachen nur für Notwendigkeiten hereinkamen. Ich nahm an, dass jemand hier war, um die Essenstabletts abzuholen.

Doch als sich die Tür öffnete, wehte der typische Geruch von Geißblatt herein, zusammen mit dem Gestank von Urin.

Azbogah und Grady.

Ein saurer Geschmack erfüllte meinen Mund.

Ich hörte zwei Paar Schritte. Azbogah flog nicht, sondern ging.

Interessant.

Bald traten die beiden in mein Blickfeld. Grady stand aufrecht, das Kinn hocherhoben und die Brust aufgebläht. Der Fuchswandler war bestimmt einen knappen halben Meter kleiner als der Engel neben ihm. Sein rubinrotes Haar blendete in dem dunklen Raum fast, und wie üblich war seine Hose zwei Nummern zu groß.

Ich konnte mir nicht erklären, warum die beiden zusammen hier waren. Obwohl Grady Azbogahs Marionette und bereit war, alles zu tun, um seine Cousine Kira zu stürzen, die den begehrten Posten des Anführers der Fuchswandler und der Polizei übernommen hatte, ergab seine Anwesenheit keinen Sinn.

»Was tust du hier?«, fragte ich ohne Umschweife. Ich konnte mir denken, warum Azbogah gekommen war, aber das vorübergehende Mitglied des Wandlerrats würde mich nur irritieren.

Vielleicht *war* das der Sinn der Sache.

Meine Aufmerksamkeit fiel auf die Papiere in Gradys Hand und mir wurde flau im Magen.

KAPITEL FÜNF

DER FUCHSWANDLER GRINSTE. »Wie gut, dass du fragst.«

Im Gegensatz zu Kira war er weder schlau noch gerissen. Vielmehr ... arrogant und darauf bedacht, sich zu beweisen, aber diese Beschreibungen passten auch nicht wirklich zu ihm. Sie waren zu nett. Grady war ein Narzisst. Er konzentrierte sich immer darauf, wer ihm Unrecht getan hatte und dass er die Führungsrolle und jede andere Gunst, die ihm zuteilwerden könnte, *verdiente*.

»Sie hatte nicht wirklich eine Wahl«, warf Luna von ihrer Zelle aus ein. »Du bist aus einem bestimmten Grund hergekommen. Ich bezweifle, dass du nach ihr sehen wolltest.«

»Ich bin mir sicher, dass jemand hinter *all* dem steckt, und ich schwöre, es ist nicht Grady.« In Ezras Worten schwang Abscheu mit. »Er wird genauso benutzt wie alle anderen auch. Die Person, die wirklich dahintersteckt, wirds sich nicht die Hände schmutzig machen.«

Gradys Grinsen schwand. »Hm?«

Azbogah funkelte Ezra an. Ezra rümpfte die Nase und schob seine Lippen zurück, bis seine Zähne in ihrer ganzen Pracht zu sehen waren. Selbst wenn ich nicht vermutet hätte, dass Azbogah hinter all unseren Schwierigkeiten steckte, wäre Ezras Hinweis auf die potenzielle Bedrohung ein Warnsignal gewesen. Trotzdem war es schön, die Bestätigung zu erhalten, dass wir nicht danebenlagen. Wir hatten unsere Vermutungen, aber niemand hatte je mit dem Finger auf *ihn* gezeigt. So etwas hatte ich noch nie erlebt, und ich nahm an, dass Azbogah jeden zum Schweigen bringen konnte.

Der Engel verschränkte die Arme vor der Brust und starrte auf das ehemalige Wolfsratsmitglied hinab. Ich hoffte, dass Ezra alle Vorsicht über Bord werfen und die ganze Wahrheit ans Licht kommen lassen würde. Nicht, dass ihm das in seiner jetzigen Situation helfen würde, aber er könnte den Drahtzieher zu Fall bringen und ihn direkt neben sich einsperren lassen. Nicht weiter die Hauptlast zu tragen, sollte für Ezra Grund genug sein, um reinen Tisch zu machen.

»Bitte klär uns auf, von wem die Rede ist!« Azbogah hob sein Kinn an. »Ich denke, wir würden alle gern wissen, ob noch jemand beteiligt ist.«

Etwas Undefinierbares huschte zwischen den beiden hin und her, und Grady räusperte sich, um die Aufmerksamkeit wieder auf sich zu lenken.

Schockierend.

Er wedelte mit den Papieren vor seinem Gesicht herum. »Wir möchten dich noch einmal fragen – hast du die Artefakte genommen?«

Azbogah wandte seine Aufmerksamkeit Grady zu und rieb seine Stirn.

Sie hofften, meine Geschichte zu zerpflücken, aber ich

war fest von ihr überzeugt. »Ja, das habe ich.« Ich trat ein paar Schritte zurück und plusterte meine Flügel auf, weil ich den schmerzhaften Drang verspürte, zu fliegen. Doch Azbogah würde glauben, dass es sich um einen Versuch handelte, ihn einzuschüchtern.

Schließlich war das eine Taktik, die sowohl er als auch Mutter gern anwandten.

Grady drehte sein Handgelenk so, dass ich die beiden Dokumente in seinen Händen lesen konnte: *Shadow Ridge Register* und *Shadow Terrace Register*.

Die Überschriften waren alles, was ich sehen musste, um zu verstehen, worauf das Verhör hinauslaufen würde.

Sie hatten festgestellt, dass ich bis kurz vor meiner Verhaftung gar nicht in der Stadt gewesen war. Gradys arroganter Gesichtsausdruck war wirklich übertrieben, aber eines war klar: Der Fuchswandler glaubte, mich durchschaut zu haben.

»Und?« Ich wippte auf meinen Absätzen zurück und musterte ihn. »Ich kann nicht folgen.«

Seine Schultern sackten ein wenig nach unten. »Wieso nicht? Du bist nicht einmal eine halbe Stunde, bevor du mit den Artefakten erwischt worden bist, in Shadow City angekommen. Wie hättest du sie in dieser kurzen Zeit nehmen können?«

»Ich finde es reizend, dass du versuchst, meine Unschuld zu beweisen – und dass trotz der Tatsache, dass ich mit Kira im Bunde bin.« Ich wollte nichts sagen, was noch mehr Fragen aufwerfen würde, nur, um dann festzustellen, dass ich mich selbst in die Enge getrieben hatte. Manchmal machte der Versuch, zu viel zu erklären, eine Situation noch schlimmer, egal, ob man schuldig oder unschuldig war.

»Was?« Grady runzelte die Stirn, eine Ader in seinem Hals wölbte sich. »Das ist nicht meine Absicht.«

Ich unterdrückte den Drang, zu lächeln, und blickte ausdruckslos drein. Ich würde ihm nicht verraten, dass er genauso reagierte, wie ich es wollte. Es ging darum, ihn so zu verärgern, dass er entweder vergaß, warum er hergekommen war, oder beschloss, dass es ihm schaden würde, meine Unschuld zu beweisen. »Es hört sich ganz danach an. Du willst beweisen, dass ich nicht hinter dem Diebstahl stecke, damit ich freikomme.« Ich nahm mir ein Beispiel an Sterlyn, Ronnie und Sierra und versuchte, ihn zu ködern. »Vielleicht könnten Kira und ich zusammen essen gehen, um zu feiern, dass ihr Cousin es geschafft hat, mich aus dieser Zelle zu holen.«

Er plusterte seine Brust auf. »Aber ich bin ein Ratsmitglied.«

Luna schnaubte. »Was hat das damit zu tun? Und glaubst du wirklich, dass du das noch lange bleiben wirst? Du warst schon immer die Zielscheibe aller Witze ... sogar der des Rats.«

»Das ist nicht wahr«, warf ich ein. »Bis vor Kurzem war er im Rat gar kein Thema. Er war nie wichtig genug.« Sie putschte ungewollt sein Ego auf. Leute wie Grady, Azbogah und Ezra lebten davon, wenn über sie *gesprochen* wurde. Dabei spielte es keine Rolle, ob der Kontext positiv oder negativ war.

Gradys Brust erschlaffte wie ein Ballon, dem die Luft ausgegangen war.

»Das reicht jetzt.« Azbogah riss Grady die Papiere aus den Händen. Mit unbehelligter Miene beugte sich der Engel zu mir. »Du bist seit fast zweieinhalb Wochen nicht mehr in der Stadt gewesen. Es ist unmöglich, dass du die

Artefakte genommen hast. Du warst in der Nacht des Einbruchs nicht einmal hier.«

Ich zuckte mit den Schultern und versuchte, meinen Gesichtsausdruck zu beherrschen. Wenn er auch nur ahnte, dass ich einknicken könnte, würde er mich noch mehr unter Druck setzen. Ich musste meine Entschlossenheit aufrechterhalten. »Ich weiß nicht, was ich sagen soll. Ich habe die Artefakte genommen, und es war nicht so schwierig, wie dich manche glauben machen wollen.« Meine Worte deuteten darauf hin, dass die Hexen keine besonderen Zaubersprüche vollbracht hatten. Ich wollte, dass sie genauso schlecht dastanden wie alle anderen, denn sie waren diejenigen, die die Schutzbarrieren errichtet hatten, um zusätzlich zu den Polizeikräften über die Artefakte zu wachen.

»Sie hat recht. Sie war in der Lage, die Zaubersprüche der Hexen zu umgehen, also sollten diese ebenfalls Ärger bekommen.« Gradys Augen leuchteten auf, während er eine weitere Gelegenheit ergriff, seinen Einfluss geltend zu machen. »Erin ist diejenige, die ...«

»Genug!« Azbogah funkelte Grady an. »Das werden wir nicht tun. Es muss mehr dahinterstecken, denn ich bezweifle, dass eine Hexe bereit ist, mit Rosemary zusammenzuarbeiten. Sie ist nicht gerade der beliebteste Engel in der Stadt.«

»Bäm!« Grady gluckste und ignorierte die Tatsache, dass er gezüchtigt worden war. »Das muss wehgetan haben.«

Was für ein Trottel! Ich hob meine Augenbrauen. »Nein, hat es nicht.«

»Ich würde nie jemandem wehtun, den ich ge...«, Azbogah hielt inne und zupfte am Kragen seines schwarzen Oberteils. »Den ich gefangen genommen habe. Ich habe sie gefangen genommen, also wäre es nicht richtig, ihr wehzutun.«

»Das habe ich nicht gemeint.« Grady zupfte an seinem Ohrläppchen. »Ich meinte, er hat dich beleidigt.«

Damit war nichts geklärt. »Hat er nicht. Was er gesagt hat, entspricht der Wahrheit. Bis vor Kurzem war ich unflexibel und froh, allein zu sein. Ich habe eine strenge Moralvorstellung, mit der die meisten Leute hier nicht einverstanden sind, und das habe ich inzwischen akzeptiert.« Wenn jemand Fakten nannte, war das keine Beleidigung, und trotz meiner neu entwickelten Gefühle hatte ich seine Worte nicht so aufgefasst. An der Wahrheit gab es nichts zu beschönigen.

»Es sollte auch keine Beleidigung sein. Ich bin auch nicht unbedingt beliebt.« Azbogah klopfte sich auf die Brust. »Und es geschieht selten, dass jemand so stark und imstande ist, mit dieser Art von Negativität umzugehen. Selbst die meisten Engel wünschen sich, gemocht zu werden.«

Ich schluckte meine Galle hinunter, weil ich nicht darauf aufmerksam machen wollte, wie anders ich geworden war. Die Illusion der alten Rosemary war wichtiger denn je, aber der Vergleich mit einem der Männer, die ich im Universum am meisten verachtete, machte mich nervös. »Äh ... ich möchte nur das *Richtige* tun. Es ist mir nie darum gegangen, mich selbst zu bereichern, also kann dein Vergleich hier enden.«

Der dunkle Engel legte den Kopf schief. »Wir haben mehr gemeinsam, als dir bewusst ist, Kleines.«

Ich wünschte, er würde aufhören, mich so zu nennen. Ich hasste es, aber ich wollte nicht, dass er wusste, dass es mich störte, sonst würde er den Spitznamen noch öfter benutzen. »Das bezweifle ich.« Im Gegensatz zu ihm fand ich keinen Gefallen daran, Macht zu erlangen oder andere zu schwächen.

»Es gibt *niemanden* wie Azbogah«, fauchte Ezra. »Glaub mir! Einst dachte ich, alle anderen lägen falsch. Ich habe die Wahrheit erst erkannt, als es zu spät war.«

Er hatte gedacht, der Gerissenere von beiden zu sein, aber er war derjenige, der hinter Gittern gelandet war. Jeder in diesem Raum verstand seine Andeutung.

Jeder außer Grady.

»Das Hauptgefängnis könnte ein besserer Ort für dich sein, wenn du weiterhin so unpassend daherredest.« Azbogah grinste Ezra an, das grausame Funkeln in seinen Augen war zurückgekehrt. »Ich verstehe, dass es schwer für dich ist, nicht nur einen begehrten Platz im Rat verloren zu haben, sondern auch dem Wandler gegenüberzutreten, der deinen Platz eingenommen hat. Das muss hart sein. Obwohl ich ein tolerantes Wesen *bin*, kann Toleranz zu einer Schwäche werden, und dann sind Grenzen wichtig.« Als er sich wieder auf mich konzentrierte, wurde seine Miene weicher. »Etwas, das du dir auch gut einprägen solltest.«

Ich kniff die Lippen zusammen, um das Lächeln zu verbergen, das sich auf mein Gesicht zu schleichen drohte. Ich war mir nicht sicher, ob es mir gelang.

Grady räusperte sich und richtete sich auf, aber trotzdem reichte sein Kopf gerade bis zu meinen Schultern. Seine kleine Statur tat seiner Arroganz jedoch keinen Abbruch. »Zurück zum eigentlichen Thema. Du musst uns sagen, wie du an die Artefakte gekommen bist.«

Ich wich zurück, erschrocken darüber, dass er eine solche Forderung an mich stellte.

Als ich nichts sagte, zeigte er auf mich und befahl: »Jetzt sofort!«

Bei den Göttern! Er meinte es ernst. Ich lachte laut auf und der Ton kam tief aus meiner Brust. Das war nicht meine Absicht gewesen, aber ich konnte es nicht verhindern.

Sein Gesicht nahm die Farbe einer Tomate an, was mich noch mehr zum Lachen brachte. Ich musste den Verstand verlieren, aber ich konnte nicht die Bedenken entwickeln, die wahrscheinlich später kommen würden.

Stirnrunzelnd krächzte Grady: »Was ist so lustig?«

Auf Azbogahs Stirn zeichnete sich Sorge, Schock oder Abscheu ab. Ich konnte es nicht genau bestimmen.

Dann überkam mich etwas: *Es ist mir egal, was er denkt.*

Es hatte mich nie wirklich interessiert – ich war immer auf Selbsterhaltung eingestellt gewesen. *Verärgere ihn nicht! Mach uns nicht noch mehr zur Zielscheibe! Tu es nicht! Tu es nicht! Tu es nicht!* Die Liste ging endlos weiter. Aber ich hatte keine Angst vor ihm, sondern eher vor dem Einfluss, den er auf unsere Leute hatte.

Deshalb hatte ich ihm auch Macht über mich gegeben.

Das Lustigste an der ganzen Situation war, dass ich erst Gefühle hatte entwickeln müssen, um das zu erkennen. Die pragmatische Rosemary hatte angenommen, alles Notwendige zu tun, um die Situation nicht schlimmer zu machen. Aber das hatte offensichtlich nicht funktioniert. Tatsächlich waren wir in dieser Situation, weil wir nicht mehr getan hatten, als zu überleben.

Grady stampfte auf. »Warum lachst du?«

»Äh ... Engel lachen nicht so. Zumindest habe ich noch nie einen lachen hören, schon gar nicht sie.« Luna klang verwirrt und doch fasziniert. »Also ... entweder hat sie bereits den Verstand verloren – oder sie kann nicht glauben, dass du wirklich denkst, sie würde auf dich hören. Solange dir eine Abreibung verpasst wird, habe ich kein Problem mit ihrem Verhalten.«

Ihre Worte schmerzten in meinem Herzen. Luna erinnerte mich tatsächlich an Sierra. Und es war ein schlechtes Zeichen, dass ich *sie* vermisste.

Der Gedanke erdete mich. Ich wischte die Tränen aus meinen Augen und schüttelte den Kopf. »Wenn du glaubst, dass ich geneigt bin, dir oder *Azbogah* zu antworten, dann hör mir mal gut zu! Ich *werde dir nicht* sagen, wie oder wann ich an die Artefakte gekommen bin. Alles, was ich zu sagen habe, ist, dass *ich* sie genommen habe. Habe ich mich dieses Mal klar ausgedrückt, oder muss ich es wiederholen?«

»Du magst bereits im Gefängnis sein, aber dein Leben kann noch viel schlimmer werden ...«, begann Grady.

»Das reicht«, warf Azbogah ein, und obwohl sich seine Atmung beschleunigt hatte, behielt er eine ruhige Stimme bei. »Du bist nicht in der Position, Drohungen auszusprechen.«

Ich atmete heftig ein. Ich hatte nicht erwartet, dass Azbogah mich unterstützen würde, aber ich durfte nicht vergessen, dass er ein guter Manipulator war. Er hatte für alles, was er tat, einen Grund.

Grady schnaubte. »Doch, das bin ich. Ich bin ein Vertreter der Wandler.«

»Ein vorübergehender«, stieß Azbogah hervor. »Und einer, der in Sekundenschnelle entfernt werden kann. Sprich nicht auf diese Weise mit *ihr*! Hast du verstanden?«

Gradys Unterkiefer zitterte und er sah aus, als würde er gleich implodieren. Er mochte es nicht, wenn man von oben herab mit ihm sprach, und die Art und Weise, wie Azbogah ihn zurechtgewiesen hatte, schien ihn zu verunsichern.

Ezra lachte bitter auf. Er musste nichts sagen, um seine

Botschaft zu vermitteln. Ich verstand sie laut und deutlich: Er selbst hatte Azbogahs wankelmütige Loyalität zu spüren bekommen, genau wie Grady.

Anstatt zu sprechen, nickte Grady, wahrscheinlich aus Angst, wie seine Stimme klingen würde.

»Du kannst gehen«, sagte Azbogah streng.

Ich hatte erwartet, dass Grady ausrastete, aber er ging wohlweislich auf die Tür zu.

Vielleicht hatte er ja doch einen Sinn für Selbsterhaltung.

Als sich die Tür hinter dem Fuchswandler schloss, fuhr Azbogah mit einer Hand über sein Gesicht und ließ sie dann fallen. »Rosemary, ich weiß, dass wir uns nicht nahestehen, aber ich habe nur dein Bestes im Sinn. Willst du wirklich für ein Verbrechen eingesperrt werden, das du nicht begangen hast, Kleines? Dich so zu sehen, verfolgt mich und ich fühle mich ... ziemlich unbehaglich.«

Er strahlte Aufrichtigkeit aus, und ich verstand, warum manche Leute ihm vertrauten. Aber ich war, wie Levi schon oft betont hatte, abgestumpft. »Verzeih mir, dass ich mich nicht um *dein* Unbehagen kümmere. Ich bin diejenige, die in einer Zelle sitzt und keinen Zugang zur Außenwelt hat. Also such dir bitte jemanden, der für deine Aufmerksamkeit empfänglicher ist, und vergiss, dass ich existiere!« Ich trat näher an ihn heran; meine Finger umschlangen die Eisenstäbe. Die Kühle sank in meine Knochen und vertrieb etwas von der Wut, die in mir aufgestiegen war. »Ich habe das Verbrechen gestanden, und es gibt nichts, was du tun kannst, um mich dazu zu bringen, mein Geständnis zu widerrufen.«

»Schön.« Er zupfte an seinem Jackett. »Ich komme in ein paar Tagen wieder, wenn du dich eingewöhnt hast. Vielleicht hast du dann eine andere Perspektive.«

Er rechnete damit, dass ich mich von meinem Bedürfnis, zu fliegen, überwältigen lassen würde, und das beunruhigte mich. Ich war schon jetzt rastlos, und es waren noch nicht einmal vierundzwanzig Stunden vergangen. Vielleicht hatte er vergessen, dass ich darauf trainiert worden war, Folter zu ertragen. Nicht dieser Art, aber ich würde die gleichen Prinzipien anwenden, die ich vor fast neunhundert Jahren gelernt hatte, um sie zu überleben.

Ich machte mir nicht die Mühe, zu antworten, sondern trat einen Schritt zurück und stemmte die Hände in die Hüften. Ich wollte, dass er mich für entschlossen hielt, falls nötig den Rest meines Lebens in dieser Zelle zu verbringen.

Er nickte, drehte sich um und flog in Richtung Tür. Der Anblick seiner frei schwingenden Flügel tat weh, aber ich zwang mich, nicht zu reagieren. Es war seine Absicht, mich zu beeinflussen.

Als sich die Tür endlich schloss, stieß ich den Atem aus, den ich zuletzt angehalten hatte. Ich hoffte, meine Freunde würden mir beistehen. Ich hatte immer geglaubt, dass die Gerechtigkeit am Ende siegen würde – irgendwann würde der wahre Schuldige entlarvt werden. Ich konnte nicht zulassen, dass sich Zweifel einschlichen, wenn ich am meisten Entschlossenheit brauchte.

»Rosemary?«, rief Luna, aber ich hatte keine Kraft mehr zum Reden.

Stattdessen legte ich mich aufs Bett, schloss die Augen und rieb meine Brust, die durch meine Verbindung mit Levi warm war. Ein kurzes Nickerchen würde mir eine Pause von dieser vorübergehenden Hölle verschaffen.

Die nächsten zwei Tage vergingen schleichend, jede Stunde war länger als die letzte. Ich hatte die Zeit noch nie so erlebt – Tage waren wie Minuten, wenn man eine Ewigkeit zu leben hatte. Doch der Segen der Unsterblichkeit lastete zunehmend auf meinen Schultern. Ich war mir nicht sicher, ob ich die Ewigkeit so verbringen könnte.

Ohne Levi und unsere ständigen Gespräche wäre ich schnell wahnsinnig geworden. Er wollte mich befreien, aber das war nicht der richtige Weg. Ich musste daran glauben, dass sich die Wahrheit durchsetzen würde und Azbogah und Erin in ihrer ganzen Korruption erwischt werden würden. Mutter hatte mich dazu erzogen, daran zu glauben.

Ich vermisse dich, verband sich Levi, und die dringend benötigte Wärme durchflutete unsere Verbindung. Zu wissen, dass er an mich dachte, erleichterte mein Herz.

Die vergangenen zwei Tage waren nicht nur für mich schwierig gewesen, sondern auch für Luna. Nachdem sie sich gestern verwandelt hatte, war sie stundenlang in ihrer Tiergestalt geblieben, hatte die Wände zerkratzt und war dagegen gerannt. Ihre Wölfin verzweifelte daran, eingesperrt zu sein. Als sie sich endlich wieder in ihre menschliche Gestalt verwandelt hatte, war sie in Tränen ausgebrochen. Sie hatte gedacht, für immer in diesem Zustand festzustecken.

In den Zeiten, in denen sie sich einsam fühlte, erzählte sie mir von einem Bärenwandler, mit dem sie für kurze Zeit heimlich zusammen gewesen war. Offenbar hatte sie nicht viel mehr für Griffin empfunden als er für sie – sie hatte sich nur verzweifelt die Anerkennung ihrer Eltern gewünscht.

Ezra war seltsam ruhig gewesen, was mich verunsicherte. Wir alle witterten eine Art bevorstehendes Unheil.

Ich vermisse dich auch. Ich schob einen trockenen

Hähnchenschenkel über meinen Teller und nahm einen weiteren Bissen, wobei ich die zähe Konsistenz ignorierte. Ich musste bei Kräften bleiben ... für den Fall, dass ich entlassen wurde.

Für den Fall. Ich verlor bereits den Glauben.

Der Himmel war dunkel, aber der Halbmond, der durch mein winziges Fenster zu sehen war, verriet mir, dass es auf Mitternacht zuging. Ich zupfte an der limettenfarbenen Kleidung, die wir tragen mussten und die uns selbst in der Dunkelheit leuchten ließ. Als wäre das nicht schon schlimm genug, hatten sie uns auch noch spät Abendessen gebracht, fast, als hätten sie es vergessen. Das machten sie oft, und ich vermutete, dass sie das Essen so kalt und unappetitlich wie möglich servieren wollten.

»Also ... ich habe nachgedacht.« Luna hustete und hielt dann inne.

Obwohl sie angesichts ihrer schrecklichen Situation stärker geworden war, hatte sie die Angewohnheit entwickelt, etwas zu sagen und erst dann fortzufahren, wenn ich reagierte – als müsste sie sicher sein, dass ich ihre Gedanken hören wollte.

Ich stellte mir vor, dass man nicht so schnell darüber hinwegkam, von missbräuchlichen Eltern aufgezogen worden zu sein. Ich hatte Mitleid mit ihr. Sie hatte im Leben keine Chance erhalten, aber es gab nichts, was ich hätte tun können, um etwas daran zu ändern. Sie war alt genug, um die Entscheidungen zu treffen, die sie hierhergebracht hatten. Ab einem gewissen Punkt wurde eine Person für ihre Handlungen verantwortlich. »Ja?«

»Wie ist deine Beziehung zu Azbogah?«

Ezra bewegte sich in seiner Zelle, als wollte er die Antwort ebenfalls hören.

Das war in Ordnung. Ich hatte nichts zu verbergen.

»Wir haben keine. Er ist vor langer Zeit mit meiner Mutter zusammen gewesen und hat ihren Bruder getötet. Seitdem sind sie zerstritten.«

»Er spricht mit dir, als würde er sich um dich sorgen. Und er hat dir einen Kosenamen gegeben.« Luna kaute auf ihrem Essen herum. »Ich glaube, wenn du nach der Trennung der beiden geboren worden wärst, hätte er nicht dieses Interesse an dir. Wie lange waren sie getrennt, bevor deine Mutter und dein Vater ... äh ... zusammengekommen sind? Ich weiß nicht, wie Engel das nennen.«

»Sie waren seit ...« Die Worte erstarben, als sich ein Kloß in meiner Kehle bildete. Die Wahrheit war, dass ich keine Ahnung hatte, aber Luna hatte recht. Warum verachtete Azbogah mich nicht so sehr wie meine Mutter? Ich hätte gedacht, dass es ihm ein Gefühl der Gerechtigkeit geben würde, sie oder mich einzusperren. Er hatte ihr einziges Kind hinter Gitter gebracht. »Er versucht lediglich, meiner Mutter unter die Haut zu gehen. Jedes Mal, wenn er mit mir spricht, regt sie sich auf.«

Mit einem unguten Gefühl im Magen warf ich das Hähnchen auf das Tablett und stand auf. Ich schritt in meiner Zelle umher, unfähig, mich hinzusetzen. Ich hatte immer gedacht, dass es seltsam war, dass ich so dunkel war, während Pahaliah strahlend weiß war. Die Flügel der meisten Engel waren eine Mischung aus den Flügeltönen ihrer Eltern. Meine hätten hell- bis dunkelgrau sein müssen.

Aber es war unmöglich, dass Vater nicht mein biologischer Vater war. Er behandelte mich besser, als die meisten Engel ihre Kinder behandelten, nachdem diese ihren Abschluss gemacht hatten.

Ein vertrauter Sog erfüllte mich, und die Wärme meiner vorherbestimmten Partnerschaft flammte auf.

In mir wuchs die Sehnsucht nach dem Unmöglichen. Levi konnte nicht in der Nähe sein.

Ein rauchiger Nebel sickerte durch die Fensterritzen. Ich blinzelte und konnte nicht fassen, was ich da sah.

Das kann doch nicht wahr sein.

Wenn ihn niemand erwischte, würde *ich* ihn dafür umbringen.

KAPITEL SECHS

LEVI BEDIENTE sich seiner dämonischen Schattengestalt, um in die Gefängniszelle zu gelangen. Das *Zerren* unserer Verbindung bestätigte, dass er es war. Doch als seine mokkabraunen Augen die meinen trafen, raste mein Herz.

Er bewegte sich auf mich zu und der Schatten vor meinen Augen nahm die mir wohlbekannte Silhouette an.

Ich hatte ihn seit Tagen nicht mehr gesehen, nicht, seit er mit den anderen in die Hölle gegangen war, um Eliza und das Dämonenschwert zu holen. Obwohl ich mich über ihn ärgerte, konnte ich nicht leugnen, dass sein Anblick mir ein Gefühl des Friedens vermittelte, selbst hinter den Gittern, die mich gefangen hielten.

Ich warf meine Arme um ihn, um seinen Duft einatmen zu können. Sofort schlang er seine Arme um meine Taille. Die Kühle seiner Haut besänftigte das tobende Inferno in mir, und das angenehme Summen unserer Verbindung war wie eine Droge, auf die ich nie wieder verzichten wollte.

Bei den Göttern, ich habe dich so vermisst, verband ich mich.

Amüsement durchströmte mich, als er erwiderte: *Du*

hast keine Ahnung, welche Qualen ich durchmache, wenn ich gezwungen bin, mich in unserem Zimmer aufzuhalten, während dein Geruch mich verhöhnt.

Seine Lippen landeten auf meinen, und ich öffnete unwillkürlich meinen Mund. Ich konnte nicht glauben, dass ich so lange ohne ihn gewesen war.

Dieser Gedanke reichte aus, um mich in die Realität zurückzuholen. Ich zog mich zurück. *Was machst du hier?*, verband ich mich. Ich durfte den anderen keinen Hinweis auf seine Anwesenheit geben. Zum Glück konnten sie ihn in seiner Schattengestalt nicht sehen, aber das bedeutete nicht, dass er nicht in Gefahr war. Dämonen hatten auf dieser Ebene nichts zu suchen, schon gar nicht in der Stadt.

Ronnie war die einzige Ausnahme von dieser Regel. Sie war ein Mensch gewesen, als sie und Alex ihre Verbindung geschlossen hatten, und ihre dämonische Seite war entfesselt worden, nachdem sie fast gestorben war. Alex hatte sie in einen Vampir verwandelt, um sie zu retten. Sie war nicht einmal zur Hälfte dämonischer Natur. Als Alex und sie ihre Bindung vollendet hatten, war sie die Königin der Vampire geworden. Mittlerweile war sie ein fester Bestandteil der Gesellschaft.

Er legte seine Arme um meine Taille, als er antwortete: *Wonach sieht es denn aus? Ich bin hier, um dich zu befreien.*

Die Wärme in mir schwand. *Ich kann hier nicht weg. Ich muss bleiben, bis die Wahrheit ans Licht kommt.*

Er löste seinen Griff. *Weißt du, wie wahnsinnig …*

Hör auf! Wenn er dieses Gespräch fortsetzen wollte, würde er mit Beleidigungen nichts erreichen. Ich richtete mich zu meiner vollen Größe auf, bereit, es mit ihm aufzunehmen, wenn es dazu kommen sollte. Ich war frustriert, sowohl körperlich als auch sexuell. Mit ihm zu kämpfen, würde etwas von der überschüssigen Energie abbauen. *Ich dulde es nicht, beleidigt zu werden. Du wirst mir gegenüber Respekt zeigen.*

Meine Mutter hatte mir immer eingebläut, anderen beizubringen, wie ich behandelt werden wollte. Obwohl ich immer gewusst hatte, dass sie klug war, hatte ich nicht wirklich verstanden, was sie damit gemeint hatte. Das war anders geworden, als ich mich verändert hatte und als auch andere angefangen hatten, mich mit anderen Augen zu sehen. Wenn ich Levi erlaubte, mich so zu behandeln, als würde ich die aktuelle Situation nicht verstehen, wäre er wahrscheinlich noch öfter respektlos mir gegenüber.

Er ließ den Kopf sinken, und mein Magen verkrampfte sich, als seine Reue auf mich übersprang. Obwohl ich seine Gesichtszüge nicht ausmachen konnte, gab mir unsere Verbindung ein Gefühl dafür, was in seinem Kopf vor sich ging.

Es tut mir so leid. Du hast ja recht. Es ist nur ... Weißt du, wie frustrierend diese Situation für alle ist? Er hob den Kopf und fing meinen Blick auf.

Das war eine alberne Frage. Natürlich weiß ich das. Ich bin diejenige, die seit drei Tagen eingesperrt ist. Aber welchen Sinn hat es, zu gestehen, nur, um dann zu fliehen? Mit der Zeit werden meine Freunde einen Weg finden, meinen Namen reinzuwaschen. Das müssen sie, denn weder Mutter noch ich haben die Artefakte gestohlen.

Und wenn sie es nicht können? Levi atmete ein. *Denk an die Dämonen! Ein Jahrtausend ist vergangen, und was uns angetan wurde, ist nicht gesühnt worden. Vielleicht wird es eines Tages geschehen, zumal die Dämonen unbedingt wegwollen, aber willst du riskieren, so lange hier festzusitzen und darauf zu warten, dass das Schicksal dich endlich befreit?*

Ich hatte keine Ahnung, was er mit den Dämonen

meinte, aber diese Antworten konnten wir später finden, wenn wir mehr Zeit hatten. Zunächst musste er von hier verschwinden.

Aber seine Worte verfolgten mich. Ich erwartete, dass Sterlyn meine Unschuld relativ schnell beweisen würde. Aber ... was, wenn sie es nicht konnte? *Ich kann nicht einfach gehen. Das ist nicht richtig.*

Er stemmte die Hände in die Hüften. *Was an dieser Situation ist richtig, Rosey? Du bist in einem isolierten Gefängnis eingesperrt, weil du deine Mutter beschützt hast. Hatte Azbogah ein Problem damit, ihr eine Falle zu stellen? Nein. Was hält ihn also davon ab, stattdessen dich zum Sündenbock zu machen? Gar nichts. Dennoch weigerst du dich, zu fliehen, damit wir gemeinsam mit der Bedrohung fertig werden können. Du gehörst an meine Seite. Du bist dafür bestimmt.*

Das klang wunderbar. Es gab keinen Ort auf der Welt, an dem ich lieber gewesen wäre als bei ihm. *Aber Mutter ...*

Sie wird nicht verurteilt, da du das Verbrechen gestanden hast. Levis Schattenhand berührte mich. Das Summen unserer Verbindung strömte zwischen uns hin und her und raubte mir fast wieder den Atem.

Bei den Göttern, ich hatte ihn mehr vermisst, als mir bewusst gewesen war. Levi in seiner Dämonengestalt zu sehen, war wahrscheinlich eine gute Sache. Wäre er in menschlicher Gestalt erschienen, wäre ich vielleicht an ihm hochgeklettert wie an einem Baum. In diesem Zustand konnte ich seine Männlichkeit nicht erkennen, aber ich war sicher, dass ich sie entdecken könnte, wenn ich mich richtig anstrengte. Vielleicht würde Sex hinter Gittern das Vergnügen noch steigern.

Du lenkst ab, verband er. *Der Geruch deiner Erregung wird mein Untergang sein.*

Seine Worte waren das Äquivalent einer kalten Dusche. Ich wollte nicht, dass Ezra und Luna uns von meiner Zelle aus riechen konnten.

Ich löste mich aus seiner Berührung und schüttelte den Kopf, weil ich meine Gedanken klären musste. *Du musst gehen. Wenn sie dich erwischen …*

Ich werde nicht ohne dich gehen, schwor er. *Es war die Hölle, von dir getrennt zu sein, und ich bin fertig damit. Entweder du kommst mit mir, oder ich bleibe hier bei dir.*

Meine Lunge zog sich zusammen. Seine Worte waren unmissverständlich gewesen. Und … ich wusste nicht, was ich tun sollte. Alles in mir schrie danach, mit ihm zu gehen, aber auszubrechen war falsch. Ich war nicht entführt oder gegen meinen Willen mitgenommen worden wie Sterlyn, Cyrus, Ronnie oder Annie. Ich hatte diese Entscheidung selbst getroffen. *Levi, ich habe ihnen gesagt, dass ich es getan habe. Ich kann nicht gehen.*

Warum hast du das getan?, fragte er, während er einen Finger unter mein Kinn legte und mich zwang, ihm in die Augen zu sehen.

Die Antwort war so einfach. *Es ist mir nicht nur darum gegangen, meine Mutter zu schützen, sondern jeden in dieser Stadt. Mit der Unterstützung, die er von den Wandlern, Hexen und anderen Engeln erhalten hat, ist Azbogah auf dem besten Weg, ein Diktator zu werden. Die einzige Gruppe, die er nicht unter seinem Einfluss hat, sind die Vampire, aber ihre Zahl ist gering. Er könnte sie leicht alle überrumpeln.*

Und was passiert, wenn deine Unschuld lange Zeit nicht bewiesen wird und er deine Mutter auf eine andere Weise manipuliert? Levi ließ seine Hand fallen, aber sein herrlich süßer Pfingstrosenduft umgab mich weiterhin. *Dich rauszuschleichen wäre eine ähnliche Entscheidung. Viele erachten es als falsch, Schuld auf sich zu nehmen, die man nicht begangen hat. Manchmal muss man bei seiner Entscheidung auch die Folgen für die Allgemeinheit bedenken. Wenn du hierbleibst, wird niemand da sein, um deine Mutter zu beschützen, wenn Azbogah sie wieder angreift. Es ist alles eine Frage der Perspektive, Rosey.*

Das war meine Schwäche, die mir wieder einmal direkt ins Gesicht starrte – meine Unfähigkeit, über Recht und Unrecht hinauszusehen. Obwohl ich die Idee des Ausbrechens nicht mochte, hatte seine Logik ihre Berechtigung. Azbogah würde nicht aufhören, jetzt, da ich im Gefängnis war. Er hatte sein Ziel nicht erreicht: die Beseitigung des einen Engels, der eine eigene treue Anhängerschaft hatte. Die Schuld auf mich zu schieben, war nur eine vorübergehende Lösung. Bald würde sich Mutter mir anschließen – hier, wo sich keine von uns wehren konnte.

Ich hatte das Gesamtbild nicht gesehen, bis er es mir vor Augen geführt hatte. Ich ballte meine Hände zu Fäusten und schnaubte, als mich die Frustration übermannte. Ich war in Sachen Strategie geschult und hatte meine persönliche Voreingenommenheit meine Logik in einer Weise beeinflussen lassen, die auf lange Sicht von Nachteil sein würde. Ich hatte nur gesehen, dass es falsch war, auszubrechen. *Du hast recht.*

Er schmunzelte. *Tut mir leid, kannst du das wiederholen? Ich bin mir nicht sicher, ob ich dich richtig verstanden habe.*

Du hast recht – und du hast mich sehr wohl verstanden. Ich hatte kein Problem damit, zuzugeben, dass ich mich geirrt hatte. Jeder irrte sich zweifellos früher oder später, und wenn ich versuchte, so zu tun, als stünde ich darüber, war ich ein Narr. Ich bemühte mich, zu lernen und mich zu verbessern. *Ich schätze, ich breche aus, aber ich bin mir nicht sicher, wie das möglich ist. Die Wachen haben die Schlüssel, und sie kommen nur, um Essen zu liefern. Es ist, als hätte man ihnen aufgetragen, nicht zu viel mit uns zu kommunizieren. Wahrscheinlich, damit wir sie nicht mit den Mitteln, die wir aufbringen können, bestechen.*

Ezra schnupperte. »Riecht ihr das auch?«

»Den Geruch, der sich von deinem Gestank absetzt? Ja, den Göttern sei Dank.« Luna schnaubte. »Aber was zum Teufel ist das?«

Ich verkrampfte mich. *Wir müssen dich hier rausschaffen.*

Glaubst du, ich bin ohne einen Plan gekommen? Er bewegte sich wieder auf das Fenster zu.

Mit rasendem Herzen folgte ich ihm. *So kannst du nicht gehen.* Ich wollte, dass er hier bei mir blieb. Wenn ihn draußen ein vorbeikommender Engel entdeckte, würde die Hölle losbrechen. Engel verabscheuten Dämonen, und ich verstand das besser als jeder andere. Uns wurde beigebracht, dass sich alle Dämonen *entschieden* hatten, zu fallen. Doch Levi hatte mir gezeigt, dass das nicht stimmte. Ein großer Teil der Dämonen war in der Hölle geboren worden und hatte noch keinerlei Entscheidung getroffen – weder in die eine noch in die andere Richtung.

Mach dir keine Sorgen! Alles wird gut. Eliza hat mich getarnt. Niemand, der nicht den entsprechenden Stein besitzt oder meine vorherbestimmte Partnerin ist, kann mich sehen. Er zog mich an seine Brust und küsste mich erneut. Ich knickte ein. Die Trennung von ihm war zu viel gewesen und ich wollte ihn nicht wieder gehen lassen.

Ich komme wieder. Er ließ mich los, schlüpfte durch das Fenster und verschwand.

Meine Lunge versagte ihren Dienst. Panik grub ihre

Krallen in mich, und die Wände schlossen sich um mich. Levis Abwesenheit drohte, mich zu zerbrechen.

Mich zu zerreißen.

Aber ich konnte nicht auseinanderfallen. Er befand sich direkt vor dem Fenster. *Warte! Sie hat dich verhext? Erin und ihr Hexenzirkel werden dich spüren können.*

Sie hat mir ein Amulett – einen blauen Stein – gegeben, das einen Zauber in sich trägt. Amulette haben eine viel geringere magische Essenz und sollten unauffindbar sein, sagte er in seinem Versuch, mich zu beruhigen.

Ich fragte mich, warum Hexen nicht häufiger Amulette einsetzten. Vielleicht hatten Erin und die anderen auf diese Weise die Stadt unbemerkt verlassen. *Wie soll mir das helfen, hier rauszukommen? Die Wachen werden dich bemerken, und trotz Tarnung könntest du die Fallen auslösen, die hier angebracht sind.* Ich nahm an, dass jegliches Zusammentreffen magischer Essenzen Alarm schlagen würde.

Ich musste nur sichergehen, dass sie dich nicht verlegt hatten. Die Sogwirkung unseres Bandes blieb bestehen, was bedeutete, dass er in der Nähe war. *Wir sind bald da.*

Wir? Das hörte sich nicht gut an. Es war schon schlimm genug, dass er hier war, aber wenn noch mehr Leute kamen, stieg die Wahrscheinlichkeit, dass wir erwischt wurden. Ich wollte außerdem nicht, dass sich Sterlyn, Griffin, Alex oder Ronnie die Hände schmutzig machten. Sie mussten sich fernhalten und am besten außerhalb der Stadt bleiben.

Ja, Liebste. Ich bin zwar unglaublich, aber allein hätte ich es nicht in die Stadt geschafft.

Ich war nicht in der Stimmung für seinen Humor. *Warte!,* verband ich mich, doch in diesem Moment wurde eine Tür entriegelt.

Meine Hände zitterten. Ich wollte niemanden in

Gefahr bringen, und es war nicht abzusehen, wer sein Leben für mich riskierte.

Luna räusperte sich müde: »So spät noch Wachen? Das ist merkwürdig.«

Ezra und Luna konnten Levi vielleicht nicht sehen, aber sie würden ihn hören. Ich ballte meine Hände zu Fäusten und versuchte, meine Atmung zu beruhigen. Mein ganzes Leben lang war es mir leichtgefallen, ruhig zu bleiben. Das schien vorbei zu sein. Ich war mir nicht sicher, ob dieser Umstand der ganzen Situation geschuldet war oder der Tatsache, dass Levi mir wieder einmal so nahe war. Mein ganzer Körper prickelte vor Unbehagen.

»Wahrscheinlich testet Azbogah einen Mechanismus, um Rosemary aus dem Konzept zu bringen.« Ezra gähnte, obwohl es gezwungen klang. »Er ermittelt die beste Methode, um jemandem unter die Haut zu gehen, und nutzt dieses Wissen dann zu seinem Vorteil. Wahrscheinlich steckt er auch hinter dem seltsamen Geruch.« Sein Bett knarrte.

Mit jedem Tag, der verging, wurde Ezra unverfrorener. Die Gefangenschaft beeinträchtigte ihn und sein Tier, und es würde nicht mehr lange dauern, bis er alles verraten würde, Konsequenzen hin oder her. Luna hingegen konnte keinem der Ratsmitglieder etwas vorhalten, und ihre Strafe war unbefristet. Nachdem Ezra nach Shadow City zurückgebracht worden war, hatte Griffin die Verbindung zu ihm abgebrochen und sowohl Ezra als auch Luna als abtrünnige Wölfe ohne Rudel zurückgelassen. Wölfe waren nicht dazu bestimmt, allein zu sein, und ohne ein Rudel wurden ihre Wölfe leichtsinnig. Das vergrößerte ihr Leid.

Was sie Luna antaten, war grausam. Sie hatte zwar schreckliche Entscheidungen getroffen, aber sie war einer

Gehirnwäsche unterzogen worden und hatte mehrmals betont, dass sie alles, was sie getan hatte, bereute.

Mein Herz klopfte wie wild, als Levi näher kam.

Schließlich entdeckte ich seine Schattengestalt, aber er blieb ein paar Schritte zurück, anstatt zu meiner Tür zu kommen.

Seltsam.

Das Schloss meiner Zelle klickte, und ich begriff, dass er nicht allein war. Wer auch immer ihn begleitete, musste den entsprechenden Stein haben, den er vorhin erwähnt hatte. Ich trat mehrere große Schritte von der Tür zurück, nicht sicher, wer vor mir stand. Jetzt verstand ich, wie sich Nichtengel-Abkömmlinge, die keine Dämonen sehen konnten, fühlten. Es war zermürbend, zu wissen, dass jemand in der Nähe war, ich aber nur Luft sehen konnte. Jemand könnte kurz davor sein, meine Kehle durchzuschneiden, und ich würde es nicht mitbekommen.

Meine Flügel flatterten, und obwohl die Freiheit nur noch Zentimeter entfernt war, konnte ich mich nicht dazu durchringen, durch die Tür zu treten.

Es ist Eliza, versicherte mir Levi. *Sie wird dir ein Amulett um den Hals legen.*

Nein! Ich schüttelte entschlossen den Kopf und hob eine Hand. »Noch nicht.« Mehr wollte ich nicht sagen, damit Ezra und Luna nicht mitbekamen, mit wem ich sprach. Ich wollte mich nicht in Luft auflösen, solange ich mich in der Nähe der Zelle befand, denn ich hatte das Gefühl, beobachtet zu werden. Wenn ich unsichtbar durch die Tür träte, könnten Erin und ihr Hexenzirkel neugierig werden.

Das Geräusch schlurfender Schritte hallte im Raum wider, und ich sah zu Ezra hinüber, der durch sein Fenster spähte. Damit hatte ich gerechnet – wenn Eliza mir die

Halskette umgelegt hätte, wäre ich einfach aus seinem Blickfeld verschwunden. Manchmal war es besser, gewisse Geheimnisse zu bewahren.

»Wie ist deine Tür aufgegangen?« Seine Augen verengten sich, während er den leeren Raum musterte.

Ich war ihm keine Antwort schuldig, und je länger ich dort stand, desto wahrscheinlicher war es, dass wir erwischt wurden. Obwohl die Wachen wahrscheinlich erst am späten Vormittag zurückkehren würden, um uns Frühstück zu bringen, konnte ich mich nicht darauf verlassen. Azbogah hatte ebenfalls angekündigt, zurückzukommen – das könnte jeden Moment der Fall sein. Bei ihm wusste ich das nie so genau.

Levi schwebte auf mich zu und nahm meine Hand. *Los geht's. Eliza ist auf dem Weg zur Hintertür und möchte, dass du das Amulett umlegst, bevor du hindurchtrittst.*

Ich nickte und folgte seinem Beispiel – langsam, um nicht mit Eliza zusammenzustoßen. Ich hatte keine Ahnung, wo genau sie war.

»Hey!«, rief Ezra, als ich aus der Zelle trat. »Was glaubst du, wohin du gehst? Ich werde ihnen sagen, dass man dich rausgelassen hat.«

»Als würden sie nicht merken, dass sie weg ist«, spottete Luna. »Und dich haben die Leute für schlau gehalten.«

Ich hatte Ezra nie als intelligent eingeschätzt, aber andere Wandler hatten das vielleicht getan. Er war ein starker Wolf, aber nicht annähernd so stark wie Sterlyn, Griffin oder Killian.

Ich wollte gerade zur Hintertür gehen, als Luna murmelte: »Pass auf dich auf, Rosemary! Und bitte sag Griffin und Sterlyn, dass es mir leidtut.«

Ich blieb stehen, obwohl mein Verstand mir zurief, weiterzugehen. Aber Luna *hatte* sich verändert. Sie übernahm endlich die Verantwortung für die Handlungen, für die sie sich *entschieden* hatte, während sie noch von ihren Eltern manipuliert worden war. Ihr waren von klein auf bestimmte Erwartungen eingebläut worden. Jetzt, da sie Zeit zum Nachdenken gehabt hatte, schien es ihr aufrichtig leidzutun. Konnte ich mich von ihr abwenden? Schließlich hatte auch ich mich – basierend auf dem, was die anderen Engel mir erzählt hatten – von meinem Hass auf die Dämonen lenken lassen. Genau wie sie hatte ich erkannt, dass die Welt nicht meinen Vorstellungen entsprach.

Levi stupste meinen Arm an. *Vergeude keine Zeit mit ihr! Wir müssen gehen.*

Das konnte ich nicht. Luna zurückzulassen, fühlte sich falsch an. Sie verdiente eine zweite Chance, genau wie ich. *Sie sollte nicht hier sein.*

Liebste, wir drei ..., setzte er an.

Hast du nicht gerade gesagt, dass das, was andere als falsch ansehen, manchmal das Richtige ist? Dass es nur auf die Situation und die Perspektive ankommt? Levi, ich fühle mich nicht wohl dabei, sie zu verlassen, und wir werden keine weitere Chance haben, ihr zu helfen. Sobald mein Fehlen bemerkt wurde, würden sie mehr Bannsprüche und Kontrollen einrichten. Vielleicht sogar Luna und Ezra umsiedeln.

Die Ironie der Situation war mir nicht entgangen. Vor nicht einmal fünf Minuten hatte ich noch darauf bestanden, zu bleiben, und jetzt wollte ich, dass Luna mit mir floh. Aber ich glaubte fest daran, nichts bereuen zu wollen. »Ich kann sie nicht im Stich lassen. Es ist nicht richtig. Sie hat es nicht verdient, hier zu sein.« Ich sprach die Worte laut aus, damit auch Eliza sie hören konnte. Sie war diejenige, die Lunas Zelle öffnen musste.

»Mit wem sprichst du?«, verlangte Ezra zu wissen. »Und was ist mit mir?«

Ich drehte mich zu ihm um und knurrte: »*Du* kannst zur Hölle fahren. Du hast keine Rechtfertigung für deine Taten, noch hast du Reue gezeigt.«

Lunas Zelle öffnete sich, und ihre Matratze quietschte, als sie aufstand. Luna erschien im Türrahmen und biss auf ihrer Unterlippe herum. Ihre Augen leuchteten hoffnungsvoll auf, aber sie rieb unsicher ihre Hände aneinander. »Meinst du das ernst?«, fragte sie mit bedächtiger Stimme.

Wenn sie sich nicht bewegt, werden wir sie hierlassen. Levis Hand umschloss meinen Arm fester.

Dem würde ich nicht widersprechen. Ich hatte vielleicht ein weicheres Herz in diesen Tagen, aber ich hatte ihr eine Chance gegeben. Wenn sie sie nicht ergriff, war das ihre Entscheidung. »W...« Fast hätte ich *wir* gesagt, aber ich durfte keine Andeutungen darüber machen, wie viele Leute an dieser Flucht beteiligt waren. »*Ich* gehe jetzt. Du kannst mitkommen oder es sein lassen.«

»Ja, okay.« Luna stürmte ohne einen weiteren Gedanken nach draußen. Ihr Blick huschte durch den Raum, aber zumindest bewegten wir drei uns zur Tür.

Als wir aus Ezras Blickfeld verschwanden, streckte Levi seine freie Hand nach mir aus. Ich schloss die Augen und dachte, er würde meine Wange streicheln, aber etwas Kühles landete in der Mitte meiner Brust, und eine Kette legte sich um meinen Hals.

Ich öffnete die Augen und stellte erschrocken fest, dass Eliza einen Schritt von mir entfernt stand und finster dreinschaute. Sie war durch ihre Zeit in der Hölle gealtert und sah zehn Jahre älter aus, fast schon so, als wäre sie siebzig. Ihre einst meergrünen Augen waren trübe und ihr karamellfarbenes Haar hatte silberne Partien. Das Einzige, was sich nicht verändert hatte, war der unordentliche Dutt, den sie immer trug.

Sie war nicht glücklich darüber, dass wir Luna mitgenommen hatten. Sie hielt einen blauen Kristall in der Hand, der den Steinen an ihrem und meinem Hals entsprach, und als sie ihn Luna anlegte, keuchte die Wandlerin auf.

»Nicht!«, befahl ich in der Hoffnung, dass sie verstand, den Mund zu halten. Sie war früher nicht gerade die Klügste gewesen, aber ich hoffte, dass sie reifer geworden war.

Sie nickte und ihr Blick flog zu Eliza, während sie brav den Mund hielt.

Eliza riss die Hintertür auf und wir vier stürmten nach draußen.

Du musst den Anhänger nehmen, verband ich mich mit Levi. *Ein Engel könnte dich sehen.* Obwohl die meisten um diese Zeit im Bett waren, könnte ein ruheloser Geist beschlossen haben, einen Ausflug zu machen.

Wir können entweder das kleine Risiko eingehen, dass ich von einem vorbeifliegenden Engel gesehen werde – oder das große, dass du dabei entdeckt wirst, wie du fluchtartig das Gefängnis verlässt, sagte Levi, während er mich zur Straße führte, wo ich ein paar Blocks entfernt ein blaues Auto stehen sah.

Das war merkwürdig. Normalerweise standen hier keine Autos.

In dem Moment, in dem ich mich von der Hintertür entfernte, umgab mich etwas Warmes.

Eliza warf einen Blick über ihre Schulter und rief: »Lauft!«

KAPITEL SIEBEN

JEDE FASER in mir verlangte danach, zu fliegen. Nicht nur, dass ich viel zu lange eingeschlossen gewesen war – ich würde auch schneller vorankommen. Wenn ich jedoch von Elizas Befehl abwich, würde ich den Plan zunichtemachen, also folgte ich ihr, während Levi dicht an meiner Seite blieb.

Glücklicherweise rannte die ältere Dame schneller, als ich es erwartet hatte.

Mit jedem Schritt entfernten wir uns weiter von dem Gefängnis, aber die Magie, die mich umgab, blieb genauso stark.

Als wir den blauen Kia Sorento erreichten und die Magie immer noch um mich herumwirbelte, wusste ich, dass etwas nicht stimmte. Mein Herz klopfte und ich war nicht sicher, was ich tun sollte. Es war, als würde die Magie mich verfolgen.

Ich warf einen Blick über meine Schulter. Es war niemand da, und es schien unwahrscheinlich, dass ein Mitglied des Hexenzirkels permanent vor dem Gefängnis

Wache hielt. Aber das war die einzige plausible Erklärung, die mir einfiel.

»Steigt ein!«, sagte Eliza, während sie auf den Beifahrersitz sprang. »Sofort!«

Obwohl ich es als eigenartig empfunden hatte, hier ein Auto zu sehen, hatte ich nicht erwartet, dass es ihres sein würde. Aber ich würde mich nicht beschweren. Ich zog meine Flügel ein, während Levi auf den Fahrersitz kletterte. Luna und ich krochen auf den Rücksitz, wobei ich mich hinter Levi setzte.

Sobald sich die Türen geschlossen hatten, gluckste Levi, und sein Körper nahm wieder seine menschliche Gestalt an. Er setzte den Wagen in Gang. »Wisst ihr, wie beunruhigend es ist, dabei zuzusehen, wie sich die Türen von selbst öffnen, während jemand spricht? Ich dachte mir, es wäre eine gute Idee, mich zu materialisieren, damit uns niemand für ein selbstfahrendes Auto hält, wenn wir jemanden überholen.«

»Wenigstens kannst du jetzt nachvollziehen, wie sich der Rest von uns Nichtengeln fühlt, wenn ihr Dämonen in eurer Schattenform seid.« Eliza spannte sich an, als sie sich zu uns umdrehte.

Mit aufgerissenen Augen quiekte Luna: »Dämonen?«

Jetzt war nicht der richtige Zeitpunkt, um durchzudrehen. »Magie. Ich spüre sie.« Ich rieb meine Arme, und selbst, als uns das Auto weiter wegbrachte, blieb das Gefühl bestehen.

»Du wurdest von den Nachtschattenschwestern verhext.« Sie deutete auf die schwarze Tasche auf dem Fußboden. »Wir haben ein paar Klamotten mitgebracht – ihr müsst euch jetzt umziehen. Wechselt alles, auch eure Unterwäsche. Und werdet die Gefängnisoutfits los.«

»Was?« Luna blinzelte. »Warum?«

Ich hatte gelernt, Eliza nie infrage zu stellen, wenn es um Risiken ging. Auch wenn ihre Entscheidungen nicht immer meinen entsprachen, so war sie doch weise und mächtig. Wenn sie uns befahl, uns umzuziehen und die Kleidung wegzuwerfen, hatte sie einen Grund.

Ich beugte mich vor, öffnete den Reißverschluss der Tasche und nahm ein paar meiner Sachen heraus. Sie hatten für mich gepackt, als würden wir auf eine längere Reise gehen. *Ich weiß nicht, was du vorhast, aber ich kann diese Gegend nicht verlassen, bevor ich weiß, dass Mutter in Sicherheit ist.*

Ich war mir nicht sicher, was du anziehen möchtest, also habe ich dir eine Auswahl mitgebracht, antwortete Levi. *Angesichts unseres blinden Passagiers eine gute Entscheidung.*

Immerhin hatten wir genug Klamotten für Luna und mich. Ich warf ihr ein schwarzes Shirt und eine kurze Hose zu, die wahrscheinlich etwas zu groß ausfallen würden. Luna war nicht so groß wie ich, aber in der Not fraß der Teufel Fliegen. Ich kramte in der Tasche und suchte nach etwas anderem in Schwarz. Obwohl übernatürliche Wesen auch nachts hervorragend sehen konnten, würde uns das Schwarz helfen, in der Dunkelheit zu verschwinden.

Nach ein paar Sekunden fand ich ein weiteres schwarzes Shirt und zog meine Flügel an. Obwohl alle meine Sachen Schlitze für die Flügel hatten, konnte ich mich mit ausgefahrenen Flügeln nicht umziehen. Schnell zog ich die limettenfarbene Gefängniskleidung und meine Unterwäsche aus. Levis Blick wanderte zum Rückspiegel, und mir wurde warm ums Herz. Ich zwang meine Aufmerksamkeit von ihm weg, bevor wir alle im Auto in Verlegenheit brachten, und schlüpfte in meine Shorts.

Ich hatte mich immer gefragt, wie Partner zu unpassenden Zeiten Erregung empfinden konnten, aber jetzt wusste ich, dass es Teil der Verbindung war. Levi und ich fühlten uns geistig, körperlich und emotional zueinander hingezogen, egal, unter welchen Umständen.

Als ich mein Shirt überstreifte, bemerkte ich, dass Luna sich nicht bewegt hatte. Vielleicht war es ein Fehler gewesen, sie mitzubringen. »Zieh dich um, auch deine Unterwäsche! Notfalls lässt du sie weg«, fauchte ich. Es war mir egal, ob ich unhöflich klang. Ich hatte keine Zeit für Höflichkeiten, und sie musste sich beeilen.

»Aber er wird mich sehen«, sagte Luna und ließ den Kopf sinken. Ihr Haar hing ihr wie ein Vorhang ins Gesicht. »Er wirft dir ständig Blicke zu.«

Jetzt war nicht die Zeit für Schüchternheit, und ich versuchte, meine Verärgerung darüber zu verbergen, dass sie dachte, Levi würde sie ansehen. »Er kann dich nicht sehen, weil du das Amulett trägst. Mich sieht er nur, weil er mein ...« Ich unterbrach mich. Sie würde nicht verstehen, was ein vorbestimmter Partner war, also musste ich einen Wandlerbegriff verwenden. »Weil er mein *Gefährte* ist.« Es war im Prinzip das Gleiche, aber jede übernatürliche Rasse hatte einen anderen Namen dafür.

»Selbst wenn er es könnte, würde es nichts ändern, Mädchen«, tadelte Eliza und deutete auf die Kleidung, die die Wandlerin anziehen sollte. »Beeil dich, sonst werden wir noch erwischt! Diese Kleider wurden mit einem Zauber versehen, und ich konnte ihn erst lesen, als ihr den in sie eingebetteten Begrenzungszauber ausgelöst habt. Wir müssen die Sachen aus dem Auto werfen, bevor uns jemand findet.«

Das genügte, um Luna in Bewegung zu setzen, und sie machte sich daran, sich umzuziehen.

Als wir die Innenstadt erreichten, wurden die Gebäude

immer größer. Je näher wir kamen, desto schwieriger würde es werden, die Klamotten zu entsorgen, aber es hatte keinen Sinn, meine wegzuwerfen, bis Luna nicht ebenfalls bereit war. »Wir müssen das Auto loswerden. Jemand wird uns entdecken. Wie sollen wir überhaupt von hier wegkommen?« Ich hasste es, nicht in ihre Pläne eingeweiht zu sein.

»Kira hat die Stadt verlassen, um sich für Kurse an der Shadow Ridge University einzuschreiben und sich dann heute Abend mit der Polizeieinheit von Shadow Ridge zu treffen. Sobald wir getarnt vor dem Tor stehen, schreibe ich ihr eine SMS und sie kommt zurück. Während sie reingelassen wird, verschwinden wir«, erklärte Levi, dessen Hände sich fester ums Lenkrad schlossen.

Nachdem Luna sich umgezogen hatte, schnappte ich mir ihre und meine Sachen und öffnete das Fenster. Wir fuhren an der *Höhle der Elitewölfe* vorbei, die nach dem Brand, der das Gebäude vor ein paar Wochen verwüstet hatte, nun verwaist war. Die einst prestigeträchtige Unterkunft für die Wolfswandler war nun ein Trümmerhaufen, ein weiterer Teil des Plans, Mutter den Diebstahl der Artefakte anzuhängen.

Eine Hexe konnte auch Feuer beschwören, und das war zweifellos der Grund, warum Mutters Ring der Gerechtigkeit gestohlen worden war: um die Taten einer Hexe zu vertuschen und die Schuld auf meine Mutter zu schieben.

Luna schnappte nach Luft. »Bei den Göttern! Was ist *passiert?*«

»Sie haben das Haus in Brand gesteckt, um meiner Mutter den Diebstahl der Artefakte anzulasten.« Ich hielt inne. »Wartet! Wenn ich die Sachen hier fallen lasse, könnte der Rat annehmen, dass Sterlyn und Griffin an unserem Ausbruch beteiligt waren.« Ich wollte zwar nicht erwischt werden, aber ich wollte auch nicht die Ermittlungen auf meine Freunde lenken, und dies war der Wolfswandlerteil der Stadt.

»Sie sind gerade außerhalb der Stadt«, sagte Levi. »Niemand wird sie beschuldigen können. Und Alex und Ronnie sind auch unterwegs.«

»Was ist mit Kira?« Anfangs hatte ich Probleme mit ihr gehabt, weil ich eifersüchtig auf ihre und Levis Freundschaft gewesen war. Obwohl ich wusste, dass ich mir keine Sorgen machen musste, hatten Levi und ich unsere Bindung damals noch nicht vollzogen, und unsere Beziehung hätte man bestenfalls als unbeständig bezeichnen können.

»Sie ist auch aus dem Schneider. Als amtierendes Ratsmitglied hat Grady ihr die Aufsicht über das Gefängnis entzogen und sich selbst die Verantwortung übertragen. Das Auto gehört ihm, aber er fährt es nie, was uns diese Gelegenheit verschafft hat.« Levi warf einen Blick in den Spiegel und rollte mit den Augen. »Wenn also jemand dafür verantwortlich gemacht wird, dann er.«

Alles, was ich hören wollte, war, dass die Leute, die mir etwas bedeuteten, nicht zur Zielscheibe werden würden. Ohne weiter darüber nachzudenken, warf ich die Kleidung aus dem Fenster.

Eliza drehte ihren Kopf und sagte: »*Item ignis.*«

Als wir wegfuhren, gingen die Kleider in Flammen auf. Ich schluckte schwer. »Ich dachte, du wolltest in der Stadt nicht zaubern.« Elizas Hexenzirkel war so besorgt darüber gewesen, dass der Hexenzirkel von Shadow City erfahren könnte, dass sie wieder in der Gegend waren. Und ich versuchte immer noch, die Tatsache zu verstehen, dass Eliza persönlich gekommen war, um mich zu retten. Und jetzt das. Ihre Handlungen schienen all ihren Grundsätzen zu widersprechen.

»Die Hexen werden ohnehin feststellen können, dass ich hier war.« Eliza blickte starr nach vorn. »Und offen gesagt – ich bin es leid, mich zu verstecken.«

Das war eine große Veränderung. Ihre Schuldgefühle, den kleinen Cyrus an Dick und Saga Harding – Lunas Eltern – und deren Gruppierung übergeben zu haben, hatten so tief gesessen, dass sie ihren Zirkel verlassen hatte, um allein zu leben. Bis erst Annie und dann Ronnie in ihr Leben getreten waren. In den vergangenen zwanzig Jahren war es ihr darum gegangen, sich von allen anderen fernzuhalten.

Ich hielt meine Fragen zurück und betrachtete die Betonmauer der Wandlerseite, als wir uns dem Tor näherten. Bei den Gebäuden in der Nähe handelte es sich um kleine Geschäfte und Wohnhäuser für andere Arten von Wandlern. »Wir müssen rechts abbiegen. Und wie seid ihr beide an Gradys Auto gekommen?«

Levi grinste, seine Iriden hellten sich auf. »Kira ist neulich ins Büro gekommen, wo Grady gerade stolz seinen Schlüssel herumgezeigt hat. Später hat sie ihn auf seinem Schreibtisch gefunden und eingesteckt.«

Grady würde auf keinen Fall aus dieser Sache herauskommen, ohne den Anschein zu wecken, beteiligt zu sein. Das Schicksal forderte Gerechtigkeit – ich musste ihr nur dabei helfen. Levi hatte recht gehabt.

Levi bog nach rechts ab, in Richtung des Fuchswandlerviertels. Die Gebäude waren kleiner als die meisten anderen Wandlerhäuser, denn Füchse lebten gern auf engem Raum. Auch sie hatten extravagante Häuser, nur in kleinerem Maßstab. Die Außenwände waren aus rötlichem Zement, ähnlich wie das Fell der Füchse.

»Sei vorsichtig!«, sagte ich. »Füchse sind von Natur aus nachtaktiv. Etwa ein Drittel der Stadtbevölkerung arbeitet nachts in Restaurants und bei der Polizei, und sie kümmern sich um die Waren, die tagsüber von außerhalb der Mauern geliefert werden.« Sie mussten verstehen, dass dies in gewisser Weise eine Stadt war, die selten schlief. Die Vampire und bestimmte Wandler bevorzugten das Mondlicht. »Wenn wir zu nahe kommen, könnte dich jemand sehen und erraten, dass Grady nicht hinter unserer Flucht steckt.«

Wir fuhren an drei Gebäuden vorbei, in denen Panther und Bären lebten. Die Bären besaßen zwei kleinere weiße Zementgebäude, die mit dem großen gräulichen Zementgebäude der Panther auf der anderen Straßenseite verbunden waren. Levi hielt vor dem Panthergebäude an und sagte: »Hier halten wir an.«

Er hatte eine Stelle in der Nähe der Füchse gewählt. Ein idealer Parkplatz für Grady, um vom Gebäude der Panther bis zu seinem Haus zu laufen.

Luna beobachtete unsere Umgebung und ihr Atem ging rasend schnell. Wenn sie ein Mensch gewesen wäre, hätte ich mir Sorgen gemacht, dass sie einen Herzinfarkt bekommen könnte. Sie fragte zittrig: »Wie sollen wir ihn tarnen, wenn er kein Amulett hat? Wird er sich wieder in seine Dämonenform verwandeln?«

Auch wenn das nicht ideal war, hatten wir vielleicht keine andere Wahl.

»Wenn wir näher am Tor sind, kann ich ihn verzaubern. Dann werden ihn nicht einmal die Engel sehen«, sagte Eliza. »Aber wir sollten warten, bis wir von Kiras Ankunft ausgehen können. Sobald ich meine Magie einsetze, werden sie uns finden können, wenn sie uns suchen.«

»Sie?« Lunas Hände zitterten, und sie verschränkte die Arme, um sie zu verbergen.

»Die Hexen der Stadt«, antwortete ich schlicht. Auch

wenn ich der Meinung war, dass Luna eine zweite Chance verdiente, bedeutete das nicht, dass wir ihr all unsere Geheimnisse verraten würden. Sie wusste schon genug, nachdem sie Eliza und Levi gesehen und erfahren hatte, dass er mein Gefährte war. Wenn wir erwischt würden, hätte sie etwas, womit sie um eine geringere Strafe verhandeln könnte. »Es ist seltsam. Ich habe etwas Fremdartiges gespürt, als wir die Arrestzelle verlassen haben.«

Eliza ließ ihren Blick von Luna zu mir schweifen und erklärte: »Das war die Magie des städtischen Hexenzirkels. Schließlich hast du eine Halskette getragen, die ich verzaubert habe, und die Gefängniskleidung, die sie verzaubert haben. Wenn zwei Zauber gegeneinander kämpfen, lösen sie die jeweiligen Kräfte aus, die in den Gegenständen stecken; mein Zauber war jedoch stärker und hat gewonnen. Deren Zauber hätte dich bewegungsunfähig machen sollen. Die Magie wurde aktiv von den Nachtsch...« Sie hielt inne und räusperte sich. »Vom örtlichen Hexenzirkel bezogen. Sie werden wissen, dass du Kontakt zu einer Hexe hattest, die nicht aus diesen Mauern stammt. Das war ein Grund, warum ich die Kleider verbrannt habe – je länger der Zauber der Hexen wirkt, desto größer ist die Chance, dass sie meine magische Essenz in der Stadt isolieren und uns aufspüren können.«

Ich war immer stolz darauf gewesen, über alle übernatürlichen Wesen Bescheid zu wissen, aber jedes Mal, wenn ich in der Nähe von Hexen war, erfuhr ich, dass es noch so viele unbekannte Faktoren gab. Erin und ihre Vorgängerinnen hatten ihre Geheimnisse gut gehütet, viel besser, als es mir bewusst gewesen war. Nachdem wir verzauberte Hexenknochen in Shadow Terrace und Shadow Ridge gefunden, Eliza und ihr Hexenzirkel Dämonenportale geschlossen hatten und ich selbst erlebt hatte, wie Hexen ihre Magie in mächtigen Schüben einsetzen konnten, war mir klar geworden, wie wenig die Engel über die Macht wussten, die die Hexen sich zunutze machten.

Doch ich hatte das Gefühl, dass *ein* Engel die meisten dieser Geheimnisse kannte – Azbogah.

Je mehr ich über diesen Mann erfuhr, desto mehr negative Gefühle empfand ich ihm gegenüber. Ich wollte kein Engel sein, der Hass schürte, aber jeden Tag kamen meine Gefühle ihm gegenüber dem näher.

Eine sengende Hitze durchflutete mich und meine Haut kribbelte. Anders als während einer Berührung Levis war dieses Gefühl nicht angenehm und fühlte sich eher an, als würde meine Haut gebraten und von meinem Körper geschält werden. Ich holte tief Luft, als die Intensität abrupt zunahm.

»Wir müssen los«, presste Eliza hervor und riss die Beifahrertür auf. »Der Hexenzirkel hat meine Essenz aufgespürt und verfolgt uns.«

»Ist es ... wegen der ... Kristalle?« Es bedurfte großer Anstrengung, diese Frage zu stellen, und ich riss meine Tür auf und zwang meine Beine, aus dem Auto zu steigen. Mein Körper vibrierte so stark, dass ich spürte, wie sich meine Federn an meinem Rücken drehten. Der Begriff *federrasselnd*, mit dem meine Ausbilder einige der Situationen beschrieben hatten, in denen sie sich vor der Schließung der Stadt befunden hatten, ergab endlich einen Sinn. Alles in meinem Körper klapperte, sogar meine Knochen.

Luna wimmerte auf dem Rücksitz und bewegte sich nicht. Verdammt! Diese Hexen waren fest entschlossen, uns zu finden. Wir mussten uns beeilen, sonst würden wir die Stadt nicht verlassen können.

Lunas Visibilität war zwar nicht gerade ideal, aber besser, als wenn sie ins Koma fallen würde. Ich kämpfte mich durch den Schmerz, kletterte auf den Rücksitz und riss die Halskette von ihrem Körper. Sobald der Kristall meine Handfläche berührte, wurde meine Haut heiß wie Feuer. Ich erwartete, verbranntes Fleisch zu riechen, aber das blieb aus.

Jemand packte meine Taille und zog mich zurück aus dem Auto. Das Summen von Levis Berührung mischte sich mit dem Schmerz – und das Gefühl war nicht im Geringsten angenehm.

Rosey, verband er sich, und ich erinnerte mich daran, dass wir alles spüren konnten, was der andere durchmachte. Auch wenn er meinen Schmerz nicht ganz so deutlich spürte wie ich, war er doch entsetzlich. Kein Wunder, dass es einige Zeit gedauert hatte, bis er mich erreicht hatte.

Jemand griff nach meiner Halskette, und ich drehte mich um, bereit, zu kämpfen. Mein Blick fiel auf Elizas zerknautschte Miene, ihr Gesicht war voller Schmerz. Sie riss mir die Kette vom Hals, wie ich es bei Luna getan hatte, und ließ sie auf den Boden fallen. Dann tat sie das Gleiche mit ihrer eigenen Kette.

Ich folgte ihrem Beispiel und löste den Kristall aus meiner Handfläche. Sofort schwand der Schmerz. Erleichtert atmete ich durch. »Ich glaube, ich habe gerade meinen ganzen Winterflaum verloren.«

Levi runzelte die Stirn, als er mich musterte. »Deinen Winterflaum?«

Ich schüttelte den Kopf und versuchte, den Schmerz, den ich gerade erlebt hatte, zu vergessen. Es war fast so schlimm wie das gewesen, was ich während des Feuers in der *Höhle der Elitewölfe* durchgemacht hatte, als die äußere Glaswand des Gebäudes explodiert und ein großes Stück auf mir gelandet war. »Die Federn eines Engels werden im Winter dicker und im Sommer dünner. Es ist nur eine Redewendung.« Aber für mich war es jetzt mehr als das.

»Sie werden uns hier schnell aufspüren – und jetzt kann uns jeder sehen.« Eliza drehte sich um und scannte die Gegend. »Kannst du uns so schnell wie möglich zum Ausgang führen? Levi, sag Kira Bescheid und informiere sie, dass wir in Schwierigkeiten stecken!«

Um fair zu sein, hätte jeder damit rechnen müssen. Unsere Pläne funktionierten selten fehlerfrei, und da Levi, Eliza und die Hexen problemlos aus der Hölle zurückgekehrt waren, hätten wir damit rechnen müssen, dass hier etwas schiefging.

Luna schlüpfte aus dem Auto und sah wieder mehr wie sie selbst aus. Sie war keine ausgebildete Kämpferin, und dieser magische Angriff war wahrscheinlich der schlimmste körperliche Schmerz gewesen, den sie je erlebt hatte.

Wir waren nur zwei Häuserblocks vom Stadttor entfernt – wir könnten in weniger als einer Minute dort sein, aber wir wären den ganzen Weg über ungeschützt. Doch je länger wir an Ort und Stelle blieben, desto riskanter wurde unsere Lage. Panther waren auch nachtaktiv, und es könnte jederzeit jemand vorbeikommen.

»Ich glaube, ich weiß, wie wir den Ausgang erreichen können.« Luna zeigte auf die beiden fünfstöckigen Wohnhäuser der Bären.

Dieser Weg würde uns näher an die Fuchswandlerbehausungen heranführen – an einen Ort, den wir definitiv meiden wollten. Ich straffte meine Schultern und ballte meine Hände zu Fäusten, bis sich meine Nägel in die Handflächen bohrten. »Hältst du mich für bescheuert? Das würde uns direkt zu den Fuchswandlern bringen.«

Hatte Azbogah ihr eingeredet, mein Vertrauen zu

gewinnen? Ich wollte mich selbst dafür bestrafen, dass ich sie mitgenommen hatte.

»Was?« Ihre Augen weiteten sich und sie schüttelte den Kopf. »Nein! Ich habe dir doch erzählt, dass ich mit diesem Bärenwandler zusammen war. Er hat mir etwas gezeigt, das nützlich sein könnte. Ich weiß, es klingt verrückt, aber ich kann es später erklären.« Sie stemmte die Hände in die Hüften und blickte uns drei an. »Es sei denn, ihr möchtet hierbleiben und erwischt werden?«

Wir steckten zu tief in der Scheiße. Da wir keinen anderen Ausweg aus unserer Situation sahen, konnten wir genauso gut den Kurs fortsetzen. »Können sie uns immer noch aufspüren?«, fragte ich Eliza.

»Nicht in dieser Sekunde, denn der Zauber ist nicht mehr auf uns gerichtet.« Sie sprach einen erneuten Zauber und die Kristalle schmolzen. »Los geht's! Sie werden in wenigen Minuten hier sein. Ich habe gespürt, dass sie die Kristalle verfolgt haben.«

Bist du sicher, dass wir Luna vertrauen können?, fragte Levi und nahm meine Hand.

Er hatte mein Misstrauen gespürt, und manchmal hasste ich es, dass er mich so leicht durchschauen konnte. Ich hatte schon genug Zweifel, ohne dass sich sein Zögern zu meinen gesellte. *Wir haben keine wirkliche Wahl.*

Das ist nicht gerade beruhigend. Er drückte meine Hand. *Aber wir werden dich hier rausbringen. Egal, was passiert.*

Mir gefiel nicht, was er da andeutete, aber wir hatten keine Zeit, herumzutrödeln.

Luna rannte los, über die Straße zu der Ecke, an der die Wohnblocks aneinandergrenzten. Sie lief geradewegs auf einen Abschnitt zu, der wie eine massive Wand aussah.

Sie musste den Verstand verloren haben, als sie all die

Monate vor Ezras Festnahme in Isolationshaft gewesen war. Eliza lief ein paar Schritte hinter Levi und mir, und ich behielt den Himmel im Auge, während sie und Levi sich auf den Boden konzentrierten.

Luna blieb dort stehen, wo die beiden Gebäude miteinander verbunden waren. Ein eineinhalb Meter langes Stück Zement verband die beiden Gebäude und verlief vertikal über die gesamte Höhe der fünf Stockwerke zwischen ihnen. Luna legte ihre Hand auf die Wand.

Auf der anderen Straßenseite, bei den Behausungen der Panther, öffnete sich knarrend eine Tür.

Unsere Zeit war um. Innerhalb von Sekunden würde uns ein Panther hier draußen sehen, und dann würden nicht nur die Hexen unseren Standort kennen. Unsere beste Chance war, uns an die Wand zu drücken und zu hoffen, dass er uns nicht bemerkte. Ich packte Elizas Arm und zog sie neben mich. *Verwandele dich in einen Schatten!*, verband ich mich mit Levi.

Während Levi sich in seine Dämonengestalt verwandelte, drückte ich mich mit dem Rücken an die Wand neben Luna.

Sekunden, bevor der Panther aus der Haustür trat, ertönte ein knarzendes Geräusch. Die Wand hinter mir verschwand – und ich fiel nach hinten.

KAPITEL ACHT

LEVI schlang seine Hand fester um meine, als seine Schattengestalt zu schweben begann, anstatt zu fallen. Über uns schnappte etwas zu.

Kümmere dich um Eliza!, verband ich mich, während ich meine Flügel ausbreitete. Ich löste seine Hand von meiner, ließ mich ein Stück fallen und wickelte meine Arme um Lunas Taille. Ich schlug fester mit den Flügeln und kämpfte gegen die Schwerkraft an. Nach einer Sekunde hatte ich die Kontrolle wiedererlangt und wir schwebten in der Luft.

Jeder meiner langsamen Flügelschläge erzeugte eine leichte Brise in dem engen Raum über dem Boden.

»Ich habe vergessen, wie tief es runtergeht«, murmelte Luna und beugte sich vor, um nach unten zu schauen.

Ich folgte ihrem Blick und entdeckte etwa drei Meter unter uns ein Trampolin und eine Gullyleiter, über die die Bärenwandler wohl nach draußen gelangten. Ich warf einen Blick nach oben und stellte fest, dass die Fallhöhe etwa sechs Meter betrug. Sie hatte uns also nicht in den

Tod gerissen, aber das warf eine noch wichtigere Frage auf: Was war das für ein Ort?

»Wo sind wir?«, fragte ich so leise wie möglich. Obwohl Bären normalerweise nachts und während der heißesten Zeit des Tages schliefen, bedeutete das nicht, dass niemand in der Nähe war.

Luna zappelte in meinen Armen, zog eine Grimasse und lehnte sich zurück, damit sie mich nicht direkt ansehen musste. Sie antwortete: »Ein geheimes Trainingsgelände der Bärenwandler. Wir müssen vorsichtig sein, falls jemand hier unten ist.«

Ich war mir nicht sicher, ob das schlimmer war, als oben von den Panthern gesehen zu werden. Nach dem Debakel meiner kürzlichen Verhaftung war ich sicher, dass ich problemlos identifiziert werden würde. Der Panther dort oben könnte nach Verstärkung rufen, woraufhin die Hexen uns schließlich finden würden. Hier unten hingegen würden die Bären vielleicht zögern, jemanden zu benachrichtigen, um ihr Versteck nicht zu verraten.

Levis Schattengestalt erschien neben mir, Elizas Rücken an seiner Brust. Sein Atem beschleunigte sich und er klang verängstigt.

Extremes Unbehagen ging von ihm aus. *Ich hasse es, zu fragen, aber kannst du sie ebenfalls festhalten? In dieser Form ist das schwer, und ich habe Angst, sie fallen zu lassen. Außerdem möchte ich den Bereich da unten überprüfen.*

Jetzt wären die Kristalle nützlich gewesen, aber da Eliza sie zerstört hatte, kam das nicht infrage.

Platziere sie auf meinem Rücken! Es war unmöglich, beide Frauen gleichzeitig vor mir zu tragen, und auf meinem Rücken würde Eliza die Last ausgleichen.

Es war zwar nicht ideal, aber wenn Bärenwandler auftauchten, würden sie Eliza sehen, wenn Levi sie dort unten mit sich trüge. Ich konnte das zusätzliche Gewicht für ein paar Minuten ertragen. Es war dunkel, aber übernatürliche Wesen konnten in der Dunkelheit gut sehen, besonders Wandler, deren Sehvermögen besser war als das der Engel und deutlich besser als das der Hexen.

Levi schwebte ein Stück nach unten, sodass Eliza mir zugewandt war, und flüsterte: »Klettere zwischen Rosemarys Flügel.«

»Glaub mir, ich werde dafür sorgen, dass ich denen nicht in die Quere komme«, raunte Eliza.

Ich zog meine Flügel nach unten, während ich weiterhin vorsichtig damit schlug, und Eliza legte ihre Arme um meine Schultern und schlang ihre Beine um meine Taille. Levi entfernte sich in dem Moment, in dem ich meine Flügel wieder anhob, um die Flughöhe zu halten. Ihr Gewicht lastete auf mir, aber ich konnte damit umgehen. Ihre Beine und Arme waren fest um mich geschlungen, sodass sie nicht fallen konnte.

Levi schwebte zum Trampolin hinunter. *Es ist niemand hier, aber ich sehe mich mal um. Da ist ein langer Flur, den ich genauer erkunden werde.*

Bei unserem bisherigen Erfolg wollte ich kein unnötiges Risiko eingehen. *Klingt gut, aber beeil dich. Jemand könnte durch diesen Durchgang kommen, so wie wir es getan haben.*

Er verschwand. *Es wird nicht lange dauern.*

Ich konzentrierte mich auf mein Gehör und schloss die Augen, um diesen besonderen Sinn zu schärfen. Ich konnte sowohl Elizas als auch Lunas Atmung und ihre leicht erhöhten Herzschläge hören und versuchte darüber hinaus, alles andere um uns herum wahrzunehmen. Glückselige Stille war die Antwort, und ich konnte nur hoffen, dass das so blieb, bis wir einen Weg nach draußen gefunden hatten.

Ihr Gewicht wurde mit jedem Moment unerträglicher,

und ich musste meine Flügel zwingen, stärker zu schlagen, um meine Müdigkeit auszugleichen. Meine Muskeln schrien vor Anstrengung, aber ich musste stark bleiben.

Du kannst landen. Ich sehe niemanden in der Nähe, verband sich Levi. *Ich kehre zum Trampolin zurück.*

Ich benötigte keine weitere Aufforderung und ließ uns auf den Boden sinken. Anstatt Luna und Eliza auf dem Trampolin abzusetzen, flog ich sie dorthin, wo der Zementboden begann. Ich wollte keine Geräusche verursachen.

Levi wartete ein paar Schritte entfernt auf uns, aber ich brauchte einen Moment, um mich zu orientieren und meine Augen an die Dunkelheit zu gewöhnen. Der Boden, die Wände und die Decke waren aus weißem Zement, und alle eineinhalb Meter waren Deckenleuchten angebracht worden. In eingeschaltetem Zustand war der Bereich vermutlich fast taghell.

Der Flur war drei Meter breit und verlief direkt unter den Wohnhäusern. Zwei Gänge teilten ihn, und ich fragte mich, wohin sie führten.

Seltsam.

Ich bleibe in meiner Schattengestalt und gehe voran. Levi bewegte sich vorwärts, wobei er ein wenig über dem Boden schwebte.

Ich blieb zwischen Eliza und Luna und bedeutete den beiden, mitzukommen. Obgleich Levi niemanden gesehen hatte, war es sicherer, nicht zu sprechen. Bären konnten fast so gut hören wie Wolfswandler, sodass jedes Geräusch sie auf unsere Anwesenheit aufmerksam machen würde.

Gemeinsam gingen wir langsam weiter. Als wir den ersten Korridor erreichten, atmete ich tief ein und versuchte, meine Nerven zu beruhigen. Levi warf einen Blick in beide Richtungen, blieb aber nicht stehen.

Da ich mich beeilen wollte, bevor jemand in Sichtweite

kam, schaute ich nach links und rechts. Der Gang hatte zwei Türen auf der Seite, die dem Eingang am nächsten war, und drei auf der anderen Seite. Beide Gänge endeten in einem großen Trainingsbereich. Der Bereich auf der linken Seite hatte schwarze gepolsterte Böden, die für Boxen, Ringen oder Kampfsportarten gedacht waren. Soweit ich sehen konnte, befanden sich drei schwarze Schlagpolster an der Wand. Der rechte Gang führte in einen großen Raum mit verschiedenen Kraftmaschinen und Leichtathletikhürden, die an der Wand gestapelt waren.

Offensichtlich handelte es sich um einen Trainingsbereich für Sparring und einen anderen für Krafttraining und Ausdauer. Die Räume schienen sich über das gesamte Erdgeschoss des darüber liegenden Wohngebäudes zu erstrecken. Alles wirkte gut gepflegt, was bedeutete, dass die Räume intensiv genutzt wurden.

Diese Anlage war fast so groß wie das Trainingsgelände der Engel. Unseres befand sich im Freien, und wir hatten mehrere schwebende Trainingsstationen, die bis zur Kuppel reichten.

Wusstest du davon?, fragte Levi. *Dass die Bären einen solchen Ort haben?*

Nein, und ich bin mir sicher, dass Sterlyn und Griffin genauso unwissend sind. Die Spaltung der Wandler war schlimmer, als ich es mir vorgestellt hatte. Ich hatte gedacht, die Wandler hätten sich in jüngerer Zeit voneinander losgelöst, aber dieses Gelände musste gebaut worden sein, als die Gebäude entstanden waren. Andernfalls hätten andere Übernatürliche den Bau unter ihren Füßen bemerkt.

Die Tatsache, dass keines der Ratsmitglieder von dieser Einrichtung wusste, war ein Problem, besonders für Griffin und Sterlyn. Es musste einen Grund geben, warum die Bären diesen Ort geheim hielten.

Ich lief weiter und zwang meinen Körper, sich zu entspannen. Ich durfte mein Urteilsvermögen nicht trüben lassen, vor allem, da meine Emotionen bereits hochkochten.

Jedes Mal, wenn es so aussieht, als würden wir Fortschritte machen, entdecken wir etwas, das uns drei Meter zurückwirft. Mir hätte klar sein müssen, dass wir es nicht aus Shadow City herausschaffen würden, ohne Probleme mit diesem Hexenzirkel zu bekommen. *Diese Stadt muss verflucht sein,* verband sich Levi, während er sein gleichmäßiges Tempo fortsetzte, aber seine Frustration drang zu mir durch und verstärkte meinen eigenen inneren Kampf.

Er war neu in dieser Welt, aber seit Sterlyn aufgetaucht war, kannte ich es nicht anders. *Du wirst dich daran gewöhnen.* Ich versuchte, mich nicht jedes Mal frustrieren zu lassen, wenn wir über etwas Unerfreuliches stolperten — zumindest waren wir informiert. Unwissenheit war nur so lange ein Segen, bis sie in Chaos umschlug.

Levi warf einen Blick über die Schulter und kniff die Augen zusammen. *Dich in Gefahr zu wissen, ist etwas, an das ich mich nicht gewöhnen will.*

Ich genoss den Moment, während alles in mir kribbelte. Ich hatte mir nie jemanden gewünscht, der sich so um mich sorgte, wie er es tat, und ich war so froh, dass das Schicksal ihn auserwählt hatte. Vielleicht wusste sie *wirklich*, was sie tat.

In dem abzweigenden Korridor, auf den wir zusteuerten, öffnete sich eine Tür. Ich erstarrte unsicher.

»Ich kann es immer noch nicht fassen, dass ein verdammter Fuchswandler im Rat sitzt. Wer hat sich ausgerechnet dieses Muttersöhnchen ausgesucht?«, sagte eine tiefe Stimme, während sich Schritte in unsere Richtung bewegten.

Wenn wir uns nicht beeilten, würden sie auf uns

stoßen. Selbst wenn wir uns umdrehten und zu fliehen versuchten, würden sie unsere Fährte aufnehmen, sobald sie in den Hauptgang traten.

Wir befanden uns auf halbem Weg zwischen den sich kreuzenden Gängen und konnten uns nirgendwo verstecken.

Ich sehe mal nach, womit wir es zu tun haben, informierte mich Levi und flog auf die Stimmen zu, sodass wir allein zurückblieben.

»Du weißt, dass er es dort zu nichts bringen wird. Bald wird dieser Platz wieder frei sein – und dann werde ich ihn mir schnappen«, antwortete ein zweiter Typ mit etwas höherer Stimme. »Die Zeiten ändern sich, und ich sage, die Bären sollten einen Platz bekommen. Wir sind stärker, größer und klüger. Deshalb bin ich hier unten, anstatt zu schlafen – damit ich mehr trainieren kann.«

Dummer Mann. Er setzte einen großen Bizeps mit Wichtigkeit gleich. Um Teil des Rates zu sein, musste man strategisch und klug sein. Obwohl ich Erin und Azbogah verachtete, waren sie in der Tat beides. Deshalb waren wir nicht in der Lage gewesen, ihre Beteiligung an dem ganzen Chaos, das in unserer Gruppe herrschte, zu beweisen und sie aus dem Rat auszuschließen.

Sie sind zu zweit. Levis Zielstrebigkeit wirbelte durch unsere Verbindung. *Ich werde mich vergewissern, dass nicht noch mehr kommen. Ich glaube nicht, dass wir Zeit haben, uns zu verstecken oder in den anderen Gang zurückzulaufen, um unentdeckt zu bleiben.*

Ich konnte ihm diese Entscheidung nicht übel nehmen. *Sag mir, welchen du nimmst – dann kümmere ich mich um den anderen.*

Ich nehme an, dass es keine Option ist, dass ich es mit beiden aufnehme?, fragte Levi.

Nein, ist es nicht. Auch wenn sie ihn nicht sehen könnten, würde er sich mit seinem Angriff bemerkbar machen. *Bären können sich zwar nicht so verbinden, wie Wölfe es tun, aber sie können Kontakt mit ihrer Familie aufnehmen. Das reicht, um weitere Bären einzuschalten. Wir müssen sie so schnell wie möglich ausschalten.*

Die Schritte der Bärenwandler wurden lauter. »Kumpel, warum solltest *du* in den Rat kommen? Ich bin älter und hatte bessere Noten in der Schule.«

Sie waren durch ihr Gespräch abgelenkt. Wären sie es nicht gewesen, hätten sie unsere Nähe vermutlich mitbekommen.

Ich werde dich wissen lassen, wann du zuschlagen musst, verband sich Levi. *Sie sind aus der mittleren Tür gekommen und aktuell etwa drei Meter entfernt.*

Luna packte meinen Arm, ihre Augen waren groß. Ihre Lippen zitterten, und in meinem Kopf drehte sich alles, während ich versuchte, mich daran zu erinnern, wie man einem Sterblichen sagte, still zu sein. Ich hatte in letzter Zeit nicht mehr an den Vorlesungen der Universität teilgenommen, also waren die Informationen veraltet.

Dann erinnerte ich mich. Ich legte einen Finger an meine Lippen und nahm ihre Hand von meinem Arm.

Ich würde meinen Arm benötigen, um einen dieser Männer anzugreifen.

Eliza hob die Hand und öffnete ihren Mund, um einen Zauber zu sprechen.

Nein, der Hexenzirkel durfte uns nicht aufspüren, schon gar nicht hier unten. Dann wären wir in der Falle.

Ich drehte mich um, wiederholte die Geste und schüttelte zusätzlich den Kopf. Meine Haut kribbelte vor Unbehagen; ich war mir nicht sicher, ob sie auf mich hören würde.

Als sie ihre Hand senkte und nickte, atmete ich leichter.

Ich werde den größeren nehmen, da ich das Element der Überraschung habe, verband sich Levi.

Luna wimmerte – leise, aber doch laut genug, um zu den Bären vorzudringen.

Ich wollte sie erwürgen. Der Drang war überwältigend, wie damals, als ich als junges Federgewicht während des Trainings mit Eleanor gekämpft hatte und mich nicht hatte beherrschen können, als sie mich verspottet hatte. Aber Luna zu verletzen wäre so, als würde man versuchen, sich nicht vom Wind die Federn zerzausen zu lassen – sinnlos. Luna war nie für solche Situationen ausgebildet oder vorbereitet worden.

»Hast du das gehört?«, fragte der Mann mit der tiefen Stimme.

Sie hielten inne und einer von ihnen schnupperte. Der mit der höheren Stimme antwortete: »Ja, und ich rieche eine Mischung aus verschiedenen Düften. Da ist ein übermäßig süßer, fast direkt vor uns.«

Jetzt!, befahl Levi.

Ich schlug heftig mit den Flügeln. Die Verzweiflung erstickte mich. Wenn man uns erwischte, würden wir alle im Gefängnis landen. Sterlyn und die anderen würden sich uns vermutlich anschließen müssen. Dann hätte Azbogah die ganze Kontrolle, und alles, wofür wir in Shadow City gearbeitet hatten, wäre umsonst gewesen.

Ich erreichte die Kreuzung und ein Bärenwandler kam in Sicht. Seine peridotfarbenen Augen fixierten mich und wurden dann groß. »Rosemary?«

Ich hatte keine Ahnung, wer er war, aber mein erster Instinkt war richtig gewesen. Jeder in dieser Stadt wusste wahrscheinlich, wer ich war, und das nicht aus Gründen, auf die ich stolz war.

»Alter, nicht cool.« Sein Freund lachte. »Ich dachte schon, es wäre ...«

Ohne eine weitere Sekunde zu verschwenden, rammte ich den Wandler vor mir und schleuderte ihn ein paar Schritte zurück gegen die Wand.

Ich habe doch gesagt, dass ich den größeren nehme, grunzte Levi, als er sich auf den Bärenwandler hinter dem, den ich angegriffen hatte, stürzte.

Es war eine logische Entscheidung gewesen. *Da ich nur einen gesehen habe, war mich nicht klar, dass er der größere ist. Er war mir am nächsten. Jetzt konzentriere dich und mach sie kampfunfähig! Aber töte sie nicht!*

»Heilige Scheiße, du hast nicht übertrieben«, keuchte der Typ hinter uns, aber ich konnte ihn nicht sehen. Ich konzentrierte mich auf den Wandler vor mir.

Diese Bärenwandler hatten sich um ihre eigenen Angelegenheiten gekümmert und waren nicht darauf aus gewesen, uns anzugreifen. Wir befanden uns in ihrem Revier, und das rechtfertigte nicht, sie zu töten. Abgesehen davon, dass es ethisch falsch wäre, würde es noch mehr Aufruhr in der Stadt verursachen. Wir mussten aufhören, einander zu bekämpfen, und uns auf das Gesamtbild konzentrieren – das Bild, das auch Sterlyn sah: Wir waren alle übernatürlich und sollten zusammenhalten.

Ich holte aus und verpasste dem Bärenwandler einen Kinnhaken. Sein Kopf schnellte zurück, und ich ließ meine Füße auf den Boden sinken, bereit, Levi zu helfen, aber bevor ich mich zu meinem Gefährten umdrehen konnte, richtete sich der Bärenwandler auf, anstatt umzufallen.

Diese Auseinandersetzung dauerte schon zu lange, und ich hatte mich zurückgehalten, um ihn nicht zu verletzen.

Er brüllte, während sein Fell wuchs und er sich in sein

Tier verwandelte. Bären waren in ihrer Tiergestalt dreimal so stark, was das Ausschalten erschweren würde.

Wusste das Schicksal nicht, dass sie mich zu weit getrieben hatte?

»TJ! Etwas greift an ...«, rief sein Freund, bevor seine Worte von einem dumpfen Schlag unterbrochen wurden.

Die Tatsache, dass Levi schneller Erfolg hatte als ich, ärgerte mich, aber er hatte die Unsichtbarkeit auf seiner Seite.

Peridot-Auge wandte seine Aufmerksamkeit seinem Freund zu. Das reichte mir, um diesen unnötigen Kampf zu beenden.

Ich schlug mit den Flügeln, um an Höhe zu gewinnen, während ich dem Bärenwandler einen Tritt gegen den Kopf versetzte. Er fiel um, und ich konnte ihn gerade noch auffangen, bevor seine Nase auf dem Boden aufschlug. Es fühlte sich nicht richtig an, ihn verletzt und blutig zurückzulassen.

Der Angriff war nicht so schnell zu Ende gegangen, wie ich es mir erhofft hatte, aber er war endlich vorbei.

Luna und Eliza rannten auf mich zu. Eliza schnaubte und warf erst einen Blick auf die beiden Bärenwandler und dann wieder auf mich. »Ist alles in Ordnung mit dir? Du hast länger gebraucht, als ich es erwartet habe.«

»Ich habe versucht, ihn nicht zu sehr zu verletzen.« Und deshalb hatte ich ihn nicht annähernd schnell genug k. o. geschlagen. »Aber wir müssen uns beeilen. Sie könnten ...«

Ein Geräusch, das dem der sich bewegenden Betonplatte ähnelte, über die wir hierhergekommen waren, unterbrach mich. Noch mehr Bärenwandler. Ich hatte einen unglücklichen Fehler gemacht, den ich nicht mehr rückgängig machen konnte.

Lichter blitzten auf, während Bärenwandler auf das Trampolin am anderen Ende des Flurs stürzten.

Unsere Zeit lief ab – wir mussten von hier verschwinden.

»Gibt es noch einen anderen Weg nach draußen?«, fragte ich Luna.

Sie fuhr mit den Händen durch ihr Haar. »Er hat einen anderen Eingang erwähnt, und ich dachte, du würdest uns dorthin führen.«

Ich hielt mich zurück, um sie nicht zu erwürgen. Sie hatte eine Lösung gehabt, sie aber nicht vorgeschlagen. Es war nicht ihre Schuld, dass ich meinen Angriff auf Peridot-Auge verpatzt hatte.

Levi schwebte neben mich und nahm meine Hand. »Aus der Richtung, in die wir gegangen sind, kommen Leute. Ich bin mir ziemlich sicher, dass dort ein Ausgang ist.«

Je länger wir hier standen, desto schlimmer würde die Situation werden. »Luna, klettere auf meinen Rücken, und Eliza, ich trage dich. Levi kann sie angreifen, damit wir durchkommen.« Da Levi unsichtbar war, würden sich die Wandler auf mich konzentrieren. »Ich fliege über ihre Köpfe hinweg und den Schacht hinauf. Sie sollten nicht erwarten, dass wir das Loch hochfliegen, während sie herunterspringen.«

Als niemand eine bessere Lösung vorschlug, wurde mir flau im Magen. Wenn das unser bester Plan war, würden wir es vielleicht nicht aus der Stadt schaffen.

Levi ließ mich los, damit ich Eliza tragen konnte. »Bist du sicher, dass du sie beide tragen kannst?«

»Ich schaffe das schon.« Das musste ich. Luna positionierte sich zwischen meinen Flügeln und ich nahm Eliza und trug sie wie eine Braut über die Schwelle. »Gut festhalten!« Es war nicht abzusehen, welche Manöver wir noch durchführen mussten.

Der Boden vibrierte, als die Bären auf uns zustürmten.

Jetzt oder nie. Sind wir bereit?

Nein. Levi seufzte. *Aber ich glaube nicht, dass ich das jemals sein werde, also bringen wir es hinter uns.* Er rannte in Richtung unserer Angreifer los.

Da ich nicht zurückbleiben wollte, stieg ich zur Decke hinauf und bog nach links in den größeren Gang ab, während ich das Schicksal bat, auf unserer Seite zu sein und uns hier herauszubringen.

KAPITEL NEUN

SOBALD ICH UM die Ecke bog, kamen vier Wandler in Sicht. Sie waren riesig, sodass nur zwei nebeneinander passten. Vorn befanden sich zwei geringfügig kleinere Wandlerinnen, von denen die kleinere bestimmt zehn Zentimeter größer war als ich. Die zwei dahinter waren ungefähr so groß wie Azbogah – also über zwei Meter.

»Sie haben nicht übertrieben«, sagte die Frau an vorderster Front, deren toastbraunes langes Haar zu einem Pferdeschwanz gebunden war. »Das ist der Engel, der neulich verhaftet worden ist.«

Ich war mir sicher, dass alle davon gehört hatten, und da meine Eltern Ratsmitglieder waren, wussten die Leute, wer ich war. Und nicht nur das – obwohl es in der Stadt jede Menge Korruption gab, passierte selten etwas von Bedeutung. Meine Verhaftung war eine große Neuigkeit gewesen.

Luna vergrub ihren Kopf in meinen Schulterblättern, damit man sie nicht sehen konnte, und schlang ihre Arme fester um mich. Das war eine kluge Idee, denn es war schon schlimm genug, dass sie von einem entflohenen Häftling erfahren hatten. Wir durften sie nicht auch noch auf sie aufmerksam machen, das würde die Situation weiter verschärfen.

»Erledigt sie mit allen Mitteln, die nötig sind!«, befahl der größte Mann im Hintergrund. Seine sandbraunen Augen waren nur eine Nuance heller als sein kurzes Haar, und sein Bart reichte bis zu seiner Brustmitte.

Verdammte Bärenwandler!, dachte Levi verärgert. *Sie sollten sich wirklich um ihre eigenen Angelegenheiten kümmern und verschwinden.* Er war nur ein paar Schritte von ihnen entfernt.

Unter normalen Umständen hätte ich ihm zugestimmt, aber nicht heute. *Denk daran, dass wir in ihr Geheimversteck eingebrochen sind.* Das war Hausfriedensbruch, obwohl wir keine andere Wahl gehabt hatten.

Semantik, erwiderte er.

Eliza versteifte sich in meinen Armen. Sie durfte den Hexenzirkel nicht auf unseren Aufenthaltsort aufmerksam machen. Es waren schon genug Leute hinter uns her. »Warte!«, zischte ich leise. Ich wollte nicht, dass jemand merkte, wie anstrengend es für mich war, die beiden zu tragen, also fasste ich mich kurz. Unser vorherbestimmtes Band zu benutzen, war viel einfacher. *Wir müssen die Bedrohung beseitigen, bevor Eliza versucht, Magie einzusetzen.*

Schon dabei, antwortete Levi und erreichte die ersten beiden Wandler. Er trat der dunkelhäutigen Wandlerin ins Gesicht. Ihr Kopf schnellte zur Seite, und Falten des Schmerzes zeichneten sich auf ihrer Stirn ab. Sie stolperte rückwärts in Sandauge, und die beiden stürzten zu Boden, wobei sie ihre Freunde nur knapp verfehlten. Levi bewegte sich, während ich mich bereit machte, meinen Zug zu machen.

Verdammt!, sagte Levi und meine Brust zog sich vor

lauter Frustration noch mehr zusammen. *Ich hatte gehofft, das würde alle vier ausschalten. Geh zurück in den anderen Gang und ich kümmere mich um den Rest!*

Toastbrot verharrte fünf Schritte vor mir in der Mitte des Flurs. Hinter ihr blieb der größte Wandler, der einen hellbraunen Teint hatte, gerade noch rechtzeitig stehen.

Ich wollte Levi nicht allein lassen, aber mit Luna und Eliza im Schlepptau war allein das Fliegen beschwerlich, vom Kämpfen ganz zu schweigen.

Die beiden Wandler, die noch standen, drehten sich überrascht zu ihren Freunden um, als Levi denjenigen, den er geschlagen hatte, hochhob und gegen die Zementwand schleuderte.

»Habt ihr das gesehen?« Toastbrots Mund blieb offen stehen und sie blinzelte. »Gott sei Dank ist die Verstärkung da.«

Verstärkung?

Aus der Richtung, aus der wir gekommen waren, stürmten weitere Wandler. Es bestand keine Hoffnung mehr, dass wir unbemerkt bleiben würden. Den Geräuschen nach zu urteilen, schätzte ich, dass sechs weitere in unsere Richtung kamen. Die Option, umzukehren, war ausgeschlossen; wir mussten vorwärtsgehen. *Sie kommen.*

Es wird immer schlimmer. Levi verpasste dem größeren Wandler auf dem Boden einen Schlag gegen den Kopf. Die Augen des Bären rollten zurück und er wurde schlaff, sodass unsere aktuelle Bedrohung auf drei reduziert wurde. *Bleib einfach, wo du bist ...*

Daraus wird nichts. Mit jeder Minute, die wir hierblieben, könnten mehr Wandler eintreffen. *Ich werde versuchen, einen von ihnen auszuschalten, sonst können wir sie genauso gut der Reihe nach meine Federn ausrupfen lassen.*

Luna und Eliza wogen einzeln nicht viel, aber ihr

gemeinsames Gewicht machte das Fliegen zu einer Herausforderung. Die Unterseite meiner Flügel brannte vor Anstrengung. Ich ignorierte das Unbehagen und bewegte meine Flügel schneller. Wenn ich mich auf den Schmerz konzentrierte, würde das Gefühl nur noch schlimmer werden.

Toastbrot sah sich um und suchte die Luft nach einer Bedrohung ab. »Er war plötzlich in der Luft. Wie zur Hölle ist das möglich ...«

»Vorsicht!«, rief der Größte, während seine Augen auf mich gerichtet waren. Er schob sich an seinem Freund vorbei und stellte seine Füße schulterbreit auseinander, bereit, gegen mich zu kämpfen.

Toastbrot rührte sich nicht. Sie war wie gebannt auf ihre Freunde fixiert, als Levi den anderen Wandler neben sich hochhob. Levi schleuderte diesen gegen Toastbrot, und beide Wandler klatschten gegen die Wand.

Ich intensivierte meinen Griff um Eliza und flog an ihnen vorbei. Der Größere war die stattlichere Bedrohung, aber meine Möglichkeiten waren begrenzt, da meine Hände beschäftigt waren. Ich trat ihm ins Gesicht, und er packte mich am Knöchel und zog mich zu sich heran.

Die Schwungverlagerung brachte mich aus dem Gleichgewicht, aber ich konnte mich wieder aufrichten. Durch die Drehung würden wir zwar etwas an Höhe verlieren, aber ich hatte keine bessere Option. Meine Flügel hatten bereits Mühe, uns alle oben zu halten.

In der Hoffnung, dass er nicht mit einem weiteren Tritt rechnete, drehte ich mich. Luna stöhnte angesichts des Richtungswechsels. Mein Herz gefror, als ich darauf wartete, dass sie die Bewegung konterte, aber als sie sich keinen Zentimeter bewegte, drängte ich mich weiter nach vorn.

Mein freier Fuß traf die Nase des Wandlers und seine Knochen knirschten. Er ließ meinen Knöchel los, und ich schlug heftig mit den Flügeln, um mehr Höhe zu gewinnen. Ich wollte Luna und Eliza absetzen, aber dann würden sie zum Ziel der Wandler werden. Es war zwar nicht ideal, aber es war das Beste, sie weiterhin zu tragen.

Schritte ertönten hinter uns, als weitere Bärenwandler auf uns zustürmten.

Der Bär, den ich getreten hatte, knurrte. Anstatt seine gebrochene Nase zu halten, wie ich es erwartet hatte, packte er Eliza an der Taille, um sie zu Boden zu ziehen. Ich versuchte, dem entgegenzuwirken, aber blieb erfolglos.

Wir haben ein Problem. Ich hasste es, Levi von seinem Kampf abzulenken, aber ich hatte gelernt, dass ich nicht alles allein machen musste. Und wenn er in einer schlimmen Situation war, würde ich auch gewarnt werden wollen.

Eliza löste sich aus meinem Griff, aber mit Luna auf meinem Rücken konnte ich mich nicht schnell genug bewegen, um sie aufzufangen. »Nein«, keuchte ich.

Der Bär richtete sich auf, Eliza an seine Brust gepresst, ihre Füße weit vom Boden entfernt. Blut floss aus seiner Nase auf sein Hemd und durchtränkte auch Elizas schwarzes Baumwollshirt.

Doch das war die geringste unserer Sorgen.

Ich komme, verband sich Levi und ich warf einen Blick auf ihn. Er hatte die beiden anderen Wandler außer Gefecht gesetzt, aber mindestens sechs weitere näherten sich rasch. Ich konnte sie atmen hören, als wären sie direkt hinter uns.

Ohne eine Sekunde zu verlieren, brachte Eliza ihre Füße zwischen die Beine des Bärenwandlers. Ihr Ziel war klar: seine Hoden. Normalerweise respektierte ich niemanden, der auf diese Weise kämpfte, aber in dieser Situation würde ich nicht urteilen. Wir hatten ein klares Ziel, und wenn wir auf diese Weise davonkamen, dann war es eben so. Wenn Erin und die Engel Eliza und Levi in die Finger bekämen, wäre das viel schlimmer als eine hinterhältige Kampftaktik.

Der Bärenwandler bewegte seine Beine und wehrte ihren Tritt ab, woraufhin sie hinter seinen Kopf griff und sein zotteliges dunkelkaramellfarbenes Haar mit der Faust packte.

Ich flog herbei und versetzte ihm mit meiner freien rechten Faust einen Schlag auf die Kopfseite. Er wich zurück, als Levi hinter ihm auftauchte.

Levi legte seinen Arm um den Hals des Bärenwandlers und verstärkte seinen Griff, sodass dieser zurückstolperte. Ich nutzte die Ablenkung, flog höher und schlang meine Arme um Eliza. Warme Flüssigkeit benetzte meine Hände und Arme, und der metallische Gestank bestätigte, dass es das Blut des Wandlers war.

Der Bärenwandler ließ los und sackte zusammen, und ich zog Eliza an meine Brust. Aufgrund des Gewichts sank ich um ein paar Zentimeter, aber ich schaffte es, das Gleichgewicht zu halten und mich wieder vorwärtszubewegen.

»Beeil dich!«, rief Luna, und ich warf einen Blick über meine Schulter, um festzustellen, dass die neuen Bären in Schlagdistanz waren.

Geh!, meinte auch Levi. *Ich bin gleich hinter dir.*

Mit rasendem Herzen schoss ich nach vorn, verzweifelt bemüht, mich aus ihrer Reichweite zu entfernen. Ich konnte Levis Entschlossenheit durch unsere Verbindung spüren, was mir half, vorwärtszukommen.

»Schnappt sie euch!«, brüllte der eine Wandler und

seine Stimme wechselte von menschlich zu einem tiefen, gutturalen Brüllen.

Heilige Federn! Sie hatten sich verwandelt. Die vier Wandler, die wir zur Strecke gebracht hatten, waren wahrscheinlich nur deshalb in ihrer menschlichen Gestalt geblieben, weil sie mich und die anderen beiden Frauen unterschätzt hatten. Sie hatten angenommen, mich leicht besiegen zu können.

Bärenwandler konnten als Tiere schneller laufen, besser klettern und waren stärker – aber sie konnten nicht fliegen. Unter normalen Umständen hätte ich mir keine Sorgen über ihre Verwandlung gemacht, aber zwei Sterbliche zu transportieren, war alles andere als normal.

Die Schritte veränderten sich, als die Pfoten und Krallen der Bären den Boden berührten. Soweit ich das beurteilen konnte, hatten vier der sechs die Verwandlung vollzogen.

Mit enger Brust verband ich mich: *Pass auf, dass du nicht zurückfällst! Bärenwandler sind in Tiergestalt dreimal so stark.* Er hatte zwar gegen menschlichen Bärenwandler gekämpft, aber nie in ihrer Tiergestalt. Trotz seines Kampftrainings bezweifelte ich, dass er jemals dafür trainiert hatte.

Natürlich sind sie das. Wie könnten wir die Situation noch prekärer machen? Levi lachte trocken. *Lass mich raten – sie können Honig spucken, um uns zu ködern?*

Er musste sich den Kopf gestoßen haben, als ich abgelenkt gewesen war. *Nein. Wie kommst du denn darauf? Bären können keinen Honig spucken.*

Das war ein Witz. Er seufzte. *Ich frage mich, was noch passieren könnte, um die Situation zu verschärfen.*

Fordere das Schicksal nicht heraus, Levi! Der vergangene Monat hatte mich gelehrt, dass das Schicksal einen schrägen Sinn für Humor hatte. *Sie wird einen Weg finden.*

Wir näherten uns dem Ende des Flurs, während uns die Bären im Nacken saßen ... buchstäblich. Sie könnten jede Sekunde angreifen. Ich atmete tief ein und versuchte sicherzustellen, dass genügend Sauerstoff in meinen Körper gelangte, um Krämpfe zu vermeiden, die auf die Menge an Energie zurückzuführen wären, die ich aufbringen musste. Wenn wir das Trampolin erreichten, benötigte ich genug Durchhaltevermögen, um zur Tür am oberen Ende zu fliegen.

Das Trampolin kam in Sicht, und der Anblick gab mir neue Energie. Ich würde jeden einzelnen Tropfen benötigen, um dort hinaufzukommen.

Als wir dort ankamen, sprang ein Bär von der Ecke des Trampolins.

Nein! Levi!

Er war direkt hinter mir und bekam die volle Wucht des Angriffs ab.

Meine Lunge quittierte kurzzeitig ihren Dienst und Schmerz durchbohrte mich, aber es war nicht meiner.

Ich weigerte mich, ihn zu verlassen. *Ich komme.*

Es geht mir gut. Aber der schweflige Gestank seiner Lüge erfüllte die Luft.

Es hatte keinen Sinn, zu streiten. Ich musste zu ihm gelangen.

Ich flog an den Rand des Trampolins und setzte die Frauen darauf ab. Eliza lehnte sich nach vorn, bereit, zu helfen, aber ich schüttelte den Kopf und deutete auf die Schachtleiter, die zum Ausgang hinaufführte. Ich murmelte: »Bleibt dicht an der Wand!« Gleichzeitig hoffte ich, dass sie mich verstehen würden.

Luna nickte zuversichtlich, und so drehte ich mich zu meinem vorbestimmten Partner um.

Ich entdeckte zwei Bären, die gefährlich nahe an Levi herankamen. Er wich den Schlägen immer wieder um Zentimeter aus.

Eine Sekunde lang verstand ich nicht, wie der Bär bestimmen konnte, wo Levi war, bis ich sah, wie karmesinrotes Blut aus seinem Schatten tropfte. *Levi, du blutest. Wie schwer bist du verletzt?*

Der Bär hat meinen Arm zerkratzt, antwortete Levi. *Geh! Ich komme bald nach.*

Nein, diese Bären wussten, wo er war. Es wäre nur eine Frage von Sekunden, bis sie erneut zuschlugen, was es einfacher machen würde, ihn beim nächsten Mal zu finden. Je mehr er blutete, desto schlimmer würde es werden.

Als ich hörte, wie Eliza und Luna ihren Aufstieg starteten, schlug ich mit den Flügeln. Meistens setzten Engel diese Taktik zur Einschüchterung ein, was die Bärenwandler wahrscheinlich auch vermuteten, aber das war nicht der Grund, warum ich es tat.

Ich wollte sie ablenken, aber vor allem musste ich meine Flügel strecken. Das Tragen der Frauen hatte das Fliegen extrem erschwert. Deshalb steckten wir ja auch in diesem Schlamassel.

Einer der Bärenwandler richtete seine kleeblattgrünen Augen auf mich. Er knurrte und griff an, ein weiterer Bär folgte ihm. Jetzt waren zwei Bären auf Levi und zwei auf mich fixiert, sodass zwei Bären in Menschengestalt übrig blieben, die in wenigen Sekunden hier eintreffen würden.

Wir hatten keine Zeit zu verlieren.

Rosey, was machst du da? Levis Angst war deutlich spürbar. *Ich habe dir gesagt, du sollst gehen.*

Ich werde dich auf keinen Fall im Stich lassen. Jetzt lass uns das beenden, damit wir nach Hause gehen können. Ich stürzte mich auf die Bären und tat so, als würde ich sie mit meinen Armen niederwalzen wollen.

Sie stellten sich auf ihre Hinterbeine, berührten mit dem Kopf die Decke des gewaltigen Flurs und streckten ihre Krallen aus, bereit zum Angriff.

Sie versuchten nicht, uns gefangen zu nehmen, sondern wollten uns töten. Ich ahnte, dass sie entschlossen waren, ihren Trainingsplatz geheim zu halten und weder den Rat noch die Polizei zu alarmieren, dass sie uns hingerichtet hatten. Das spielte alles keine Rolle. Sie hatten Levi bereits verletzt, und ich würde nicht zulassen, dass das ein zweites Mal passierte.

Ich bewegte mich in Richtung Decke, so schnell, dass meine Konturen verschwammen. Wie erwartet hoben sie ihre Pfoten über ihre Köpfe, bereit, mich aufzuschlitzen. In letzter Sekunde drehte ich meine Federn auf die rasiermesserscharfe Seite und wickelte sie um mich. Dann stürzte ich mich auf Kleeblatts Brust.

Er schlug nach mir, aber seine Krallen streiften meine Federn und verursachten ein furchtbares Geräusch – wie Nägel auf einer Tafel. Mein Körper prallte gegen seinen, und meine Geschwindigkeit zwang ihn, rückwärts in einen der Bären zu segeln, die Levi angriffen.

Ich breitete meine Flügel aus und verlangsamte das Tempo, aber die beiden Bären rutschten noch ein paar Schritte weiter und trafen die beiden Bärenwandler, die noch in menschlicher Gestalt waren. Die vier schlugen benommen auf dem Boden auf, aber ich wusste, dass sie sich schnell erholen würden.

Bereit, die letzten beiden Bedrohungen zu beseitigen, drehte ich mich zu Levi und den beiden anderen Bären um.

Der eine schnappte weiter nach Levi, während der andere zögerte.

Ich richtete mich auf, denn ich musste Selbstvertrauen zeigen. Das Eingesperrtsein, selbst für kurze Zeit, hatte mir mehr zugesetzt, als mir bewusst gewesen war. Das war es, wozu ich bestimmt war: für das zu kämpfen, was richtig war.

Als ich auf den Bären zustürmte, fing ich seinen Blick auf. Er scharrte mit den Pfoten auf dem Boden, entweder weil er gegen mich kämpfen oder weil er überschüssige Energie loswerden wollte.

Als ich ihn erreichte, schlug er nach mir, und ich drehte meinen Körper so, dass meine Flügel mich schützten. Während ich mich bewegte, verpasste ich ihm einen Tritt in den Magen.

Er brüllte auf, wich aber lediglich ein paar Zentimeter zurück, da mein Tritt ihn nicht so sehr beeinträchtigt hatte, wie ich gehofft hatte.

Mit einem Bärenwandler zu kämpfen, war wie der Versuch, Federn zu zähmen – ein fast unmögliches Unterfangen. Aber wenn Bärenwandler erst einmal die Oberhand verloren hatten, stürzten sie hart. Genau wie die vier, die ich vor wenigen Augenblicken niedergeschlagen hatte.

Während ich ihn umkreiste, zielte er mit der anderen Pfote auf meinen Bauch – eine solide Aktion, da dieser ungeschützt war. Ich wich aus, sodass seine Pfote meinen Körper um Zentimeter verfehlte, und verpasste ihm einen Schlag auf die Schnauze.

Sein Kopf schnellte zurück, und ich richtete mich auf und beförderte mein gesamtes Gewicht unter sein Kinn, sodass er mit dem Kopf gegen die Zementwand prallte. Er rutschte hinunter, bewusstlos.

Geh! Jetzt!, rief ich Levi über unser Band zu. Als ich

mich umdrehte, sah ich, wie Levi einem Schlag auswich und auf das Trampolin zuflog.

Der Bär brüllte, während ich Levi folgte. Wir schwebten nach oben, und ich registrierte, dass Eliza und Luna fast oben angekommen waren.

Ein lauter Schlag von unten signalisierte uns, dass der letzte Bär versuchte, uns zu erwischen, uns aber nicht mehr erreicht hatte. Und nicht nur das, in seiner tierischen Form konnte der Bär auch die Gullyleiter nicht benutzen.

Das Adrenalin trieb mich höher. Eliza und Luna erreichten gerade das obere Ende des Tunnels, und Luna kletterte auf eine kleine Plattform, während Eliza auf der Leiter wartete.

Ich rief: »Luna, mach die Tür auf!«

»Okay«, sagte sie schnell.

Ich blickte rechtzeitig nach unten, um zu sehen, wie der Bär wieder seine menschliche Gestalt annahm – seine nackte menschliche Gestalt.

Von Levi ging ein Hauch von Unmut aus. *Sieh nicht hin!*

Überraschenderweise bestaune ich ihn nicht. Obwohl der Mann an allen richtigen Stellen ziemlich groß war, fand ich ihn nicht im Geringsten attraktiv. Das musste an der vorherbestimmten Bindung liegen. *Ich habe den Grad seiner Bedrohung beurteilt.*

Überraschenderweise? Ein leises Knurren ertönte von der Schattengestalt neben mir. *Du hast mit etwas anderem gerechnet.*

Obwohl ich viele Dinge nicht verstand, war ich klug genug, um zu wissen, dass es die beste Strategie war, dieses Gespräch nicht fortzusetzen. Entweder würde ich ihn verärgern, oder er würde mich zwingen, zu lügen ... Ich musste mich auf das konzentrieren, was wichtig war. »Luna, die Tür.«

»Äh«, sagte sie niedergeschlagen. »Ich brauche eine Minute.«

Sie hatte keine Ahnung, wie man sie öffnete. Wir hatten all das durchgestanden, um nun, direkt an der Tür, erwischt zu werden.

KAPITEL ZEHN

ALS DER WANDLER sich auf die erste Sprosse hob, war meine Kehle wie zugeschnürt. Bärenwandler waren ausgezeichnete Kletterer, und er würde in Sekundenschnelle hier oben sein. Wir mussten ihn aufhalten, aber das würde auf lange Sicht nicht viel nützen. Wenn wir nicht schnell von hier wegkamen, würden wir sterben oder gefangen genommen werden. So wie sich die Wandler verhielten, würde ich eher auf die erste Option tippen.

Unsere einzige Hoffnung war bisher, dass keine weitere Verstärkung gekommen war.

Ich kümmere mich um ihn, meinte Levi, während er sich auf den Wandler zubewegte. Sein Arm blutete nicht mehr, also würde er für andere unsichtbar sein, es sei denn, er wurde erneut verletzt. Das verkrustete Blut verschmolz mit seiner Schattengestalt wie seine Kleidung.

Ich hätte die Chance nutzen und Eliza und Luna über das Gebäude fliegen sollen.

Ein Poltern drang von der anderen Seite des Betons zu uns und mein Magen verkrampfte sich. Die Bärenwandler befanden sich direkt vor der Tür. Derjenige, der uns verfolgte, hatte sich mit jemandem auf der anderen Seite verbunden.

Das größte Hindernis bei Bärenwandlern war, dass die Anzahl der Personen in ihren Gruppen schwer einzuschätzen war, da es davon abhing, wie viele zu ihrer Familie gehörten. Nur selten, wenn überhaupt, schlossen sich enge Freunde ihrer Gruppe an. Der Mann, der nur wenige Meter von uns entfernt kletterte, könnte mit einer oder zwanzig Personen verbunden sein. Auf jeden Fall unterhielt er sich telepathisch mit *jemandem*, denn ich konnte weitere Bären auf der anderen Seite der versteckten Tür hören.

Levi schwebte in der Nähe des Gesichts des Kerls und trat ihm gegen die Nase. Allen Widrigkeiten zum Trotz hielt dieser verdammte Wandler durch.

Wir hatten keine Zeit mehr.

Die Härchen in meinem Nacken stellten sich auf. Wir mussten etwas tun. Levi setzte seinen Angriff auf den Bärenwandler fort, als zu unserer Linken ein Stück der Zementwand aufbrach.

Ich hatte erwartet, dass die Wand wackeln würde, aber der Zement glitt nahtlos und mit einem leichten Ächzen auf. Das musste am Gewicht der beiden Gebäude liegen. Allerdings hatten die Wände vorhin nicht gewackelt — zumindest hatte ich nicht darauf geachtet, denn der Fall hatte mich unvorbereitet erwischt.

Luna stieß einen erstickten Schrei aus, als sie rückwärts von der Plattform fiel.

Ich war direkt unter ihr und fing sie auf. Ihr Gewicht lastete auf mir und verdoppelte mein eigenes, aber meine Flügel meisterten die zusätzliche Arbeit. Wir pendelten uns in der Luft ein, als ich einen Blick auf die offene Tür warf. Fünf Bärenwandler in Menschengestalt standen vor uns, zwei an der Front, drei dahinter. Alle fünf Augenpaare waren auf Eliza gerichtet, die auf die Plattform geklettert war und nur Zentimeter von ihnen entfernt stand.

Dies war unsere Chance. Wir würden keine weitere Gelegenheit bekommen.

Zähneknirschend flog ich nach oben und schlang meinen freien Arm um Eliza. Im selben Moment griff der graue Bärenwandler nach ihr. Ich wappnete mich für das zusätzliche Gewicht und zog beide Frauen an meine Brust. Meine Muskeln schrien wieder aus Protest, aber ich presste meine Kiefer fester aufeinander.

Entweder ich ertrug die Qualen – oder ich starb. Die Entscheidung war leicht.

Levi! Angesichts unserer vorherbestimmten Verbindung musste es ihm ein Leichtes sein, meine Verzweiflung zu spüren. *Ich brauche deine Hilfe.*

Bin schon unterwegs, antwortete er.

Der graue Bärenwandler beugte sich in die Öffnung und packte mein Bein. »Hab ich dich«, röchelte er.

Das würde nicht lange der Fall sein. Ich warf einen Blick nach unten und sah, wie Levi auf uns zuflog. Doch der Bärenwandler kletterte bereits wieder. Wir waren kurz davor, eingekesselt zu werden, was inakzeptabel war.

Ich drehte meine Federn auf die scharfe Seite und ließ uns ein Stück fallen. Zwei weitere Bärenwandler hielten die Beine des ergrauten Bärenwandlers fest, als dieser in das Loch zu fallen drohte. Der ältere Wandler hielt sich trotz des drohenden Sturzes an mir fest.

Das war besser, als ich es mir erhofft hatte.

Als ich zurückwich, streiften meine Federn die Betonwand gegenüber den Bärenwandlern. Die beiden Wandler, die den älteren Mann festhielten, verloren ihr Gleichgewicht und stürzten über die Kante.

Die Augen des grauhaarigen Manns weiteten sich, als sich die beiden Männer an ihm festhielten, um nicht zu fallen. Wenn ich Eliza und Luna für schwer zu tragen gehalten hatte ... Nun, dann hatte ich mich gewaltig geirrt.

Ich ließ mich langsam hinunter und war überrascht, dass wir nicht abstürzten. Ich konnte dieses Gewicht nicht mehr lange tragen. Meine einzige Möglichkeit war, eine der Frauen loszulassen, aber meine Wangen brannten, als ich das auch nur in Erwägung zog. Ich würde auf keinen Fall jemanden zurücklassen.

Im Kampf weigerte ich mich, Geräusche zu machen, da ich meine Feinde nicht auf meine Anstrengungen aufmerksam machen wollte, aber ich war an meiner Belastungsgrenze angelangt. Ich knurrte tief und leise, während mein Körper darum kämpfte, in der Luft zu bleiben. Wenn wir auf das Trampolin fielen, wäre alles vorbei.

Levi erschien vor mir, seine mokkabraunen Iriden dunkel. Die beiden anderen Bärenwandler standen am Rande des Schachts und kauerten sich zusammen, als wollten sie sich ebenfalls auf mich stürzen.

Halte sie auf! Wenn die beiden mich in die Finger bekämen, könnte ich auf keinen Fall weiterfliegen.

Er nickte und raste nach oben. Er verpasste beiden Wandlern einen Tritt in die Brust, und sie fielen ein paar Schritte zurück.

Wir fielen weiter, Zentimeter für Zentimeter, egal, wie sehr ich mich anstrengte. Luna grub ihre Finger in den Arm des älteren Manns, aber sein Gesicht war hart vor Entschlossenheit.

Dann wuchs das Gewicht – allerdings nicht dank der beiden Wandler oben.

Der Bärenwandler, der geklettert war, hatte sich an den beiden Wandlern festgekrallt, die sich an dem älteren

Mann festhielten. So etwas hatte ich noch nie gesehen, und meine Flügel drohten, zu versagen. Ich krächzte: »Tu ... etwas ...«

Bevor ich den Rest des Satzes aussprechen konnte, fielen wir. Egal, wie schnell ich meine Flügel bewegte, sie schafften es nicht mehr, die Luft wegzudrücken. Ich hatte endlich herausgefunden, wo meine Gewichtskapazität lag: Luna, Eliza – und vier Bärenwandler.

Als wir uns dem Trampolin am Boden des Lochs näherten, murmelte Eliza: »*Dimitte te hold.*«

Der ältere Mann verlor an Halt und nahm die drei anderen Wandler mit sich. Meine Flügel funktionierten wieder und hoben uns zurück zur Öffnung.

Ich war sehr erleichtert, dass Eliza eingesprungen war, aber das bedeutete, dass Erin und ihr Hexenzirkel nun in der Lage sein würden, uns aufzuspüren. Ein weiteres Problem, das zu unserer Liste hinzukam, aber zumindest hatten wir eine neue Chance, zu entkommen.

»Schließt die Tür«, rief ein Wandler unten. »Bevor sie rauskommen oder jemand sieht, dass sie offen ist!«

Wir mussten weg, bevor sie uns den Fluchtweg abschnitten. Glücklicherweise waren die beiden Bärenwandler, die noch oben waren, mit Levi beschäftigt, und keiner von ihnen befand sich an der Kante, an der sie Sekunden zuvor gestanden hatten.

»Ich habe dir doch gesagt, dass sie eine Hexe haben«, knurrte der Wandler, der hinter uns geklettert war. »Ich werde ständig von nichts angegriffen.«

Zumindest ahnten sie nicht, dass es sich bei dem Phänomen um einen Dämon handelte. Ihre Erkenntnis, dass uns eine Hexe half, war problematisch genug.

Nachdem wir das Übergewicht losgeworden waren, bewegten wir uns wieder auf die Öffnung zu. Meine

Rückenmuskeln protestierten nach wie vor, aber ich ignorierte den Schmerz. Ich konnte mit dieser Art von Unbehagen leben, und nachdem ich die Erfahrung gemacht hatte, wirklich beschwert zu sein, wusste ich die leichtere Last zu schätzen.

Ich verband mich mit Levi: *Wir sind auf dem Weg. Bitte sag mir, dass nicht noch mehr Wandler kommen!*

Okay, antwortete er und seine Sorge überflutete mich. *Beeil dich einfach, und erinnere mich daran, das Schicksal nie wieder herauszufordern!*

Adrenalin durchströmte meinen Körper. Mit rasendem Puls schlug ich fester mit den Flügeln, als meine Kraft zurückkehrte.

Einer der jüngeren Bärenwandler war auf die Gullyleiter gesprungen und eilte mit nur wenigen Sekunden Rückstand auf uns zu.

Ich hielt meine Augen auf die offene Tür gerichtet und stellte mir vor, wie ich sie erreichte und hoch zum Dach der Kuppel flog.

Als ich mich der Öffnung näherte, wollte ich fast vor Erleichterung lachen. Vielleicht würden wir es doch aus dieser schrecklichen Situation hinausschaffen. Wenn wir oben ankamen, bevor die Bärenwandler uns erreichten, konnten wir vielleicht unbeschadet entkommen.

Das Schicksal musste meine Gedanken gelesen haben, denn die Zementtür setzte sich in Bewegung.

»Sie schließt sich!«, kreischte Luna so laut in mein Ohr, dass es klingelte.

Ich machte mir nicht die Mühe, Sauerstoff zu verschwenden, indem ich reagierte, sondern nutzte jedes Quäntchen meiner Kraft, um nach oben zu kommen, bevor es zu spät war.

Nutze unser Band!, drängte Levi. *Nutze meine Magie, um dich hier rauszubringen.*

Ich hatte gesehen, wie sich Annie und Cyrus die Kraft des anderen ausgeliehen hatten, und festgestellt, dass sie das aufgrund ihres Schicksalsbandes tun konnten, das sich nicht viel von dem unterschied, was Levi und ich teilten. Die Seelenverwandten der Vampire, die Schicksalsgefährten der Wandler und die vorbestimmten Partner der Engel waren im Grunde alle das Gleiche. Sie alle waren Teil einer Hälfte, die ganz wurde, wenn sie ihre Verbindung vollzogen. Wenn Annie und Cyrus es also tun konnten, dann konnten Levi und ich es auch.

Ich musste nur herausfinden, wie, und zwar schnell, denn die Tür war bereits halb geschlossen.

Ohne groß darüber nachzudenken, konzentrierte ich mich auf die Wärme unserer Verbindung und zapfte sie an, wie ich es mit meiner eigenen Magie tat, wenn ich jemanden heilen musste. Die Wärme intensivierte sich und ich zog sie zu mir.

Levis kühle Magie strömte unter meine Haut und neue Kraft durchflutete meine Flügel.

Eine Hand ergriff meinen Fuß und der Gestaltwandler, der hinter uns geklettert war, lachte.

Wir würden es nicht schaffen.

Mein Körper sank ein paar Zentimeter, während meine Federn kribbelten. Als die Tür nur noch zu einem Drittel offen war, verschwand der Wandler und etwas durchzuckte meinen Körper.

Ich bewegte mich schneller nach oben, als ich es je zuvor getan hatte, und ließ uns drei durch die Öffnung gleiten – kurz bevor sie sich ganz schloss.

Ich flog über die beiden Wandler hinweg, mit denen

Levi kämpfte, bevor mir richtig bewusst wurde, dass wir draußen waren.

Auf halber Höhe des Bärenwandlergebäudes bremste ich ab und blickte auf meine zitternden Flügel. Meine dunklen kohlegrauen Federn waren noch da, aber an den Enden züngelten Schattenflammen. *Levi, wir müssen hier weg.*

Ich suchte die Gegend nach einem Ausweg aus diesem Schlamassel ab. Wir konnten es uns nicht leisten, von Bärenwandlern, dem Rat, der Polizei und dem Hexenzirkel von Shadow City innerhalb der Stadtmauern gejagt zu werden.

Die Bärenwandler starrten mich an und bestätigten, dass sie mich sehen konnten. Unsichtbarkeit wäre schön gewesen.

Levi glitt auf mich zu und Erleichterung machte sich in mir breit.

»Ich kümmere mich um sie«, sagte Eliza und hob eine Hand.

»Nein!« Ich schüttelte den Kopf, als die Bärenwandler unter uns durchliefen. »Wir dürfen Erin und den Hexenzirkel nicht noch zusätzlich in Alarmbereitschaft versetzen. Ich habe eine Idee.«

Ich sah mich um und stellte fest, dass wir drei Straßenzüge von der Mauer entfernt waren, was bedeutete, dass wir Raum hatten, um die Bären abzuschütteln. Gleichzeitig würden wir riskieren, die Aufmerksamkeit der anderen Wandler zu erregen. Ich würde jedoch darauf wetten, dass die Bären die Polizei und den Rat kontaktierten, jetzt, da wir ihr verstecktes Trainingsgebiet verlassen hatten. *Wir müssen sie von unserer Spur abbringen.*

Ein großer Bärenwandler in Lunas Alter rannte aus dem Gebäude. Er hielt Pfeil und Bogen in der Hand, während seine funkelnden Augen uns fixierten. Er schürzte die Lippen, als er die Waffe auf mich richtete.

»Teddy«, murmelte Luna.

Der Bärenwandler, mit dem sie ausgegangen war. Normalerweise war ich kein Freund von Theatralik, aber diese Situation wurde von Minute zu Minute unsinniger. Eines war jedoch klar: Sie waren darauf aus, uns zu töten.

»Es wird nur noch schlimmer, wenn du enthüllst, dass ihr beide eine Beziehung hattet«, flüsterte ich ihr zu. Sie musste einen kühlen Kopf bewahren, sonst würden wir alle unsere Federn verlieren.

Obwohl sie die Stirn runzelte, nickte sie und erwiderte leise: »Er schießt immer hoch.«

Diese Information war hilfreich.

Äh ... wenn du einen Plan hast, werde ich dir folgen. Levi positionierte sich vor Eliza, Luna und mir.

Nein, ich würde nicht zulassen, dass er sich opferte.

Ich hob ab und flog in Richtung des Fuchswandlergebiets. Die Tatsache, dass wir zu den Füchsen unterwegs waren und Gradys Auto als Fluchtwagen benutzt hatten, würde ihn hoffentlich in Erklärungsnot bringen, zumal Kira nicht in der Stadt war.

Kira.

Wir hätten uns mit ihr treffen sollen, nachdem Levi ihr eine SMS geschickt hatte.

Ein pfeifendes Geräusch ertönte hinter uns und verkündete mir, dass der Bärenwandler einen Pfeil abgeschossen hatte. Ich ließ mich fallen und hoffte, dass Luna sich richtig erinnert hatte. Der Pfeil zischte mehr als zwei Meter über unseren Köpfen vorbei.

Der Bärenwandler hatte danebengeschossen.

Ich würde jede Hilfe annehmen, die das Schicksal uns jetzt noch gewähren würde.

Während die Bären hinter uns herliefen, flog ich zwischen zwei große Betonbauten, die dem Haus der Bärenwandler ähnelten, hindurch. Da ich nicht gesehen werden wollte, flog ich tiefer, um Abstand zu den Bären zu gewinnen. Sie würden ihren Nasen und Ohren folgen, also mussten wir strategisch vorgehen.

Da wir keine unmittelbare Gefahr mehr darstellten, hörte ich auf, unsere Verbindung anzuzapfen, um Kraft zu sammeln. Meine Federn kribbelten nicht mehr, und Luna und Eliza fühlten sich wieder schwerer an.

Warum nimmst du dir keine Energie mehr?, fragte Levi.

Natürlich wollte er, dass ich seine Magie weiter anzapfte. *Weil wir sichergehen müssen, dass du bei voller Kraft bist, sollten wir auf weitere Probleme stoßen. Ich werde mich wieder verbinden, wenn sie zu schwer werden.*

»Das ist nicht der Weg zur Brücke«, sagte Luna angespannt. »Ich dachte ...«

»Wir können nicht direkt dorthin fliegen, sonst folgen uns die Bären.« Ich näherte mich dem Boden, um unter dem Radar zu bleiben. »Wir müssen unauffällig sein.«

Jetzt, da wir uns im Gebiet der Fuchswandler befanden, wandte ich mich nach links – verzweifelt darauf bedacht, zum Shadow-Ridge-Tor der Stadt zurückzukehren. Wir flogen an der Mauer entlang, über einen eher leeren Bereich der Stadt. Die meisten der einfachen Bewohner jeder übernatürlichen Rasse lebten entlang der Mauern ihres Viertels und arbeiteten viele Stunden in arbeitsintensiven Jobs. Sie waren selten so spät in der Nacht unterwegs – ein weiterer Grund, warum ich diesen Weg gewählt hatte.

Als wir uns dem Tor näherten, ging mir die unvermeidliche Frage durch den Kopf, die ich so lange wie möglich hatte vermeiden wollen. *Wie kommen wir aus der Stadt? Jetzt, da wir keine Kristalle mehr haben?* Levis Schattengestalt war nicht ideal, aber zumindest wäre er für die Wachen unsichtbar. Eliza, Luna und ich konnten uns jedoch nicht verbergen, ohne dass die Hexe ihre Magie einsetzte.

Darüber habe ich auch nachgedacht. Levi seufzte neben mir. *Und ich komme immer wieder auf dasselbe Ergebnis zurück. Eliza wird uns tarnen müssen.*

Das war es, was ich befürchtet hatte.

Wir erreichten die Straße zum Tor und ich setzte Eliza und Luna auf dem Bürgersteig ab, um durchzuatmen. Mein Rücken tat weh, aber ich hatte schon größere Schmerzen verspürt.

Ich konnte die Bären nicht hören, und wir waren hundert Meter von den Wachen entfernt, sodass wir flüstern konnten, ohne gehört zu werden. »Du hast nicht zufällig noch mehr Amulette in deiner Tasche?«, fragte ich Eliza.

Sie schüttelte den Kopf, während sie den Saum ihres schwarzen Shirts über ihre dunkle Jogginghose zog. »Das waren alle. Entweder müssen wir uns auf den Rücksitz eines Autos schmuggeln – oder ich muss uns verzaubern.«

Ich rieb meine Schläfen, um etwas Stress abzubauen und klarer zu denken. Ich musste meine Federn und meinen Geist entspannen, um eine ruhige Ausstrahlung zu bewahren. »Wir können uns in keinem Auto verstecken. Kira würde verdächtig wirken, wenn sie wieder wegfährt. Und alle anderen befinden sich außerhalb der Stadt. Außerdem könnten die Autos durchsucht werden.«

»Das hat sich wohl nicht geändert.« Luna rollte mit den Augen. »Vielleicht könnte ich Jessica fragen.«

»Auf keinen Fall.« Obwohl ich Luna eine zweite Chance geben wollte, bedeutete das nicht, dass ich ihr bedingungslos vertraute. Eine weitere Person einzuschalten, vor allem jemanden, den ich nicht kannte, würde unser Risiko erhöhen.

Levi seufzte. »Ich sage es nur ungern, vor allem, weil die Hexen hinter uns her sind, aber du musst uns verzaubern, insofern der Schmerz nicht zu groß ist.«

»Als ich den Mann gezwungen habe, seinen Griff um uns zu lösen, habe ich keinen Schmerz verspürt, also haben sie meine Magie nicht verfolgt.« Ihr Unterkiefer zuckte. »Was seltsam ist. Ich hätte nicht gedacht, dass die Hexen so leicht aufgeben würden.«

Das würden sie auch nicht. Das wäre, als würde ein Engel versuchen, den Klang der Trompeten nicht zu genießen.

Unmöglich.

»Dann machen wir es auf die am wenigsten riskante Weise.« Ich warf einen Blick auf Levi. »Sag Kira, dass wir bereit sind und sie dir eine Nachricht schicken soll, wenn sie auf halbem Weg über die Brücke ist. Dann wird Eliza uns tarnen, und ich werde uns so schnell wie möglich zum Tor fliegen. Sobald wir es passiert haben und weit genug weg sind, lande ich, und du kannst deine Magie einstellen.«

Ich schicke ihr gerade eine Nachricht, sagte Levi, und sein Handy leuchtete in seinen Schattenhänden.

»Sind wir sicher, dass das die beste Strategie ist?« Luna biss sich auf die Unterlippe. »Ich will nicht erwischt werden.«

»Was schlägst du vor?« Ich war für jeden Vorschlag offen, denn der Plan, den wir hatten, war bestenfalls suboptimal.

Sie zuckte mit den Schultern. »Äh ... und wenn wir hierbleiben?«

»Dann werden wir mit Sicherheit erwischt«, antwortete

Eliza. Sie kniff die Augen zusammen und wippte auf ihren Fußballen vor und zurück.

Als Levis Handy klingelte, schreckte Luna auf.

Wir waren alle nervös.

»Kira fährt jetzt über die Brücke.« Das Licht in Levis Hand verschwand und seine Schattenhand berührte meinen Arm. »Jetzt oder nie.«

Jetzt oder nie.

Normalerweise war ich vor jeder Herausforderung aufgeregt. Aber nicht jetzt. Nicht mit Levi an meiner Seite.

Bleib dicht bei mir, Rosey!, meinte er. *Was auch immer passiert, wir bleiben zusammen. Jetzt und für immer.*

Jetzt und für immer. Diese vier Worte waren perfekt. *Wir stehen das gemeinsam durch.*

Verdammt richtig, stimmte er zu. *Vergiss das bloß nicht!* Seine weichen Lippen berührten meine Stirn, dann entfernte er sich von mir.

Ich schlang meine Arme wieder um die beiden Frauen und spannte mich an, um ihr Gewicht aufzufangen. Ich musste nicht hoch fliegen, nur schnell, was einfacher war.

Ich flog los, während Eliza immer wieder flüsterte: »*Abscondam nos a visu.*«

Im Vertrauen darauf, dass die Hexe uns tarnte, flog ich so schnell wie möglich, während Levi neben mir schwebte.

Das Tor erschien in Sichtweite und das Tor öffnete sich bereits für Kira.

Vielleicht würde dieser Plan doch funktionieren.

Mein Atem beschleunigte sich, als Aufregung mich durchströmte. Ich konnte es kaum erwarten, aus dieser Stadt herauszukommen, nachdem ich gefühlt Jahre im Gefängnis verbracht hatte.

Als wir das letzte kleine Wohnhaus passierten, weitete sich meine Brust vor Hoffnung und Glück.

Wir hatten es geschafft.

Ich war gerade am letzten Gebäude vorbeigeschwebt, den Blick auf das halb geöffnete Tor gerichtet, als Elizas Worte in ein schmerzhaftes Stöhnen übergingen.

Ich riss meinen Kopf vom Tor weg in Richtung Stadt und mein Herz setzte einen Schlag aus.

Gerade als ich gedacht hatte, wir hätten bereits das Schlimmste hinter uns, belehrte mich das Schicksal eines Besseren.

KAPITEL ELF

DIANA STAND vor einer Gruppe von Hexen, ihre Lippen bewegten sich und ihre Hand war nach oben gerichtet. Ihr langes kastanienbraunes Haar wehte hinter ihr, während ihre ebenholzschwarzen Augen nach uns Ausschau hielten. Der Mond schien auf ihren olivfarbenen Teint und ließ ihre Haut so blass wie die eines Vampirs erscheinen.

Kein Wunder, dass die Hexen nicht aktiv nach Eliza suchten. Sie hatten bereits herausgefunden, wohin wir unterwegs waren, was nicht schwer gewesen sein dürfte. Sie mussten genug Zeit gehabt haben, um die magische Essenz zu erkennen, bevor Eliza den Zauber zerstört hatte.

Wir waren bei unserer Flucht nicht schnell genug gewesen. Vor allem unser Feststecken in der geheimen Ausbildungsstätte der Bärenwandler hatte uns aufgehalten. Aber wir hatten keine Wahl gehabt, denn wenn wir auf der Straße geblieben wären, hätte man uns bestimmt gefunden.

Das Schicksal hatte immer einen Plan.

Der Gedanke ließ mich aufschrecken. Ich verstand nicht, was ihr Problem mit mir war. Ich tat, was ich für richtig hielt, nicht nur für die Engel, sondern für alle Übernatürlichen. Man hatte mich verspottet und verhöhnt, aber ich war standhaft geblieben und hatte immer geglaubt, ihrem Plan zu dienen. Das Schicksal musste alle auf der Erde begünstigen, sogar die Menschen, denn wir alle lebten in ihrer Welt.

Offensichtlich hatte ich mich geirrt, sonst würden wir jetzt nicht vor zwanzig Hexen aus Erins Hexenzirkel stehen.

Levi, geh! Wenn der Rat von seiner Existenz erfuhr, würde das den größten Aufruhr auslösen, vor allem, wenn sie herausfanden, dass wir zusammengehörten. Ich hatte nicht vergessen, dass Azbogah meinen veränderten Geruch bemerkt hatte – und das würde er ebenfalls nicht tun. Wahrscheinlich sparte er sich diese Information auf, um sie gegen mich zu verwenden. Er war so berechnend.

Mein Magen verkrampfte sich. Levis Schattengestalt glitt auf die Hexen zu, nicht von ihnen weg.

Ich werde dich nicht verlassen, antwortete Levi. *Denk daran, wir stehen das gemeinsam durch.*

Natürlich warf er meine Worte jetzt, wenn es mir ungelegen kam, zu mir zurück. Deshalb verursachten Emotionen Probleme – man sagte Dinge, die man zwar meinte, aber beim ersten Anzeichen von Unannehmlichkeiten am liebsten zurücknehmen würde. Er musste sich in Sicherheit bringen.

»Schließt euch mir alle an! Wölfe, schließt das Tor!«, befahl Diana. »Wir dürfen sie nicht entkommen lassen.«

Fünfzehn Frauen und vier Männer traten hinter ihr hervor. Alle waren ganz in Schwarz gekleidet, die Frauen in langen Kleidern und die Männer in Hosen und Shirts.

Eliza knirschte mit den Zähnen, während sie lauter sprach. Sie hatte nie aufgehört.

Die neunzehn anderen Mitglieder des Hexenzirkels

traten vor und hoben ihre Hände in der gleichen Bewegung.

Während Eliza sich durch den Schmerz kämpfte, sollte ich uns besser nach draußen bringen. Ich verband mich mit Levi: *Wir sind immer noch unsichtbar, also müssen wir nach draußen, bevor sie das Tor schließen.*

Es gab Zaubersprüche, die verhinderten, dass Leute hinauskamen, wenn das Tor geschlossen war, aber die Hexen wussten, dass Eliza es unbemerkt in die Stadt geschafft hatte. Erin und der Hexenzirkel mussten also wissen, dass ihre Zaubersprüche mit einer Hexe an unserer Seite nicht viel Gewicht hatten.

Ich sah Levis mokkabraunen Augen und erkannte, dass er sich in Richtung Eingang gedreht hatte. Wir waren etwa fünfzig Meter entfernt, und ich sah, dass die Wölfe auf Dianas Befehl hin aufgehört hatten, die Kurbel zu drehen. *Ich mache mich auf den Weg.*

Ein Wolf eilte zum Tor und gab Kira ein Zeichen, mit ihrem blauen Sedan hindurchzufahren. Sie zögerte und ihre smaragdgrünen Augen weiteten sich vor Überraschung. Sie deutete auf das halb geöffnete Tor, wahrscheinlich, um uns Zeit zu verschaffen.

Ihre Intuition hatte mich schon früher beunruhigt. Sie war eine schlaue Fuchswandlerin, die eine unheimlich anmutende Art hatte, Informationen zu sammeln – wie damals, als sie eine bestimmte Kiste für Levi besorgt hatte –, aber ihre Intuition war ein großer Vorteil. Ich bedauerte, dass ich ihre Aufmerksamkeit für Details zuvor nicht zu schätzen gewusst hatte, denn wenn sie nicht genau aufgepasst hätte, wäre sie in dieser Situation ratlos gewesen.

»Kira, komm schon!« Der Wolfswächter knurrte frustriert, während er auf die Brücke rannte und sie wild heranwinkte. »Die Hexen befehlen uns, das Tor zu schließen. Wenn du dich nicht rührst, kommst du so bald nicht rein.«

Als würde das Schicksal dem Wolf recht geben, sangen die Hexen hinter uns im Chor. Ich hatte Dianas Worte zuvor nicht hören können, aber nun waren sie selbst für meine Engelsohren verständlich.

Los!, befahl ich Levi. Mit klopfendem Herzen zapfte ich unser Band an und forderte die ganze Geschwindigkeit, die mir zur Verfügung stand. Ich wollte ihm nicht zu viel abverlangen, weil ich befürchtete, dass es sich auf ihn auswirken könnte, aber wir mussten hier weg.

Meine Flügel kribbelten, als das Gewicht der beiden Frauen erträglicher wurde. Wenn wir aus dieser Situation herauskämen, müsste ich mich definitiv auf ein neues Trainingsprogramm für die kommenden Kämpfe konzentrieren. Zwei Sterbliche über einen längeren Zeitraum mit mir herumzuschleppen, war schwieriger, als ich es mir vorgestellt hatte.

Luna zappelte in meinen Armen und ich hätte sie fast fallen lassen. Ich räusperte mich. »Halt still, sonst *wirst* du zurückgelassen.« Ich war für zweite Chancen, aber nicht auf Kosten von Levi und Eliza – zwei Personen, die Opfer gebracht hatten, nicht nur für mich, sondern auch für meine Freunde.

Sie verstummte, als das Band zwischen Levi und mir meine Kraft erneuerte. Wenigstens hatte sie einen Selbsterhaltungstrieb – ein gutes Zeichen.

Ich machte mich auf den Weg zum Tor, und als wir noch etwa fünfundzwanzig Meter entfernt waren, fuhr Kira hindurch. Uns blieben nur noch Sekunden – das Tor würde sich schneller schließen, als es sich geöffnet hatte, weil es so schwer war.

Jede Sekunde, die verstrich, fühlte sich wie eine Ewigkeit an, und ich bewegte mich schneller als je zuvor. Levi hatte mich eingeholt und war nun neben mir.

Kiras Auto fuhr unter uns hindurch, langsamer als nötig, aber nicht so langsam, dass es Fragen aufwerfen würde. Jede Sekunde, die sie zu unserer Flucht beitragen konnte, half mehr, als sie je wissen würde.

Als der Wächter zurück zum Pförtnerhaus eilte, stöhnte Eliza gequält auf. Sein Kopf bewegte sich in unsere Richtung und er suchte die Gegend um uns herum ab.

Wir waren immer noch nicht zu sehen. Ich war mir nicht sicher, wie das möglich war, aber ich würde es nicht infrage stellen.

Eliza stöhnte: »Ich kann den Zauber nicht mehr lange aufrechterhalten. Gegen zwanzig Hexen komme ich nicht an.«

Mit enger werdendem Brustkorb konzentrierte ich meine ganze Energie und Kraft darauf, durch das riesige Tor zu kommen. Es schloss sich bereits und wir hatten kaum noch Zeit.

»Was kann ich tun?«, fragte Luna und ihr Atem ging schnell. »Brauchst du mein Blut oder so?«

Eliza schloss die Augen und ihre Lippen bewegten sich schnell. Blut tropfte aus ihrer Nase.

Sie verbrauchte zu viel Kraft. Ich könnte sie heilen, aber dann würde ich meine Kraft verlieren, um uns aus der Stadt zu tragen. Beides war nicht gerade ideal, aber die beste Möglichkeit, uns aus dieser Situation zu befreien, war, vorwärtszukommen.

Die Tür war kaum noch ein Viertel geöffnet.

»Ich kann nicht mehr ...«, keuchte Eliza, während sie in meinen Armen zusammensackte.

»Da sind sie!«, schnaubte Diana. »Es ist Rosemary und

sie hat eine Hexe und Luna dabei. Wir können sie nicht gehen lassen.«

Mein Herz klopfte so heftig, dass ich Angst hatte, einen Herzinfarkt zu bekommen. Ich hatte noch nie gehört, dass ein Engel daran gestorben wäre, aber angesichts des Stresses und der Überanstrengung könnte ich der erste sein.

»Jemand soll den Rat informieren«, rief der Wächter, der die Kurbel bediente. »Alarmiert ihn, dass Sträflinge zu fliehen versuchen – und dass die Flügel des Engels etwas Seltsames tun.«

Als wüsste der Rat das nicht bereits, aber ich vermutete, dass sie das Schattenfeuer, das an meinen Flügeln leckte, sehr interessieren würde. Eine andere Sache, um die wir uns später kümmern mussten.

Fliegt weiter! Ich habe einen Plan, verband sich Levi.

Er musste wahnsinnig sein. Dachte er, ich würde ihn hier zurücklassen? *Nein!* Ich wurde langsamer, bereit, mich umzudrehen.

Vertrau mir, bitte!, antwortete Levi. *Ich habe eine Idee, von der ich glaube, dass sie uns alle hier rausbringen wird. Ich werde dich nicht verlassen.*

Meine Lunge arbeitete wieder. Ich hatte angenommen, dass er von meiner Seite weichen würde. *Dann versuch es bitte.* Wir hatten nicht viel zu verlieren. *Aber sei gewarnt, wenn du erwischt wirst, schwinge ich meinen Hintern wieder hierher und liefere mich aus.*

Er gluckste. *Das bezweifle ich nicht.*

Die Hexen riefen: »*Angustos se relinquere!*«

Ich prallte gegen etwas Festes, eine Barriere zwischen uns und dem Tor. Luna stöhnte angesichts des Aufpralls, und Elizas Augen öffneten sich flatternd.

Gott sei Dank hatte sie das Bewusstsein wiedererlangt.

Mit ihrer Stärke und ihrem Wissen würde sie vielleicht ein Schlupfloch finden.

»Wie kommen wir hier raus?«, fragte ich, während ich mich umdrehte und abermals rückwärts in die unsichtbare Barriere flog. Ich wollte keinen von ihnen verletzen, also war das meine beste Option.

Aus den Augenwinkeln sah ich, wie Levi etwas aus seiner Seite zog.

Ein Schwert.

Nein.

Ein *Dämonenschwert*.

Die dunkelsilberne Klinge glitzerte im Mondlicht. Sie war lang und auf beiden Seiten scharf. Das Symbol, das auch die leere Kiste zierte, die er im Kofferraum von Kiras Auto zurückgelassen hatte, prangte auf der Klinge und dem Griff. Es war elegant und wunderschön, zwei Kreuze kombiniert mit einer Unendlichkeitsschleife am unteren Ende.

Er schwang das Schwert seiner Mutter – das Schwert, das er uns zunächst gestohlen, dann in der Hölle zurückgelassen und schließlich unter Einsatz seines Lebens zusammen mit Eliza zurückgeholt hatte. Als wäre das nicht genug gewesen, hatte er soeben das Dämonenschwert enthüllt, das jeder Bewohner der Stadt unbedingt innerhalb dieser Mauern behalten wollte.

Wenn Azbogah und die anderen noch nicht bemerkt hatten, dass ein Schwert fehlte, dann wussten sie jetzt Bescheid.

»Ich habe keine Idee«, krächzte Eliza. »Sie sind zu stark für eine Hexe allein.«

Rutscht zurück!, befahl Levi.

Er hatte den Verstand verloren. *Ich fliege. Ich kann*

nicht rutschen. Aber das Tor würde sich in den nächsten fünfzehn Sekunden schließen.

Bewegt euch! Jetzt!, befahl er, während er die Spitze des Schwertes gegen die unsichtbare Wand stieß.

Ich gehorchte mehr aus Schock als aus Überzeugung – und traute meinen Augen nicht. Die Schwertspitze durchschlug die Barriere, und der Hexenzirkel hinter uns schrie vor Schmerz – oder Frustration. Ich war mir nicht sicher, was von beidem, und es war mir auch egal.

Der Bereich, den der Zauber abgedeckt hatte, zersprang und verschwand – das Tor war kaum mehr als einen halben Meter davon entfernt, sich zu schließen.

Jetzt oder nie.

»Festhalten!«, brüllte ich und stürmte auf die Öffnung zu.

Luna und Eliza vergruben ihre Gesichter in meinen Schultern und drückten sich fester an mich, als wir durch die schmale Lücke zwischen Tor und Boden flogen.

Auf der anderen Seite angekommen, bremste ich ab, stand auf und löste meinen Griff um meine Passagiere, dann drehte ich mich schnell, um zu sehen, ob Levi es geschafft hatte.

Das Tor war nur noch wenige Zentimeter vom Schließen entfernt.

Der Druck in mir stieg, und ich wollte schreien. *Levi! Du hast gesagt ...*

In letzter Sekunde schob sich eine rauchige Erscheinung durch die Öffnung. *Ich bin ja da. Ich musste nur sicherstellen, dass sie die Barriere nicht wieder aufbauen.*

Wir hatten es alle rausgeschafft.

Ein Schluchzen erschütterte meine Brust, und meine Augen brannten. Ich hatte nicht erwartet, dass wir es auf die andere Seite schaffen würden, sowohl im wörtlichen als auch im übertragenen Sinne.

Die meiste Zeit meines Lebens hatte ich mit verurteilender Faszination zugesehen, wie Sterbliche zusammenbrachen, nachdem sie eine Bedrohung überlebt hatten. Ich hatte nie verstanden, warum sie weinten, aber ich hatte sie dafür gefeiert, dass sie mit ihren Anfällen gewartet hatten, bis die Situation sich beruhigt hatte.

Das war eine weitere Sache, die ich erst hatte erleben müssen, um sie zu verstehen. Ich war so verdammt glücklich und erleichtert, dass ich nicht mehr klar sehen konnte. Meine Tränen ließen die Welt um mich herum verschwimmen.

Levi schwebte zu mir herüber. Er zog mich in seine Arme, und zum ersten Mal seit Tagen fühlte ich mich endlich zu Hause.

Meine Haut kribbelte unter seiner Berührung und unser Band zog uns zusammen. Die Trennung war schrecklich für uns gewesen, und jetzt, da wir außerhalb von Shadow City waren, durchströmte uns ein wenig Frieden.

Wie hat dein Schwert das gemacht?, fragte ich. *Er sollte nicht in der Lage sein, Bannzauber zu durchdringen.*

Sein Griff um meine Taille wurde fester. *Meine Mutter war der Erzengel der Stärke. Sie war in der Lage, die Macht ihrer Feinde zu neutralisieren, was sie noch stärker gemacht hat.*

Die Kurbel des Tors holte mich in die Realität zurück. Wenn wir nicht von dieser Brücke verschwanden, würden wir wahrscheinlich erneut gefangen werden. Obwohl ich nicht von Levis Seite weichen wollte, meldete sich mein Überlebensinstinkt.

»Wir müssen weg von hier«, sagte ich, während ich

mich zurückzog. Luna zog die Stirn in Falten und ihr Gesicht war vor Verwirrung verzerrt.

Ich wollte sie fragen, was los war, aber dafür hatten wir keine Zeit. Ich eilte zu ihnen und hob sowohl sie als auch Eliza in meine Arme. Dann verband ich mich mit Levi: *Schwächt es dich, wenn ich deine Magie durch unser Band benutze?* Wenn ja, würde ihn nicht erneut anzapfen.

Ganz und gar nicht, antwortete er, als sich das Tor einen Fußbreit öffnete. *Benutze sie!*

Ohne eine weitere Sekunde zu verschwenden, zapfte ich seine Energie an und meine Flügel summten erneut. Sobald ich wieder bei Kräften war, schwebte ich über die Brücke in Richtung Shadow Ridge, bereit für eine erholsame Nacht. Obwohl Levis Magie mich wieder auflud, war ich von der Gefangenschaft und der Flucht erschöpft.

Die Brücke war selbst in der Nacht majestätisch. Die riesigen Türme ragten anmutig in den Himmel, mit Seilen, die über die gesamte Länge der Brücke verliefen. Sterlyn hatte sie mit einer Brücke namens Golden Gate verglichen, die sie auf Bildern gesehen hatte. In Shadow Terrace gab es eine identische Brücke, die die Stadt mit der anderen Seite des Flusses verband, beide für die Ewigkeit gebaut.

In den vergangenen zwei Jahren, in denen ich in Shadow City ein und aus gegangen war, um die Shadow Ridge University zu besuchen, hatte ich sie für selbstverständlich gehalten. Aber nachdem ich befürchtet hatte, diese Mauern nie wieder verlassen zu können, nahm ich mir einen Moment, um die Aussicht auf die Brücke und Shadow Ridge zu genießen.

Der Mond – etwas weniger als drei Viertel voll – war untergegangen, was darauf hindeutete, dass es kurz vor ein Uhr nachts war. Obwohl nur Stunden vergangen waren, fühlte es sich an, als wären Tage seit dem Ausbruch aus dem Gefängnis verstrichen.

Ich sah hinter mich und entdeckte vier kleine Gestalten, die uns vom Fenster der Mauer aus beobachteten. Das mussten die Wachen sein, aber wo waren die Hexen? Ich hatte erwartet, dass sie wieder angreifen würden.

Sich um sie zu sorgen, würde mich nur ablenken, und wir würden die Brücke bald verlassen, was bedeutete, dass der Zauber, der die Brücke und die Stadt vor den Augen der Menschen verborgen hielt, uns nicht länger verstecken würde.

»Ich muss höher fliegen, damit die Menschen uns für einen großen Vogel halten, wenn sie uns sehen«, erklärte ich Levi, Luna und Eliza. Ich wollte nicht, dass sie sich durch meinen plötzlichen Aufstieg erschreckten.

»Bei den Göttern!«, brummte Luna. »Lass uns das hinter uns bringen!«

Aus irgendeinem Grund gefiel es Wolfswandlern nicht, in der Luft zu sein. Die Vorstellung, niemals zu fliegen, bereitete mir Angst, aber alle Übernatürlichen waren anders.

Ich zapfte Levis Magie erneut an und bewegte meine Flügel schneller, um den Wolken näher zu kommen. Ich bemerkte, dass Luna ihre Augen geschlossen und ihr Gesicht in meiner Halsbeuge vergraben hatte, während sie sich an mich klammerte, als hinge ihr Leben davon ab.

Wenn es das war, was nötig war, um sie bei Verstand zu halten, dann okay.

Das malerische Shadow Ridge tauchte unter uns auf. Auf der zweispurigen Straße, die durch das Zentrum der Stadt führte, waren keine Autos unterwegs. In den Geschäften aus Backstein brannte kein Licht, außer im

Diner, einem der wenigen Lokale, die vierundzwanzig Stunden am Tag geöffnet hatten.

Ich schaute Levi an, so dankbar, dass er neben uns war.

»Haben wir einen Plan?«, fragte ich laut, damit alle an dem Gespräch teilhaben konnten. »Ich nehme an, dass es nicht klug wäre, uns in Killians Nachbarschaft oder in Shadow Terrace zu verstecken.« Wenn jemand, der dem Rat gegenüber loyal war, ein Auge auf uns hatte, würde unsere Anwesenheit gemeldet werden, ebenso wie die Beteiligung unserer Freunde.

»Wir fliegen zu jenem ersten Ort, an dem ich damals abgestiegen bin«, antwortete Levi kryptisch. »Nur wenige von uns kennen ihn, und die Dämonen, die davon gewusst haben, sind alle tot.«

Dieser Ort hatte uns schon mehrmals als Versteck gedient, und obwohl die Siedlung immer wieder entdeckt wurde, war sie gleichzeitig die sicherste Option. Ich würde vermutlich auch keine gute Feder aufgeben, nur weil sie bisweilen lästig war.

Eliza verstummte, und ihr Atem ging schwer. »Noch nicht. Wir müssen erst etwas erledigen. Außerdem werden wir uns mit ein paar meiner *Freunde* treffen, um an jenen anderen Ort zu gehen.«

Ihre Worte klangen bedrohlich und distanziert. »Was ist los?«

»Sie beobachten uns«, flüsterte sie. »Wir müssen diese Hexenknochen schnell beseitigen, sonst ist alles, was wir tun, umsonst.«

Die Nachtschattenschwestern setzten Hexenknochen ein, um uns, Shadow Ridge und wahrscheinlich auch Shadow Terrace zu beobachten. Ich befürchtete, dass jemand etwas Belastendes sagen würde, bevor wir sie warnen konnten.

KAPITEL ZWÖLF

ICH KONNTE NICHT SCHLUCKEN und die Galle brannte in meiner Kehle. Ich hatte noch nie heftige Magenbeschwerden gehabt, bevor all diese Gefühle in mein Leben getreten waren. *Levi, du musst Killian, Sterlyn und Alex eine Nachricht schicken. Lass sie wissen, dass die Hexen die Knochen aktiviert haben und uns beobachten. Die Hälfte des Hexenzirkels soll uns am Ende von Shadow Ridge treffen, während sich die andere Hälfte um die Knochen auf dem Dach von* Thirsty's Bar *kümmern soll.*

Die Knochen?, wiederholte Levi. *Meinst du die Hexenknochen, die am Rande von Shadow Ridge gefunden wurden?*

Er hatte davon gehört, aber er hatte sie nicht wirklich gesehen. *Ja. Sowohl dort als auch auf dem Dach der Bar. Bitte schick ihnen eine Nachricht. Mein Handy ist bei der Verhaftung beschlagnahmt worden.* Worte, von denen ich nie gedacht hätte, dass ich sie jemals aussprechen würde.

Sein Schatten bewegte sich und das Handy erleuchtete den Himmel.

Immerhin hatte er sein Handy nicht verloren – und er

hatte das Schwert seiner Mutter. Obwohl es mir missfiel, dass er die Waffe benutzt hatte, wären wir anders nicht aus der Stadt gekommen. Jetzt würde der Rat zwangsläufig von ihm erfahren. Die Dämonen waren darauf aus, einen Krieg herbeizuführen, und wir hatten ihre Pläne nur vorübergehend vereitelt.

Sie würden Vergeltung suchen, und ich hatte es satt, unwissend zu sein. Es war an der Zeit, dass Levi, sein Vater Bune und ihr Verbündeter Zagan uns alles sagten, was sie wussten. Wir wurden mit einer Bedrohung nach der anderen konfrontiert, und sie hatten uns das Wichtigste mitgeteilt, aber sie wussten noch mehr. Jetzt, da wir Eliza und das Schwert hatten und die ganze Stadt hinter uns her war, mussten wir alles erfahren. Die Dämonen würden nicht aufgeben.

Doch zuerst mussten wir diese Krise überstehen. Es war sinnlos, ein langes Gespräch zu beginnen und es später für alle anderen wiederholen zu müssen.

Nach ein paar Sekunden erlosch das Licht seines Handys.

Ich übernahm die Führung und steuerte auf den Waldrand zu, der der Stadt am nächsten lag. Wir würden auf die anderen warten müssen, und ich wollte es niemandem zu leicht machen, uns zu finden. Außerdem musste ich versuchen, Eliza mit Energie zu versorgen. Jetzt, da wir nicht mehr in Gefahr waren, konnte ich sie heilen, um ihre Kraft wiederherzustellen. Sie musste in der Lage sein, die Hexenknochen schnell und effizient zu neutralisieren.

Da ich den Knochen nicht zu nahe kommen wollte, bewegte ich mich in Richtung Universität. Ahornbäume ersetzten nun Zypressen und Eichen, die Backsteingebäude wurden größer. Der Campus war vor etwa drei Jahren erbaut worden. Da viele Wandler die Schule besuchten, erstreckte sich das Gelände über fünfzig Hektar. Der Rasen war perfekt gepflegt, und die Wälder waren dicht und leuchteten in Orange, Rot und Gelb.

Lasst uns hier einen Moment Pause machen, sagte ich zu Levi. Ich wollte Eliza stärken, aber sie und Luna mussten laufen. Ich war mir nicht sicher, wie lange ich sie noch tragen konnte, selbst mit Levis geliehener Energie. Meine Arme waren erschöpft, mein Rücken schmerzte und die Müdigkeit lastete auf mir. Jeder Flügelschlag war schwerer als der letzte.

Wir landeten kurz hinter dem Universitätsgelände. Die Knochen befanden sich einige Kilometer von hier entfernt. Ich hatte diesen Ort gewählt, weil die Behörden von Shadow City nicht erwarten würden, dass wir so weit von Killian und unseren Verbündeten entfernt Halt machten, und wenn sie uns entdeckten, würden sie zögern, zu aggressiv vorzugehen. Sie würden nicht riskieren, dass die Übernatürlichen, die nicht aus Shadow City stammten, ihre Familien vor dem Kontrollverlust warnten.

Ich landete zwischen den beiden Wohnheimen, in denen die Studierenden und die wenigen Fakultätsmitglieder untergebracht waren, die vor Ort lebten.

»Was machen wir hier?« Luna löste sich schnell aus meinen Armen und zog ihre viel zu großen Shorts hoch, die kaum noch an ihrer Taille hingen. Wäre mein Shirt nicht so lang gewesen, hätten wir alle einen Blick auf ihren Po werfen können.

Als Levi neben mir landete, nutzte ich nicht länger seine Energie. Mit einem Augenrollen antwortete ich Luna: »Ich habe euch lange genug getragen. Ich bin mir sicher, dass ihr den Weg allein bewältigen könnt.«

Sie blähte ihre Wangen auf und stieß einen Atemzug aus. »Das habe ich nicht gemeint.« Sie deutete mit der

Hand in Richtung der Universität und des Flusses. »Ich hatte erwartet, dass wir an einen sichereren Ort als diesen gehen würden.«

Nach dieser Tortur war es mein gutes Recht, sie zu verletzen, oder? Ihre Undankbarkeit erinnerte mich an die alte Luna – die, die ich verachtet hatte. »Wenn du uns weiterhin wie deine Diener behandelst, werde ich aufhören, dir zu helfen.«

Sie warf den Kopf zurück und rieb verblüfft ihre Arme.

Eliza hob ihren Kopf zum Mond und schloss die Augen. »Obwohl ich dir für alles dankbar bin, was du für uns getan hast, frage ich mich, warum wir hier sind und nicht an dem Ort, mit dem ich gerechnet habe.«

»Wir warten auf das Eintreffen der anderen, bevor wir uns nähern.« Ich mochte es nicht, wenn man mich hinterfragte, aber immerhin war Eliza dankbar für das, was ich für sie und ihre Familie getan hatte.

Ich erschauderte.

Die eindimensionale Rosemary hätte Anerkennung gewollt, aber sie hätte sich nicht darüber aufgeregt, dass Luna sich nicht erkenntlich gezeigt hatte.

Darüber konnte ich mir später Gedanken machen.

»Wo genau sind wir?« Levi drehte sich um. »Ist das hier ein Campus?«

Obwohl wir uns erst vor Kurzem kennengelernt hatten, hatte ich das Gefühl, ihn schon mein ganzes Leben zu kennen, und manchmal fiel es mir schwer, daran zu denken, dass er in einer anderen Dimension aufgewachsen war. »Das ist die Shadow Ridge University, die Hochschule, die gebaut worden ist, um den Bewohnern von Shadow City zu helfen, sich wieder in die Welt zu integrieren. Wir wollen allen übernatürlichen Wesen in der Nähe die Möglichkeit geben, sie zu besuchen.« In Wahrheit ging es um mehr, aber jetzt war nicht die Zeit, um über alles zu reden, was mit dem College zu tun hatte.

»Wäre es möglich, dass er ... äh ... in Erscheinung tritt?« Luna biss sich auf die Unterlippe. »Ich höre ihn und habe seinen Angriff gesehen, aber ich weiß nicht genau, wo er ist. Ich bin verwirrt, wie das überhaupt möglich ist. Schließlich scheint die Hexe nichts damit zu tun zu haben.«

Levi gluckste und erschien.

Luna hob die Augenbrauen, während sie ihn musterte.

Ich runzelte die Stirn, aber ich konnte es ihr nicht verdenken. Levi war perfekt. Er war etwa bestimmt zwanzig Zentimeter größer als ich und muskulös. Seine raue Erscheinung ließ mein Herz höherschlagen. Sein kurzes espressobraunes Haar war etwas länger geworden, und der kastanienbraune Flaum an seinem Kinn war etwas ausgeprägter. Er war zum Anbeißen ... und gehörte ganz *mir*.

Ich stellte mich vor ihn, um ihr die Sicht zu versperren, und raunte ihr zu: »Er ist *vergeben*, also halt dich zurück!« Obwohl ich ihre Faszination verstand, wusste ich sie nicht zu schätzen. Vielleicht war es ein Fehler gewesen, sie hierherzubringen. Sie umzubringen, wurde immer verlockender.

»Hey!« Sie hob beide Hände und wandte den Blick ab. »Das wusste ich nicht, obwohl ich mir nicht sicher bin, wie ich es nicht wissen konnte. Schließlich trägt er deinen Rosenduft.«

Seit wir verbunden waren, hatten sich unsere Düfte vermischt, sodass wir nun nach Pfingstrosen rochen. Mir war aufgefallen, dass sein übermäßig süßer Blumenduft nachgelassen hatte und er dadurch noch anziehender geworden war. Jeder Dämon, mit dem ich in Kontakt gekommen war, besaß diesen süßlichen Duft. Auch die

Vampire hatten ihn geerbt, obwohl Vampire eher nach Zucker als nach Blumen rochen.

Levi schlang seine Arme um meine Taille und schmiegte sich an meinen Hals. *Ich liebe es, wenn du eifersüchtig bist.*

Ich bin nicht eifersüchtig. Zumindest redete ich mir das ein. *Ich bin territorial.* Offensichtlich war ich zu lange in der Nähe von Wandlern und Vampiren gewesen und hatte einige ihrer Eigenschaften übernommen. Ich hatte nicht den Drang, handgreiflich zu werden – außer, ihr an die Gurgel zu gehen.

Luna wich meinem Blick aus und mein logisches Denken kehrte zurück. Ich musste einen klaren Kopf bewahren. Levis Berührung beruhigte meinen inneren Aufruhr, sodass ich tief und beruhigend einatmen konnte.

»Spürst du etwas?«, fragte ich Eliza. Ich wollte nicht direkter werden, falls die Hexen zuhörten. Obwohl es nicht schwer wäre, herauszufinden, wonach ich gefragt hatte. Aber zumindest war es nicht zu offensichtlich.

Sie nickte, ihre fast weißen Augen suchten die Bäume ab. »Es ist nicht so intensiv. Sie haben uns noch nicht gefunden, aber sie suchen nach uns. Es ist jetzt eindeutig, dass die Knochen von den Nachtsc...« Sie warf einen Blick auf Luna. »Dass sie vom Hexenzirkel der Stadt stammen. Ich erkenne ihre Magie.«

»Wissen sie nicht, dass du sie spüren kannst?«, fragte Levi, während er mich an seine Brust zog.

Wir sehnten uns danach, einander nahe zu sein. Wir waren nicht nur getrennt gewesen, sondern hatten auch so viel Aufruhr erlebt. Wir mussten wieder zueinanderfinden ... allein. Aber wir würden warten müssen, bis diese letzte Bedrohung vorüber war.

Eliza lehnte sich gegen einen dicken Judasbaumstamm

und ließ sich auf den Boden sinken. »Es ist ihnen egal, dass ich Bescheid weiß. Es geht ihnen darum, uns zu finden und das Problem zu beseitigen, wie sie es für richtig halten.«

Der Tod war immer eine Möglichkeit, und da die beiden Hexenzirkel einander verabscheuten, war das vermutlich Erins Ziel.

Allerdings würde ich wetten, dass Erin und ihr Hexenzirkel keine Ahnung hatten, dass wir wussten, dass sie uns beobachteten. Als Ronnie die Knochen auf dem Dach von *Thirsty's Bar* gesehen hatte, war sie in ihrer Dämonengestalt gewesen, und als Annie die Knochen im Wald auf dieser Seite des Flusses bemerkt hatte, waren die Hexen nicht auf der Hut gewesen. Das Schicksal hatte sich bei diesen beiden Gelegenheiten auf unsere Seite geschlagen.

Eliza sah mich an, als sie sagte: »Sobald wir uns eingerichtet haben, müssen wir schnell handeln.«

Diese Aussage bestätigte, was ich mir schon gedacht hatte. Die Hexen wurden unruhiger, was mich zu dem Grund zurückführte, warum ich uns hergebracht hatte. »Ich werde dich heilen.«

»Ich bin nicht verletzt.« Sie hob ihr Kinn, aber dadurch konnte ich das Blut sehen, das in ihren Nasenlöchern geronnen war.

Luna neigte den Kopf zurück. »Damit hilfst du dir selbst aber nicht.«

Sie war nicht so unhöflich, wie ich es erwartet hatte. Vor dem Gefängnis war Luna sehr egozentrisch gewesen. Ich hätte sie mit Sierra verglichen, nur ohne die guten Eigenschaften. Sierra war zwar großmäulig und hatte keinen Filter, aber sie war liebevoll, fürsorglich und loyal. Luna war unglücklich gewesen, und ihre Worte und Taten hatten das widergespiegelt.

Eliza verengte die Augen und runzelte die Stirn. »Was willst du damit sagen?«

Ich schnaubte. Wir hatten keine Zeit, uns zu zanken. Wir mussten uns verstecken, während sich die Hexen auf den Weg hierher machten, und ich musste Eliza heilen. Was wir jetzt taten, war das Jagen einer Feder im Wind.

»Alle sind mit den Nerven am Ende«, sagte Levi, während er einen seiner Arme von mir löste und auf meine Seite wechselte. Auch er konnte sich nicht von mir entfernen, und ich würde mich nicht beschweren. Meine Taille kribbelte dort, wo sein anderer Arm verblieb. »Wir dürfen unsere Frustration nicht aneinander auslassen.« Er neigte den Kopf in Elizas Richtung. »Du bist gerade aus der Hölle zurückgekommen und hast sowohl dort als auch in der Stadt eine Menge Magie eingesetzt. Du hast also die Wahl: Entweder dein Stolz steht dir im Weg, oder du erlaubst Rosey, dir zu helfen, damit du deinen *Freunden* beistehen kannst.« Er legte seine freie Hand auf seine Brust. »Ich für meinen Teil weiß, dass du eine starke und engagierte Frau bist. Ich bin sicher, du wirst die richtige Entscheidung treffen.«

Lunas Mund blieb offen stehen. »Der *Hölle*?!«

»Sschh!« Ich legte einen Finger auf meine Lippen. Wir durften nicht dazu beitragen, dass die Hexen uns auf die Schliche kamen.

Eliza schmunzelte und ihre ernste Miene wich. »Du bist viel zu charmant und genau das, was Rosemary braucht.«

Ich legte meinen Kopf an seine Schulter und genoss einen weiteren Moment der Nähe. *Sie hat recht. Ich bin sehr geradlinig und habe hohe Ansprüche. Es erfordert viel, damit sich jemand meiner Zuneigung als würdig erweisen kann. Ich war mir nicht sicher, ob du das schaffen würdest, selbst mit der Hilfe des Schicksals, und doch bist du hier — obwohl ich mir nicht sicher bin, was Charme damit zu tun hat.*

Ich bin mir nicht sicher, wie du ihre Bemerkung aufgenommen hast, aber ich bin mir ziemlich sicher, dass sie das nicht gemeint hat. Levi gluckste und schüttelte den Kopf. *Aber wir lassen es so stehen, weil du glücklich zu sein scheinst.*

Ich hatte keine Ahnung, worauf er hinauswollte, aber das war auch nicht wichtig. Ich zwang mich, mich von ihm loszureißen, und ging zu Eliza hinüber.

Als ich sie erreichte, ging ich in die Knie, sodass wir auf Augenhöhe waren. Ich legte eine Hand auf ihre Wange, da ihre Nase geblutet hatte, und die andere auf ihre Brust. Ich hatte gelernt, dass alle übernatürlichen Wesen ihre Magie in der Nähe ihres Herzens hielten, als wäre ihre Magie für das Organ so lebenswichtig wie das Blut, das es durchströmte.

Sie nickte und gab mir damit die Erlaubnis, weiterzumachen.

Ich zapfte meine eigene Magie an und griff nicht auf Levis zurück. Ich hatte ihm heute Abend reichlich entlockt und würde davon Abstand halten, wenn es nicht sein musste. Und ich betete zum Schicksal, dass es nicht so weit kommen würde.

Magie durchströmte mich und meine Hände leuchteten hell auf. Luna keuchte und ich erinnerte mich daran, dass sie noch nicht oft mit Engeln zu tun gehabt hatte.

Ich ließ meine Magie in Eliza einströmen und stellte fest, dass sie schlimmer verletzt war, als sie es zugegeben hatte. Die Bauchwunde, die sie sich zugezogen hatte, bevor sie vor ein paar Wochen durch ein Portal in die Hölle gesogen worden war, hatte sich nicht vollständig geschlossen, und ich vermutete, dass sie immer wieder verletzt worden war.

Welche Art von Leiden hatte sie dort unten ertragen müssen? Ein Teil von mir befürchtete, dass es schlimmer gewesen war, als ich es mir vorstellen konnte.

Ich konzentrierte meine Heilkraft auf ihren gesamten Körper. Überall war Leid, und es war ein Wunder, dass sie während ihrer Abwesenheit nicht umgekommen war. Sie war eine Naturgewalt, gegen die ich niemals würde ankämpfen wollen – und ich war unsterblich.

Ihr größtes Problem war nicht, dass ihre Magie erschöpft war – es waren die Verletzungen, die sie erlitten hatte. Sie wirkten sich auch auf ihre Magie aus.

Nach ein paar Minuten spürte ich keine zusätzlichen Beschwerden mehr, also zog ich meine Magie wieder zurück in mich. Als sich meine Kräfte in mir eingependelt hatten, öffnete ich meine Augen und entfernte meine Hände.

Ich blinzelte und konnte nicht glauben, was ich sah. Eliza sah wieder aus wie zuvor. Das Grau war aus ihrem Haar verschwunden, die dicken Falten in ihrem Gesicht waren verblasst und ihre meergrünen Augen funkelten.

Du bist wirklich unglaublich, sagte Levi, während er mir auf die Beine half. *Sie sieht völlig anders aus.*

Eliza stand ebenfalls auf und rollte ihre Schultern zurück. »Vielleicht hätte ich mich nicht dagegen wehren sollen.«

Was auch immer die Hölle mit ihr angestellt hatte, ich hatte es wieder in Ordnung gebracht.

Ein Klingeln ertönte und Levi holte das Handy aus seiner Tasche. Er las schnell die Nachricht und sagte: »Es ist Zeit. Cyrus, Darrell, Cordelia, Eliphas und Kamila warten etwa eineinhalb Kilometer südlich der Knochen auf uns.«

Ich hasste es, dass zwei der Silberwölfe die drei Hexen begleiteten, aber wir konnten die Verstärkung gebrauchen. Zumindest waren es nicht Sterlyn, Griffin, Alex oder Annie. Selbst Killian wäre angesichts ihrer Stellungen in Shadow Ridge und Shadow City nicht ideal gewesen. Ich war bereits kompromittiert, also spielte das keine Rolle. *Das war's? Sonst kommt niemand?*

Ich habe ihnen gesagt, dass die Hexen die Knochen aktiviert haben, antwortete Levi, während er neben mir herlief und meine Hand nahm. *Sie haben sofort verstanden.*

Ein Teil der Last fiel von meinen Schultern.

»Folgt mir! Sie werden erwarten, dass wir fliegen«, sagte ich, während wir an einer seltsam schweigsamen Luna vorbeiliefen. Der Ort, an dem die Knochen lagen, war nicht weit von hier entfernt. Sie waren ganz in der Nähe der Universität platziert worden, sodass wir uns gefragt hatten, ob eine studierende Hexe sie dort abgelegt haben könnte. Gleichzeitig war es stets unser Verdacht gewesen, dass Erins Hexenzirkel involviert war. Wir hatten keine voreiligen Schlüsse ziehen wollen, aber jetzt konnten wir beweisen, dass Erin dahintersteckte. »Seid ab sofort still!«

Levi und ich liefen nebeneinander, unsere Schultern und Arme berührten sich. Händchenhalten wäre schwierig gewesen, aber keiner von uns beiden konnte eine gewisse Distanz ertragen, also berührten wir uns so oft wie möglich.

Keine Tiere huschten umher, aber das war nicht verwunderlich. Die bösartige Magie von Erin und ihrem Hexenzirkel war das Äquivalent zu einem schrecklichen Dämon, der im Wald lauerte und die Tiere dazu brachte, wegzulaufen oder sich zu verkriechen.

Schon bald stieg mir der Duft von Blumen und Moschus – die Silberwölfe – und Kräutern – die Hexen – entgegen. Ein Energieschub durchflutete mich und meine Schritte wurden müheloser. Ich sehnte mich danach, zur Unterkunft des Wolfsrudels zu gehen und mich mit Levi ins Bett zu verkriechen.

Dem Pfad folgend, erblickte ich die Wölfe. Sie waren etwas kleiner als Pferde, was mit der Größe des abnehmenden Mondes übereinstimmte. Bei Vollmond würden sie noch größer sein.

Cyrus, der etwas größere Wolf, drehte seinen Kopf in unsere Richtung. Er war Sterlyns Zwillingsbruder und eigentlich der Beta des Silberwolfsrudels, aber da ihre Aufmerksamkeit zwischen Griffins Rudel, ihren Pflichten als Ratsmitgliedern und ihrem eigenen Rudel aufgeteilt war, fungierte Cyrus als Alpha. Seine silbernen Augen leuchteten schwach und signalisierten, dass er mit jemandem kommunizierte.

Darrell warf uns einen Blick zu, und seine orangefarbenen Augen verfinsterten sich, bevor er vor die drei angespannten Hexen trottete. Ich musste nicht mit ihnen kommunizieren, um ihre Körpersprache zu verstehen. Es gefiel ihnen nicht, dass Luna hier war.

Eliza, die sich hinter mir verkrampfte, zischte: »Sie spüren uns. Wir müssen uns beeilen.«

Die anderen Hexen schienen das auch wahrzunehmen, denn alle drei drehten sich zu uns um. Cordelias kohlegrauen Augen spiegelten Elizas Gesichtsausdruck wider und die feinen Falten, die ihr goldbrauner Teint normalerweise verbarg, traten hervor. Frustriert zupfte sie an ihrem stark gelockten dunklen Haar. Ihre Tochter Kamila stand neben ihr und ahmte die Haltung ihrer Mutter nach. Ihr lockiges dunkelbraunes Haar fiel in Kaskaden über ihren Rücken, und ihre tintenblauen Augen waren schmal. Sogar

Eliphas' herrlich braune Haut war blass geworden, und ich war mir nicht sicher, ob das vom Mondlicht oder von der Angst herrührte. Er hätte eine Statue sein können, so still wie er geworden war.

Eliza rannte auf die Knochen zu, schneller, als ich es erwartet hatte, und die Angst wogte in ihr.

Da ich nicht zurückbleiben wollte, hob ich ab. Es hatte keinen Sinn, auf dem Boden zu bleiben, und ich hasste es, zu rennen. *Behalte Luna im Auge!*

In jeder anderen Situation würdest du Ärger bekommen, wenn du dich ohne mich aus dem Staub machen würdest. Levis Stimme tauchte in meinem Kopf auf. *Vielleicht werde ich dich dafür bestrafen, dass du mich zum Babysitten abkommandiert hast – und, na ja, weil es Spaß macht.*

Selbst in dieser schlimmen Situation wurde mir warm ums Herz. *Jetzt ist nicht der richtige Zeitpunkt zum Flirten.* Ich musste mich konzentrieren, und er lenkte mich definitiv ab.

Liebste, mit dir zu flirten ist so wichtig wie Sauerstoff, stichelte er. *Und ich habe vor, sehr bald viel mehr zu tun als nur zu flirten. Und zwar mehrmals.*

Ich musste nicht antworten, denn er konnte die Wirkung, die er auf mich hatte, durch unsere Verbindung spüren.

Ich wich einer Zypresse und einem Judasbaum aus, flog an den Hexen vorbei und erreichte die kleine Lichtung in der Nähe unseres Ziels.

Der Weg, den Ezra und die feindlichen Wandler benutzt hatten, um sich heimlich zu treffen, war immer noch zu erkennen, und ich wandte mich dem einst dichten Gestrüpp zu, in dem die Knochen ruhten. Das Gebüsch war immer noch grün, aber jetzt, da Spätherbst war, etwas weniger dicht.

Cyrus, Darrell und die Hexen eilten an mir vorbei. Schweiß überzog die Gesichter der Hexen, und Eliphas' königsblaues Baumwollshirt hatte dunkle Flecken auf der Brust.

Die Magie von Erin und ihrem Hexenzirkel setzte ihnen schwer zu. Erins Magie war böse, das wusste ich, obwohl ich sie nicht so spüren konnte, wie die Hexen es taten. Trotzdem lag etwas Unheilvolles in der Luft.

»Habt ihr das Salz?«, fragte Eliza, während sie zu den Knochen eilte.

Blitze zuckten, es donnerte und dunkle Wolken rollten auf uns zu.

Kurz zuvor war die Nacht noch kristallklar gewesen. Das musste Erins Werk sein.

Cordelia griff in ihre Jeanstasche und holte einen schwarzen Beutel heraus. Sie warf ihn Eliza zu, die die Knochen erreicht hatte. Cordelia öffnete den Mund, umklammerte ihre Kehle und röchelte: »Ich kann es nicht glauben.«

»Hast du gedacht, ich würde lügen?«, zischte Eliza, als sie das Band löste, um an das Salz zu kommen.

Kamila und Eliphas flankierten Cordelia, bis sie einen perfekten Kreis bildeten.

»Nein, aber ich habe noch nie erlebt, dass ein Hexenzirkel *so etwas* tut.« Cordelias Hand zitterte, als sie sie auf ihre Seite fallen ließ. »Diese arme Hexe hat noch nie Frieden gefunden.«

Eliza drehte den Beutel um und füllte ihre Handfläche mit Salz. »Das wird sie jetzt.«

Die beiden Wölfe standen neben mir, während Luna und Levi zu uns aufschlossen.

Während Eliza das Salz über die Knochen schüttete, rief sie: »*Maga pacem habeat, et ossa liberet.*«

Die anderen drei Hexen stimmten mit ein, während Blitze über den Himmel auf uns zurasten.

Ich war zwar unsterblich, aber gegen Blitze war niemand immun. Die Hexen waren auf den Zauber fokussiert, und wenn sie die Konzentration verloren, um sich der Bedrohung zu stellen, würden die Knochen vielleicht nie verschwinden.

Ich musste etwas tun, aber ich war wie erstarrt, als mehrere Blitze neben uns einschlugen. Dann zischten weitere auf uns zu.

KAPITEL DREIZEHN

IN DEM SEKUNDENBRUCHTEIL, bevor der Blitz einschlug, versuchte ich, eine Lösung zu finden. Meine Flügel waren jedoch nicht unempfindlich gegenüber der Gefahr.

Mein Haar und meine Federn sträubten sich, als sich die statische Elektrizität verstärkte. Meine Ohren klingelten vom Druck, als ich mich vor die Hexen schob, damit der Blitz mich direkt treffen konnte. Obwohl das Sterben nicht zu meinen Prioritäten gehörte, konnten wir Azbogah und den Hexen nicht erlauben, zu gewinnen.

Wie Levi schon im Gefängnis gesagt hatte, durfte ich eine Entscheidung nicht nach richtig oder falsch bewerten, sondern nach der Anzahl der Personen, die davon betroffen waren.

Ich machte einen Schritt nach vorn, als etwas gegen mich prallte und mich aus dem Weg schob.

Zurück!, befahl Levi. *Sofort!*

Ich schlug mit den Flügeln, schaffte es, nicht zu fallen, und richtete mich auf, in der Hoffnung, wieder vor Levi zu gelangen, bevor der Blitz uns erreichte.

Der Drang, meinen Gefährten zu beschützen, war so überwältigend, dass ein erstickter Schrei in meiner Kehle stecken blieb. Ich ließ ihn nicht entweichen, eine Angewohnheit, die ich mir selbst angeeignet hatte. Geräusche schürten das Ego eines Gegners, aber Levi war meine Schwäche.

In meiner Verzweiflung drehte ich mich zu ihm zurück und fand ihn mit gezogenem Dämonenschwert dort stehen, wo ich eben noch gestanden hatte. Er stellte sich dem Blitz entgegen und schlug darauf ein.

Eine Schwere legte sich auf mein Herz, als ich auf ihn zustürmte. Er wollte sich auf die schlimmstmögliche Weise umbringen lassen. Das Metall würde die Energie noch verstärken.

Obwohl ich nur wenige Schritte entfernt war, hätte ich genauso gut kilometerweit weg sein können. Nichts war schneller als ein Blitz.

Meine Beine wurden kraftlos. Der einzige Grund, warum ich nicht zusammenbrach, war die Möglichkeit, dass ich eventuell versuchen müsste, ihn zu retten. Aufrecht konnte ich ihn schneller erreichen, was bedeutete, dass ich ihn vielleicht heilen könnte, bevor sein Herz stehen blieb.

Levi trat mit erhobenem Schwert in das Blitzlicht. Der Blitz teilte sich, als wollte er sich ausbreiten und eine größere Fläche treffen, aber das Schwert glühte, und der Blitz formte sich neu und heftete sich an die Klinge.

Ich staunte nicht schlecht. Levi krümmte sich nicht vor Schmerzen — stattdessen stand er mit aufeinandergepressten Kiefern und geblähten Nasenflügeln da, und seine Entschlossenheit wirbelte durch unser Band.

Neutralisierend.

Das war das Wort, mit dem er die Macht seiner Mutter beschrieben hatte. Seit sie sich mit dem Schwert verbunden hatte, übertrug es ihre Magie auf jeden Nachkommen ihrer Blutlinie, der sich mit ihrer Waffe verband.

Mein Brustkorb bewegte sich wieder ungehindert, und der Schrecken wich aus meinem Körper. *Den Göttern sei Dank, dass du dich nicht geopfert hast.* Ich seufzte und kämpfte darum, auf den Beinen zu bleiben. Der Stress, die körperliche Anstrengung und die emotionale Erschöpfung der vergangenen Tage zerrten an meinem Körper.

Eine unangenehme Hitze, die nicht die meine war, durchströmte mich, als er sagte: *So wie du es versucht hast?*

Ich hob mein Kinn und sah ihn weiter an, ohne auf meine glühenden Wangen zu achten. Ich hatte meinen Gefährten und die Freunde, die ich liebte, beschützt ... nun, ich liebte Luna nicht, aber ich hatte sie mitgebracht, was bedeutete, dass ich für sie verantwortlich war. Aber das war nicht der Punkt. *Ich wollte nicht sterben.* Das klang schlimmer, als ich es beabsichtigt hatte. Wie auch immer, der Schaden war angerichtet.

Nicht hilfreich. Levis Iriden verdunkelten sich, und ein verzweifeltes Gefühl durchdrang unsere Verbindung, als er mich ansah, bevor er sich wieder dem Blitz zuwandte.

Im Gegensatz zu den Sterblichen erkannte ich, dass weiteres Reden nur noch mehr Probleme verursachen würde, also schwieg ich und ließ ihn sich auf seine Aufgabe konzentrieren. Meine Worte hatten schon genug wehgetan – wie das Auszupfen einer Flugfeder. Ich wollte keinen Punkt erreichen, von dem wir uns nicht mehr erholen konnten.

Mit bebendem Brustkorb umklammerte Levi den Schwertgriff und schob die Klinge vor. Die hellweiße Aura des Blitzes flimmerte und verblasste dann zu einem dunklen Rot, bevor sie verschwand. So schnell wie die

Wolken auf uns zugerollt waren, lösten sie sich auf, als wären sie nur ein Hirngespinst gewesen.

Levi hatte ihren Zauber zunichtegemacht, aber das bedeutete nicht, dass der Angriff vorbei war. Ich warf einen Blick auf die vier Hexen, die keine drei Meter entfernt über die Erde gebeugt waren. Ihre Hände schwebten über den Knochen der Hexe, und das Skelett erhob sich aus dem Gebüsch. Das Mondlicht um uns herum wurde heller, als wollte es ihnen Kraft verleihen.

Dieser Zauber dauerte sehr lange, aber ich konnte mir nur vorstellen, wie viel Konzentration nötig war, um einen Bann zu brechen, der möglicherweise schon seit Jahrhunderten bestand.

Erin und ihr Hexenzirkel würden sich nicht so leicht geschlagen geben, also suchte ich die Umgebung und den Himmel nach ihrem nächsten Angriff ab.

»Wäre prima, wenn sie das bald zu Ende bringen würden«, murmelte Luna ein paar Schritte entfernt.

Ich ballte die Fäuste und runzelte die Stirn. »Sei still, oder du bringst sie dazu, von vorn anzufangen!« Trotz ihrer schweren Kindheit war sie privilegiert aufgewachsen und hatte alles bekommen – außer der Liebe ihrer Mutter. Ich hatte gehofft, dass das Gefängnis sie für eine realistischere Sichtweise sensibilisiert hatte.

Obwohl wir beide als Kinder von Ratsmitgliedern aufgewachsen waren, war ich aufgrund der Stellung meiner Eltern nicht verwöhnt worden. Da meine silbernen Augen verrieten, dass ich eine vom Schicksal gesegnete Kriegerin war, und meine Eltern beide Erzengel waren, hatte ich nicht den Luxus der Freizeit genossen, wie viele andere Übernatürliche. Ich hatte hart arbeiten müssen, um zu beweisen, dass ich das verdient hatte, womit das Schicksal mich gesegnet hatte. Meine Eltern hatten mich dazu erzogen, niemals zu versagen, das Richtige zu tun – das Gerechte – und immer mehr zu leisten als erwartet. Sie wussten nicht, dass sie mich darauf vorbereitet hatten, mit Sterlyn, Levi und dem Rest meiner Freunde für Gerechtigkeit zu kämpfen.

Ich konnte nur hoffen, dass das Schicksal auf unserer Seite war und sich entschied, den Kurs zu verlassen, den sie in letzter Zeit gefahren war.

Luna verdrehte die Augen, erwiderte aber nichts.

Die verwöhnte Luna hätte nicht geschwiegen. Dies war einer dieser Momente, in denen ich sehen konnte, dass sie sich verändert hatte ... nur nicht annähernd genug.

Jeder Moment des Schweigens ließ mein Herz rasen. Obwohl ich Erin verachtete, konnte ich nicht leugnen, dass sie stark war, wie alle ihre Vorfahren, sonst hätten sie sich nicht so lange in ihrer Machtposition halten können. Viele Hexen würden Erin sofort als Anführerin des Hexenzirkels und als Ratsmitglied ersetzen – wenn sie könnten. Doch die Angst und der Schrecken, die sie und ihre Vorfahren in ihrem Zirkel verbreiteten, hielten die anderen bei der Stange. Ihre Dynamik war das Gegenteil von der, die in Circe' Hexenzirkel herrschte. Auch wenn die Hexen nicht immer einer Meinung waren, respektierten sie Circe, weil sie ihnen *zuhörte*.

Ein warnendes Frösteln erfüllte mich, kurz bevor der Boden zu beben begann.

»Scheiße!«, rief Levi aus, während er nach unten starrte. »Diese Hexen sind clever.«

Da sie erkannt hatten, dass ein Angriff aus der Luft nicht funktionierte, hatten sie ihre Taktik geändert und waren in den Untergrund gegangen. Der gesamte Bereich unter uns bebte, und es gab keinen eindeutigen Ausgangspunkt, sodass ich nicht sicher war, wie Levi dagegen vorgehen konnte.

Wir konnten auch keine weitere Bedrohung von oben ausschalten. Es wäre töricht, das zu tun. *Finde einen Weg, das Erdbeben zu stoppen, während ich nach einem Angriff Ausschau halte.*

Nur, wenn du versprichst, mich zu warnen und dich nicht einfach vor etwas wie einen Blitz zu werfen, antwortete er und drängte mir seine Sorge entgegen.

Ich wollte ihm widersprechen, dass mein Handeln richtig gewesen war. Die ehemals pragmatische Rosemary hätte ihn abgewiesen. Aber ich konnte nicht vergessen, wie ich mich *gefühlt* hatte, als er mich aus dem Weg geschoben hatte, um die Hauptlast des Angriffs auf sich zu nehmen – und *er* hatte eine Waffe, die ihn vor Schaden schützte. Ich hatte nichts.

Sich zu streiten oder unhöflich zu sein, wäre nicht richtig. *Ich verspreche es, und ... es tut mir leid.*

Angenehme Wärme strömte durch unsere Verbindung, ein Ausdruck seiner Liebe.

Der Boden pulsierte nun stärker und ich schwebte ein paar Schritte darüber. Die Knochen blitzten, während die Hexen ihre Füße schulterbreit auseinanderstellten, um das Gleichgewicht zu halten.

Ich hoffte, das bedeutete, dass der Zauber fast beendet war. Ich war mir nicht sicher, was die Hexen von Shadow City beabsichtigten, aber es war eindeutig nichts Gutes.

»Wir müssen uns beeilen«, rief Luna, während sie einige Schritte in Richtung des Bereiches rannte, der nicht so stark bebte.

Ihre Panik war nicht hilfreich, aber ich hatte weder Geduld noch Aufmerksamkeit übrig.

Der Boden unter Eliza, Cordelia, Kamila und Eliphas riss.

Levi war bereits in Bewegung. Er wirbelte herum und rammte das Schwert neben Elizas Füße, wo der Riss entstanden war.

Ich hielt den Atem an und hoffte, dass dies der korrekte Ausgangspunkt war.

Der Boden bebte noch stärker.

Verdammt! Wir mussten diese Hexen aufhalten. Wenigstens hatte ihr Hexenzirkel bestätigt, dass sie hinter den Knochen steckten. Jetzt konnten wir gegen sie vorgehen. Ich hoffte nur, dass der Preis dafür nicht der Tod dieser vier Hexen war.

Der kleine Riss weitete sich und erinnerte mich an ein Erdloch, das eine ganze Person verschlingen konnte.

Es war nicht klar, was zu tun war. Levis Worte hatten mich in meinen Fundamenten erschüttert. Die alte Rosemary hätte ihre Freunde gerettet, ohne Fragen zu stellen, aber würde ich damit den Rest der Welt dem Untergang weihen?

Ich erstarrte.

Nein! So wollte ich *nicht* werden. Ich weigerte mich, abzuschalten und jede Entscheidung infrage zu stellen.

Ich zwang mich, meine Gefühle beiseitezuschieben, und konzentrierte mich auf die Fakten. Der Spalt öffnete sich, und die Zehen der Hexen ragten über die Schwelle.

Der Riss bildete einen perfekten Kreis.

Levi! Die Magie entspringt dem Punkt unter den Knochen. Das war die logischste Erklärung – die Magie musste sich in der Mitte des Rings befinden.

Er drehte sich und erreichte die Stelle zwischen Eliza und Eliphas.

Mein Herz erstarrte und ich verband mich: *Geh nicht in den magischen Kreis, und pass auf das Loch auf!* Ich bereitete mich darauf vor, zu ihm zu fliegen, falls er sich in eine prekäre Situation begeben sollte. Ich hoffte nur, dass ich fünf Leute ein paar Schritte weit tragen könnte, falls es dazu kommen sollte.

Argh, ich muss aufpassen, dass ich den Zauber unserer Hexen nicht neutralisiere. Er kauerte sich hin und hob das Schwert über seine Schulter. *Ich habe eine Idee.*

Bevor ich fragen konnte, warf er das Schwert. Es landete in der Mitte, schräg unter den Knochen.

Mit angehaltenem Atem wartete ich darauf, dass der Boden sich beruhigte, aber er bebte weiter.

Ich hatte mich geirrt.

Es war keine Zeit, darüber nachzudenken. Stattdessen konzentrierte ich mich auf die nächstbeste Vorgehensweise. *Wir müssen die Hexen wegbringen.*

Die Entscheidung war gefallen: Ich würde meine Freunde retten. Die Welt wäre ohne sie schlechter dran, und ich wollte nicht noch mehr gute Seelen an diese abscheulichen Halunken verlieren. Ich *würde* sie alle kilometerweit tragen, um sie zu retten, wenn es sein müsste.

Als ich mich vorwärtsbewegte, drehte sich Levi um und sagte: *Warte! Das Schwert wirkt. Es absorbiert die Magie.* Er legte seine Hände auf meine Taille und hielt mich auf Abstand zu ihnen.

Nach einer Sekunde, in der das Zittern immer noch nicht nachließ, machte ich mich bereit, mich aus seinem Griff zu befreien. Gerade als ich mich bewegen wollte, beruhigte sich der Boden.

Siehst du? Er ließ mich los und hob die Hände. *Es hat nur einen Moment gedauert.*

Ich war mir nicht sicher, ob das etwas Gutes war. Die Hexen würden nicht einfach aufhören.

Stroboskopisches Licht lenkte meine Aufmerksamkeit auf die Knochen, die immer noch schwebten. In der Mitte der Knochen pulsierten Licht und Magie, dann zerbrachen sie und fielen in sich zusammen.

Eliza hob eine Hand und die Knochensplitter flogen in den Riss. Dann ließ sie ihre Hand sinken und versiegelte die zerbrochene Erde wieder.

»So«, flüsterte Eliza heiser. »Es ist vollbracht, und die Hexe ruht jetzt in Frieden. Lasst uns aufbrechen, bevor die Nachtschattenschwestern wieder zuschlagen.«

»Jederzeit«, knurrte Luna und stampfte mit den Füßen. »Ich möchte nicht schon *wieder* fast sterben.«

Obwohl ich keine Nahtoderfahrungen mochte, konnten wir nicht gehen. Ich wandte mich an Cyrus und fragte: »Brauchen die Hexen in Shadow Terrace unsere Hilfe?« Wenn wir hier angegriffen worden waren, könnten sie dort ebenfalls in Gefahr sein.

Cyrus schüttelte den Kopf und drehte sich in Richtung der Straße, die von Shadow Ridge wegführte.

Da ich in seiner Wolfsgestalt nicht so leicht mit ihm kommunizieren konnte, durfte ich keine Fragen stellen, die mehr als Ja- oder Nein-Antworten erforderten. Wenn die anderen in Gefahr gewesen wären, hätten Darrell und Cyrus nicht gehen wollen, also würde ich mich darauf verlassen. »Dann lasst uns gehen!«

»Wartet!« Levi eilte über den einst zerklüfteten Boden und nahm das Schwert an sich. »*Jetzt* bin ich bereit.«

Cyrus machte sich auf den Weg, aber Darrell blieb zurück und wartete, bis die Hexen und Luna ihn passiert hatten. Doch plötzlich heulte Luna auf. Ihre Knochen knackten.

Ihre Wölfin sehnte sich danach, frei zu sein.

Fell wuchs an ihren Armen und in ihrem Gesicht,

während ihr Körper sich krümmte und sie auf Hände und Knie zwang.

Ich hatte noch nie eine erzwungene Verwandlung gesehen; ich hatte sie nur von meiner Zelle aus gehört, als sie und Ezra die Kontrolle verloren hatten. Ich war mir nicht sicher, ob die Verwandlung schmerzte oder ob das Heulen von der Angst vor dem Kontrollverlust herrührte.

Ihre Kleidung löste sich von ihrem Körper, kurz bevor sie in Tiergestalt losrannte.

Darrell knurrte und rannte ihr nach.

Lass uns vom Himmel aus Wache halten!, sagte ich zu Levi. *Ich möchte nicht rennen, und aus der Luft können wir eine drohende Gefahr besser erkennen.*

Levi steckte sein Schwert weg, nahm seine Schattenform an und wir stiegen in die Höhe.

Trotz meiner Erschöpfung kehrte das Gefühl der Freiheit zurück, das nur das Fliegen vermitteln konnte, jetzt, da wir nicht mehr unmittelbar bedroht waren und ich niemanden mehr tragen musste. Der Teegeruch des Novembers stieg in meine Nase, und die kühle Brise beruhigte den Aufruhr in mir.

Du hast dich nicht mehr so friedlich angefühlt, seit ich fortgegangen bin, sagte Levi, während er dicht neben mir schwebte. *Ich hätte dich nicht verlassen sollen.*

Du hattest keine andere Wahl. Ich hasste es, dass er gegangen war, aber es war unvermeidlich gewesen. Sonst hätten die Dämonen noch immer das Schwert seiner Mutter – und Eliza. *Jetzt bist du wieder da, und das ist alles, was zählt.* Unsere getrennte Zeit war offiziell vorbei.

Ein Waschbär huschte in unsere Richtung, wodurch sich mein Herzschlag weiter beruhigte. Die Rückkehr der Tiere bedeutete, dass sich die Feindseligkeit so weit verflüchtigt hatte, dass sie sich sicher fühlen konnten.

Die orangefarbenen Blätter eines Judasbaums zitterten, als ein Flughörnchen von Ast zu Ast sprang.

Cyrus, Luna und Darrell warteten darauf, dass wir sie erreichten. Als wir uns trafen, ging Cyrus voran und trabte in einem gemächlichen Tempo, damit die Hexen keine Mühe hatten, Schritt zu halten.

Als wir uns dem Waldrand näherten, sah ich Killians roten Geländewagen am Straßenrand.

Den Göttern sei Dank! Die Hexen hatten eine Menge Magie angewendet, und ich hatte mir Sorgen gemacht, dass die Wölfe und ich sie vielleicht zurück in die Nachbarschaft tragen mussten.

Natürlich ist er hier, schimpfte Levi missmutig.

Ich rollte mit den Augen. *Killian ist der Alpha von Shadow Ridge und einer unserer besten Freunde. Er wird immer in der Nähe sein.*

Wir umkreisten den Truck, und ich blieb hoch genug, um für Menschenaugen als Vogel durchzugehen. Als ich den vorderen Teil des Fahrzeugs erreichte, beugte sich Killian vor und seine schokoladenbraunen Augen fixierten mich. Er fuhr mit einer Hand durch sein kurzes dunkles Haar.

Und schon starrt er dich an wie ein liebeskranker Köter, beschwerte sich Levi. *Wenn ich ihn neutralisieren würde, wäre ein großes Problem gelöst.*

Mein Herz pochte bei dem Gedanken, dass der Mann, den ich als meinen Bruder betrachtete, sterben könnte. *Azbogah hat den Bruder meiner Mutter getötet – und das hat ihre Beziehung beendet. Es würde dir guttun, dich daran zu erinnern.*

Ich würde ihn nicht töten, versicherte mir Levi und strich mit einer Hand über meinen Arm. *Es wäre nur einfacher, wenn er dich so sehen würde, wie du ihn siehst.*

Ich seufzte. Als Luna Levi angeglotzt hatte, war ich fast verrückt geworden. Ich konnte mir nicht vorstellen, wie es mir ergangen wäre, wenn sie aktiv an ihm interessiert gewesen wäre. *Du musst dir keine Sorgen machen. Ich gehöre ganz dir.* Obwohl ich ihn nicht beruhigen musste, wollte ich es. *Ich liebe dich mehr als alles und jeden.*

Und das ist der Grund, warum er noch am Leben ist. Levi atmete aus. *Das und die Tatsache, dass du den Welpen magst.*

Ein Lachen sprudelte aus mir heraus und überraschte mich. Ich war mir nicht sicher, ob ich mich jemals an dieses unkontrollierbare Gefühl gewöhnen würde. Es war sowohl angenehm als auch beunruhigend.

Es freut mich, dass mein Unbehagen dich amüsiert. Ein Hauch von Belustigung durchströmte mich, als er fortfuhr: *Aber ich liebe den Klang deines Lachens.*

Das Aufblitzen von blondem Haar erregte meine Aufmerksamkeit. Sierra, die auf dem Beifahrersitz saß, hatte den Kopf in Richtung Wald gedreht, wo die anderen bald auftauchen würden. Ihr Haar war wie üblich zu einem Pferdeschwanz gebunden, und der Mond spiegelte sich in ihren Augen, sodass das Grau leicht silbern erschien. Sie lächelte, als Cyrus und die anderen erschienen ... und dann bemerkte sie Luna. Sie beugte sich vor, um ihre Tür zu öffnen, aber Killian hielt sie zurück.

Obwohl Killian ein großes Herz hatte, wusste er, wann er seine Rudelmitglieder in Schach halten musste. Er ließ Sierra viel durchgehen, und ich verstand, warum. Sie war die beste Freundin seiner verstorbenen Schwester gewesen – und eine Möglichkeit für Killian, seiner Schwester nahe zu sein.

Eliza, Cordelia und Kamila beeilten sich, auf den Rücksitz des Wagens zu gelangen, während die drei Wölfe und

Eliphas auf die Ladefläche sprangen. Sobald sich die Türen schlossen, drückte Killian aufs Gas.

Den Rest der Fahrt flogen Levi und ich in geselligem Schweigen nebeneinander her. Meine Wangen schmerzten, und ich merkte, dass ich ein breites Grinsen im Gesicht hatte. Ich hatte schon befürchtet, dass ich einen solchen Moment mit ihm nie wieder erleben würde.

Killian bog auf eine Schotterstraße ab, und wir näherten uns dem Ort, der für absehbare Zeit unser Zuhause sein würde. Unsere Gruppe schien immer in einer der versteckten Siedlungen der Silberwölfe zu landen. Sie hatten sich als nützlich erwiesen, und ich war mir nicht sicher, was wir ohne sie getan hätten.

Der Truck ruckelte unter uns, als er über das unebene Gelände in Richtung der Siedlung fuhr. Das Fehlen einer befestigten Straße trug dazu bei, dass der Ort verborgen blieb, und als sich der Boden abflachte und wieder zu Erde wurde, kamen die Häuser in Sicht. Insgesamt gab es achtundvierzig Häuser, die strategisch durch Bäume versteckt waren, sodass man aktiv nach ihnen suchen musste, um sie zu entdecken. Nur die Hälfte der Häuser war fertiggestellt. Sie waren alle baugleich, um eine schnelle Errichtung zu ermöglichen, denn die Silberwölfe hatten angenommen, ihr anderer Standort könnte gefährdet sein. Leider waren sie nicht in der Lage gewesen, umzuziehen, bevor der Feind gekommen war und sie abgeschlachtet hatte. Sterlyn hatte als Einzige überlebt. Die Hausfassaden waren so braun wie der Waldboden, um dem Untergrund zu entsprechen, und die Gebäude einstöckig. Für die Stromversorgung und um vom Stromnetz unabhängig zu sein, hatten die Silberwölfe Solarzellen installiert.

Es gab acht Reihen mit je sechs Häusern, und eine unbefestigte Straße teilte jede Reihe in der Mitte, sodass auf jeder Seite drei Häuser standen. Die ersten vier Reihen waren bereits fertig, die übrigen befanden sich in verschiedenen Bauphasen. Hinter den Häusern lag eine große Grasfläche, die den Silberwölfen als Trainingsgelände diente. Dichte Bäume bedeckten teilweise diesen Bereich, der an den Wald grenzte.

Killian hielt vor einem Haus an, das auf der linken Seite an den Wald grenzte. Als Levi und ich landeten, stürmte Sierra vom Beifahrersitz auf mich zu und fixierte mich mit ihren sich verdunkelnden Augen. Sie knurrte: »Was zur *Hölle* stimmt nicht mit dir?«

Ich wusste, wovon sie sprach – Luna –, aber ich weigerte mich, ihr zu erlauben, so mit mir zu reden. Ich plusterte meine Flügel auf, bereit, die Sache zu beenden.

KAPITEL VIERZEHN

LEVI TRAT vor mich und verwandelte sich in seine menschliche Gestalt, als die Fahrertür und die hintere Beifahrertür aufschwangen.

Als Killian aus dem Truck sprang, knurrte er: »Sierra, es muss einen Grund geben ...«

Angesichts Killians Eingreifen strahlte noch mehr Wut von Levi aus, und er unterbrach ihn: »Pass auf, Blondie – so kannst du nicht mit ihr reden!«

Killian biss die Zähne zusammen, während seine Augen schwach glühten. »Ich komme mit Sierra klar. Sie gehört zu meinem Rudel.«

Die Haustür vor uns öffnete sich, und Annie, Sterlyn, Griffin, Ronnie, Alex, Midnight, Bune und Zagan stürmten nach draußen. Augenblicke später eilten die übrigen Hexen – Circe, Lux, Herne, Aspen und Aurora – aus dem Haus zwei Türen weiter.

Jetzt hatten wir ein Publikum.

Killian und Levi starrten einander an, zu vertieft in ihr testosterongeschwängertes Spiel, um sich darum zu kümmern, dass sie die ohnehin schon unerträgliche Situation noch dramatischer machten.

Sierra deutete mit der Hand auf Luna, dann auf Killian und Levi, während sie zu mir sagte: »Selbst wenn du die hinterhältige Schlampe, die versucht hat, Sterlyn zu töten, in unser Geheimversteck bringst, streiten die beiden sich darum, wer dich verteidigen darf.«

Ich hatte weder die Geduld noch die Energie dafür. Ich war erschöpft und hatte keine Lust, mich damit zu befassen. Sierra hatte ein Recht darauf, wütend zu sein, aber die Art und Weise, wie sie ihre Wut zum Ausdruck brachte, war das Problem. Und ich musste das einfachste Problem sofort beseitigen. »Lass mich eines klarstellen – ich verlange weder von Levi *noch* von Killian, dass sie irgendetwas *regeln*.« Ich drehte mich zu den Männern um. »Und die Tatsache, dass ihr so tut, als wäre das der Fall, bedeutet, dass ihr mich nicht besonders gut kennt.«

»Moment mal.« Eliza kletterte vom Rücksitz und zeigte auf Luna. »Was meinst du damit, dass sie versucht hat, Sterlyn zu töten?«

Circe kam auf uns zu, ihr mitternachtsschwarzes Haar wehte hinter ihr und ihre sattbraunen Augen waren hart. Sie trug Jeans und ein blaugrünes Baumwollshirt, das ihre warmbeigefarbene Haut hervorhob. »Das würde ich auch gern wissen.«

Während Kamila und Cordelia aus dem Auto stiegen, folgten die übrigen Hexen ihrer Priesterin. Herne und Aspen flankierten Circe, und Aurora und Lux folgten ihren Müttern. Eliphas sprang über die Ladefläche des Trucks, ließ Luna, Cyrus und Darrell darin zurück und eilte zu seiner Frau und seiner Tochter. Darrell und Cyrus drängten sich vor Luna und verdeutlichten damit, dass sie sie beschützen würden ... fürs Erste.

Um Levi gegenüber meinen Standpunkt zu unterstreichen, schob ich mich an ihm vorbei und zwang ihn, ein paar Schritte zur Seite zu treten. Meine Haut kribbelte, als wir uns berührten, aber ich ignorierte es. Ich wollte unsere verbindungsbedingten Gefühle zu diesem Zeitpunkt nicht spüren.

Killian rieb seinen Nacken und wandte seinen Blick gen Boden. Immerhin hatte er den Anstand, sich zu schämen. Levi hingegen zeigte keinerlei Reue, was mich noch mehr verärgerte.

Um ihn würde ich mich später kümmern – Luna war meine Priorität. Wenn ich Sierras Verhalten nicht unterband, würde die Spannung gegenüber Luna eskalieren. Sierra war loyal und beschützend, und wenn jemand jemandem, den sie liebte, in die Quere kam, war sie sehr nachtragend.

»Lasst mich euch aufklären!« Sierra deutete auf die goldene Wölfin. »Luna ist das Kind der beiden Wandler, die dich, Cyrus entführt haben. Der Wandler, die außerdem versucht haben, Sterlyn zu entführen, um sie zur Fortpflanzung zu zwingen.«

Luna legte ihren Wolfskopf verwirrt – oder überrascht – zurück, ich konnte mich nicht entscheiden, da sie in ihrer Tiergestalt war.

»*Ihretwegen* habe ich Cyrus gekidnappt?« Eliza keuchte und drehte sich zu der Wölfin um.

Ein tiefes, bedrohliches Knurren entwich Cyrus.

Obwohl ich für Emotionen empfänglich geworden war, hatte ich genug gehört. Alle waren bereit, Luna zu verstoßen, ohne die ganze Geschichte gehört zu haben. »Eliza, ich respektiere dich, aber du sprichst, ohne nachzudenken. *Du* hast die Entscheidung getroffen, Cyrus zu entführen. Niemand sonst. Und es war nicht Luna, es waren ihre

Eltern.«

Sterlyn faltete die Hände. »Annie, kannst du Luna bitte reinbringen und ihr helfen, ein Outfit zu finden, damit sie sich wieder in ihre menschliche Form verwandeln kann? Wenn sie hier vor Gericht stehen soll, hat sie es verdient, ihre Version der Geschichte kundzutun.«

Durch Sterlyns Zwischenruf wich ein Teil der Anspannung. Nur drei Personen sollten ein Mitspracherecht haben, ob Luna gehen sollte, und Sterlyn war eine davon. Immerhin hatte Luna Sterlyn mehrfach angegriffen, und Lunas Eltern hatten die Ereignisse angestiftet, die Cyrus und Eliza geschadet hatten. Sie hatte diese Verbrechen nicht persönlich begangen – sie war damals selbst noch ein Kind gewesen.

Das war der Grund, warum das Zulassen von Emotionen mehr Probleme verursachte, als sie zu lösen. Ich hatte zum Beispiel nicht über die Konsequenzen nachgedacht, als ich entschieden hatte, Luna mitzubringen – und ich hatte niemanden gewarnt. Aber es war die richtige Entscheidung gewesen. Sie hatte ihre Zeit abgesessen, ohne Hoffnung auf Begnadigung. Aber es war nur fair, dass die anderen darüber entschieden, ob wir sie hierbehalten wollten. Ich hatte eine Entscheidung getroffen, die nicht nur meine Entscheidung gewesen war.

»Natürlich«, sagte Annie leise. Ihr langes braunes Haar war zu einem unordentlichen Dutt zusammengebunden, und ihre honigbraunen Augen verrieten Wachsamkeit, aber kein Urteil. Sie rieb ihren schwangeren Bauch, der unter ihrem pastellpinken Shirt hervorlugte, und lächelte Luna an. »Ich bin sicher, wir finden etwas.«

Annie war die Beste, wenn es darum ging, jemanden

einzuschätzen. Ja, Engel konnten die Absichten oder den Seelenzustand eines anderen wahrnehmen, aber Annie hatte ein Gespür, das uns anderen fehlte. Als Baby war sie von Eliza adoptiert worden, und sie träumte davon, Anwältin für Kinder zu werden, die sich in einer ähnlichen Situation wiederfanden, wie sie und ihre Pflegeschwester Ronnie es einst getan hatten. Annie hatte gehört, wie Ronnie in Gruppenheimen behandelt worden war, bevor sie zu ihr und Eliza gekommen war, und sie hatte andere davor bewahren wollen, das gleiche Trauma zu erleben. Sie hatte einige Zeit als Freiwillige in einem Gruppenheim gearbeitet und dabei gelernt, Menschen zu lesen.

Midnight, Bune und Zagan blieben zurück und beobachteten.

Als Luna sich nicht bewegte, atmete Griffin laut aus und sagte dann mit finsterem Gesicht: »Du hast Sterlyn und Annie gehört. Geh schon!«

Als hätte sie auf Griffins Zustimmung gewartet, sprang Luna von der Ladefläche und eilte eifrig zur Haustür. Cyrus beobachtete sie den ganzen Weg über, machte aber keine weiteren bedrohlichen Geräusche.

Ist Griffin wirklich damit einverstanden, dass jemand bleibt, der versucht hat, seine Gefährtin zu töten?, fragte Levi ungläubig.

Seine Frage machte mich noch wütender auf ihn, und der Drang, ihn zu schlagen, wurde fast unerträglich. *Er respektiert seine Gefährtin und ihre Entscheidungen. Das könntest du von ihm lernen.*

Hey, ich respektiere dich, aber ich lasse nicht zu, dass dich jemand tyrannisiert, antwortete er und spielte damit darauf an, dass er wusste, warum ich so frustriert war.

Er verstand das wahre Problem nicht. *Dass du mir nicht*

zutraust, die Dinge selbst in die Hand zu nehmen, widerspricht deinem Respekt für mich.

»Das muss ein Scherz sein«, bellte Herne, während sie ihr rubinrotes Haar über die Schulter schob. Ihre ebenholzschwarzen Augen wirkten noch dunkler, als sie dem Wolf nachsah, der im Inneren des Hauses verschwunden war. »Circe wurde wegen dieses Mädchens gezwungen, in die Rolle der Priesterin zu schlüpfen. Und das, bevor sie dazu bereit gewesen ist. Und ihr erwartet, dass wir sie nicht vor die Tür setzen?«

Aurora räusperte und bewegte sich so, dass ihr bronzebraunes Haar wie ein Schutzschild über ihr Gesicht fiel. »Im Hexenzirkel treffen wir Entscheidungen als Gruppe. Warum kommst du hierher und verlangst, dass wir das letzte Wort haben?«

»Aurora.« Aspen schüttelte den Kopf und strich das tiefschwarze Haar aus seiner Stirn. Die dunkle Farbe betonte seine gespenstisch helle Haut.

»Aber sie hat recht.« Lux hob ihr Kinn und kniff ihre arktisblauen Augen zusammen. Sie spielte mit ihrem weinroten Haar, wobei sich die beiden Handlungen widersprachen. »Wenn Sterlyn sie anhören will, haben wir kein Recht, das abzulehnen.«

»Wisst ihr was? Genau das sollten wir tun.« Sierra verschränkte die Arme vor der Brust und ein überhebliches Lächeln huschte über ihr Gesicht. »Es ist doch ohnehin klar, wie jeder abstimmen wird. Die Mehrheit gewinnt, oder?«

Alex legte seine Hände auf Ronnies Schultern. »In Ordnung.«

Als ich damals von ihrer Seelenverwandtschaft erfahren hatte, war ich mir dessen nicht sehr sicher gewesen, aber sie zusammen zu sehen und zu erleben, wie sie einander verändert hatten, verriet mir, dass sie wie füreinander geschaffen waren. Bei Levi und mir war ich da weniger überzeugt.

Cyrus sprang von der Ladefläche und ging zum Haus auf der rechten Seite, während Darrell zu seinem und Marthas Wohngebäude rannte, das zwischen dem Haus, in dem die Hexen wohnten, und dem von Cyrus und Annie lag.

»Die beiden verwandeln sich ebenfalls in ihre menschlichen Gestalten«, teilte Sterlyn mit, als sie die Tür zum Haus von Cyrus und Annie öffnete, um Cyrus einzulassen, und anschließend wieder schloss. »Er möchte kommunizieren können, wenn Luna zurückkommt.«

Das überraschte mich nicht, angesichts ihrer Beziehung zu seinen Entführern. Ich war mir jedoch sicher, dass er nicht das erfahren würde, was er zu erfahren hoffte. Luna war bis zuletzt nicht eingeweiht gewesen und hatte nicht einmal gewusst, dass Sterlyn eine Silberwölfin war.

Zagan, Bune und Midnight folgten ihnen zurück ins Haus, wahrscheinlich um dieser Begegnung zu entgehen. Ich konnte es ihnen nicht verdenken.

»Aber mal im Ernst.« Sierra starrte mich an und rümpfte die Nase. »Warum hast du diese Schlampe mitgebracht? In diesem Moment vermisse ich die Rosemary aus der Zeit vor Levi. Etwas Seltsames ist mit dir passiert.«

Levi machte einen Schritt auf sie zu, dann blieb er stehen. Er verband sich: *Sag mir Bescheid, wenn ich eingreifen darf.*

Wenn sie mich beide anstachelten, könnte ich aus der Fassung geraten. Es war noch nie passiert, aber ich hatte schon viele Premieren erlebt. Warum also nicht?

Ich glaube, ich komme klar. Dann sagte ich laut zu Sierra: »Die einstige Rosemary hätte das Gleiche getan, weil sie im Gefängnis leider auch gezwungen gewesen wäre, Luna zuzuhören. Luna hat sich verändert, und jeder, der von Engeln abstammt, wird das spüren können.«

»Was meinst du damit?« Griffin runzelte die Stirn.

Sterlyn trat an meine Seite. »Sie meint, dass Lunas Essenz früher einen Hauch von Boshaftigkeit enthielt, aber das nun nicht mehr tut.« Sie wandte sich an ihren Gefährten. »Deshalb stimme ich Rosemary zu. Versteh mich nicht falsch, es ist leicht, sie nicht zu mögen, vor allem, wenn man bedenkt, dass sie *dich* ins Visier genommen hat. Aber etwas scheint sich in ihr grundlegend verändert zu haben.«

Mein Respekt für Sterlyn wuchs. Von allen hier war Luna zu ihr am schlimmsten gewesen. Aber Sterlyn ging es darum, das *Richtige* zu tun, nicht das Einfache. Es war leicht, an Wut und Hass festzuhalten – es war viel schwieriger, zu vergeben.

»Sie ist noch immer ein Quälgeist.« Ich wollte nicht, dass sie dachten, ich hätte völlig den Verstand verloren. »Und mir wäre es lieber, wenn sie nicht hier wäre. Aber ist es fair, dass sie für die Taten ihrer *Eltern* büßen muss? Oder dass wir nach unserer Vergangenheit beurteilt werden, wenn wir versucht haben, unsere Taten zu korrigieren? Verdienen wir nicht alle eine zweite Chance? Seht euch Alex an, um Himmels willen.« Ich würde nicht wegen der schrecklichen Taten eines Familienmitglieds verurteilt werden wollen, wenn ich alles in meiner Macht Stehende getan hatte, um das wiedergutzumachen.

Blinzelnd ließ Alex seine Hände von Ronnies Schultern fallen. »Ich weiß nicht, ob ich beleidigt sein oder das als Kompliment auffassen soll.«

»Du musst zugeben, dass es wahr ist.« Griffin steckte

die Hände in seine Hosentaschen. »Du warst ziemlich übel, bevor du Ronnie getroffen hast. Ich bin mir nicht sicher, ob du ohne sie die gleichen Entscheidungen gefällt hättest.«

Alex nickte und zuckte mit den Schultern. »Matthew war mein bester Freund. Aber ich hoffe, dass ich auch ohne sie dieselben Entscheidungen getroffen hätte.«

»Und sieh dich an«, sagte Ronnie und deutete auf Eliza. »Cyrus hat dir vergeben, ihn entführt zu haben. Es spielt keine Rolle, warum du es getan hast, sondern dass du es getan hast. Willst du behaupten, dass jemand, der nicht einmal daran beteiligt war, für die Sünden seiner Eltern bestraft werden sollte? Wenn ja, warum lieben wir Annie dann noch? Oder mich, was das betrifft? Ihr Vater war ein geistiger Tiefflieger und meiner ein Halbdämon, der gern Schmerzen zugefügt hat.«

Was in aller Welt? »Annies Vater war ein Alpha und ein Wolfswandler«, erklärte ich. »Ich bin mir nicht sicher, was du mit Tiefflieger meinst ... es sei denn, du meinst, weil er als Dämonenwolf auch gelegentlich mal in der Hölle unterwegs war.«

Sierra stieß ein lautes Schnauben aus. »Okay, das könnte mich dazu bringen, dir ein bisschen zu verzeihen.«

Ich musterte die Gruppe. Wieder einmal hatte ich das Gefühl, nicht dazuzugehören. Alle anderen schienen ihre Bemerkung zu verstehen, sogar Eliza.

Sie hat gemeint, dass er ein Idiot und leicht zu manipulieren war, antwortete Levi. *Sie hat keine Anspielung auf seine Verbindung zur Hölle gemacht.*

Okay. Annies Vater hätte alles getan, um die Gunst der Dämonen zu erlangen, was ihn zu einem ziemlichen Narren gemacht hatte. Sierras Kommentar hatte mich jedoch schwer getroffen. »Ich erwarte keine Vergebung, denn ich habe nichts Unrechtes getan. Sie war dort eingesperrt und hatte keine Möglichkeit, zu entkommen, und sie empfindet Reue für das, was sie getan hat – sogar für das, was ihre Eltern getan haben. Hättest du sie dort lassen können, wenn du das Gleiche gespürt hättest?«

»Nein, wir wissen alle, dass sie das nicht gekonnt hätte.« Killian legte einen Arm um Sierra. »Sie tut gern so, als wäre sie groß und böse, aber wir alle wissen, dass sie eine gute Seele hat. Schließlich tragen wir alle eine gewisse Schuld.«

»Denkt darüber nach, Mom und Grams.« Aurora wippte auf ihren Fußballen. »Wenn das, was ihr über *sie* sagt, wahr ist, dann tragen wir alle Schuld an der einen Entscheidung, die Grams vor zwanzig Jahren getroffen und seitdem jeden Tag bereut hat.«

Eliza schnalzte mit der Zunge und verringerte den Abstand zwischen sich und ihrer Enkelin. Sie zog Aurora in die Arme und sagte: »Du hast recht. Du hast dich zu einer so prächtigen jungen Dame entwickelt.«

Meine Augen brannten. Eliza liebte ihre Familie und ihren Hexenzirkel so sehr, und ich war dankbar, dass das Schicksal sie wieder zusammengeführt hatte.

Die Tür zu Cyrus' Haus öffnete sich, und unsere Gruppe verstummte, als Luna und Annie wieder zu uns stießen. Cyrus folgte ein paar Sekunden später und nahm die Hand seiner Gefährtin.

Luna war bekleidet, aber es war klar, dass die zehn Zentimeter, mit denen sie Annie überragte, hauptsächlich ihre Beine betrafen. Sie trug eine von Annies Jogginghosen, die um einiges zu kurz war und ein Shirt, das einen Teil ihres Bauches zeigte.

Unsere Gruppe wandte sich ihr zu, ohne dass jemand ein Wort sagte.

Wenn niemand das Gespräch führen wollte, würde ich

es tun. Ich öffnete meinen Mund, um etwas zu sagen, aber Luna kam mir zuvor.

Sie rieb ihre Arme, als ihr Blick auf Sterlyn fiel. »Es tut mir wirklich leid, was ich dir und Griffin angetan habe. Ich habe diese Dinge nur getan, weil Mom ...« Sie biss auf ihre Unterlippe. »Nun, das ist egal. Es ist keine gute Ausrede, und es ist zu schmerzhaft, um darüber zu reden.«

Sie holte zittrig Luft und blickte Griffin an. »Und es tut mir leid, dass ich versucht habe, dich in eine Beziehung zu verwickeln, um deine Rolle in Shadow City auszunutzen. Du warst immer ein guter Kerl, selbst als du unter dem Tod deines Vaters gelitten hast ... den, wie ich jetzt weiß, meine Mutter verschuldet hat.« Sie schnitt eine Grimasse. »Bei den Göttern, kein Wunder, dass ihr mich alle hasst.«

Levi beäugte mich aus den Augenwinkeln. *Wow – und du denkst so schlecht über Dämonen.*

Ich funkelte ihn an und erwiderte: *Ich habe nie behauptet, dass Sterbliche weniger böse sind. In mancher Hinsicht sind sie genauso böse wie diejenigen, die sich entschieden haben, zu fallen.*

»Killian und Sierra, es tut mir leid, dass ich so unsensibel mit Olives Verlust umgegangen bin.« Luna fuhr mit der Hand durch ihr Haar. »Ich war eifersüchtig, weil ihr alle auf eine Weise von ihr gesprochen habt, wie es nie jemand von mir getan hat.« Sie lachte trocken. »Bei den Göttern, bin ich erbärmlich. Ich schätze ... es kotzt mich an, dass nicht nur meine Eltern so viel Kummer und Leid verursacht haben, sondern auch ich selbst.«

»Gut«, knurrte Sierra. »Ich spreche mich dafür aus, dass sie bleibt, bis sie etwas tut, das ihren Rauswurf rechtfertigt. Aber sobald sie das erste Mal Mist baut, ist sie weg, ohne weitere Diskussionen.«

Luna atmete scharf ein. »Wirklich?«

»Ich habe auch kein Problem damit«, sagte Eliza, »aber wie Sierra schon gesagt hat – sobald sie etwas anstellt, ist sie raus, und sie muss versprechen, dass sie uns erlaubt, sie zu verhexen, damit sie diesen Ort und alles, was sie erfährt, vergisst.« Eliza stemmte die Hände in die Hüften. »Wenn sie das nicht versprechen kann, sollte sie sogleich gehen.«

Schweigen erfüllte die Runde, während wir darauf warteten, dass noch jemand das Wort ergriff.

»Ist jemand anderer Meinung?« Sterlyn musterte die Gruppe. Ihr Blick blieb auf Cyrus hängen.

»Wir haben alle schreckliche Dinge getan. Und wenn du und die anderen Silberwölfe mir verzeihen und mich als ihr Rudelmitglied akzeptieren konntet, werde ich niemanden abweisen.« Cyrus kickte gegen den Boden. »Aber sie muss Elizas Bedingungen zustimmen und verstehen, dass sie die Konsequenzen tragen wird, wenn sie jemandem in dieser Gruppe etwas antut. Dann wird sie sich wünschen, sie wäre in diesem Gefängnis geblieben.«

Luna legte eine Hand auf ihr Herz und schüttelte den Kopf. »Versprochen. Alles. Ich werde niemanden verletzen, und alle Geheimnisse, die ich erfahre, werden bei mir sicher sein. Wo soll ich denn überhaupt hin? Shadow City würde mich nur wieder einsperren, und jeder in Shadow Ridge hasst mich. Ich habe keine andere Anlaufstelle, und glaubt mir, wenn ich eine hätte, würde ich sofort dorthin gehen.«

Ich zuckte zusammen und konnte es nicht verbergen. Hier war der Quälgeist, von dem ich vorhin gesprochen hatte.

»Das war nicht gerade tröstlich.« Sierra verdrehte die Augen. »Und ich bereue diese Entscheidung jetzt schon.«

»Gut, wenn das geklärt ist, sollten wir uns etwas ausruhen«, sagte Sterlyn. »Luna, warum bleibst du nicht bei Griffin und mir? Wir übernachten in Darrells Haus.« Sie deutete auf Griffin. »Das Haus ist voll, aber wir wollen dich in der Nähe haben. Die anderen Silberwölfe und Killians Rudel bleiben in Shadow Ridge, damit nichts verdächtig erscheint.«

Sterlyn traute Luna nicht und wollte sie deshalb in der Nähe haben. Ich hätte ihr angeboten, Wache zu halten, aber ich hatte die Absicht, mich auszuschlafen. »Wohin sollen wir?«

»Ihr zwei könnt in dem Haus schlafen, in dem du, Rosemary, gewohnt hast, als Levi unser Gefangener war.« Sterlyn nickte in Richtung des Hauses, das sich vor Darrells Haus befand. »Wir dachten, ihr wollt vielleicht etwas Zeit für euch allein haben, nachdem ihr so lange getrennt wart.«

Levi grinste verrucht. »Sehr gern. Sonst könnte es peinlich werden.«

»Bei den Göttern«, murmelte Sierra, als sie ebenfalls auf Darrells Haus zuging. »Das ist nicht fair. Ich brauche jemanden, der solche Dinge zu mir sagt.«

Da ich nicht wollte, dass sie wussten, dass etwas nicht stimmte, lächelte ich und marschierte zum Haus.

Hast du es eilig, Liebste?, neckte er und Vorfreude erfüllte unsere Verbindung.

Jede Zelle in meinem Körper erwärmte sich, aber ich musste das im Zaum halten.

Wir betraten das Haus, und ich ging in das offene Wohnzimmer, ließ die Küche links liegen und drehte mich zu ihm um. Ich stellte mich vor das braune Ledersofa, das an einer der beigefarbenen Wände stand, und stemmte die Hände in die Hüften.

Er schloss die Tür und zwinkerte mir zu. »Wir schaffen es nicht einmal bis zum Schlafzimmer oder zur Dusche? Das ist okay. Ich mag Abwechslung.« Er kam auf mich zu und ignorierte die Wut, die er in mir spüren musste.

Wenn er glaubte, dass er uns mit seiner Dreistigkeit schneller ins Bett bekommen würde, dann würde er bald eines Besseren belehrt werden. Ich ballte meine Hände zu Fäusten und hob den Kopf, bereit, ihn an die Frau zu erinnern, mit der er verbunden war.

KAPITEL FÜNFZEHN

ICH IGNORIERTE MEINEN KRIBBELNDEN MAGEN. Die eindimensionale Rosemary hätte jedes Problem bewältigen können, ohne dass ihr übel geworden wäre, aber Wut oder Frustration waren nichts im Vergleich zu dem, was ich jetzt fühlte. Ich hatte gelernt, dass ich in vielerlei Hinsicht Gefallen an *Gefühlen* fand – außer in Momenten wie diesem. Und immer, wenn es um Levi ging, wurde die Situation explosiver.

Er seufzte und ließ den Kopf hängen. »Du lässt das nicht auf sich beruhen, richtig?«

»Warum sollte ich?«, zischte ich und mein Mund fühlte sich trocken an.

»Weil wir schon seit Tagen nicht mehr allein waren.« Er griff nach meiner Hand.

Nein, ich konnte nicht zulassen, dass unser Band meinen Kopf durcheinanderbrachte. Ich durfte ihm nicht nachgeben, sonst würde er wissen, dass er mich behandeln konnte, wie er wollte. Ich war kein Schwächling, und ich musste mich behaupten.

Um bei Verstand zu bleiben, wich ich zurück, bevor er

meine Hand ergreifen konnte, und meine Turnschuhe quietschten auf dem Parkettboden. Um mich abzulenken, eilte ich in die Küche und knipste das Licht an, obwohl wir es nicht brauchten. Unser Band wollte, dass wir wieder zueinander fanden, also musste ich den Abstand zwischen uns aufrechterhalten. Eine einzige Berührung könnte mich vergessen lassen, warum ich wütend war.

Ich legte eine Hand auf die graue Steinarbeitsplatte, öffnete den Schrank aus Naturholz und holte ein Glas heraus. Ich drehte mich zum Waschbecken und füllte das Glas mit Wasser, während ich aus dem Fenster starrte und versuchte, die Wut, die in mir brodelte, zu beruhigen. Mein Puls pochte in meinen Ohren, bis sie klingelten, und ich nahm einen großen Schluck Wasser, in der Hoffnung, das Feuer zu löschen.

»Rosey, du kannst manchmal so anstrengend sein«, stöhnte Levi. »Die meisten Frauen wollen, dass ihr Mann sich für sie einsetzt, aber ich gerate in Schwierigkeiten – obwohl Killian das Gleiche tut.«

Ich beschloss, den letzten Teil zu ignorieren und mich auf den ersten zu konzentrieren. Ich stellte das Glas auf der Arbeitsplatte ab und wandte mich Levi zu, der an der Schwelle zwischen Küche und Wohnzimmer stand. »Ich bin nicht wie die *meisten Frauen*, und wenn du das nicht verstehst, dann haben wir unser *neuestes* Problem identifiziert.«

»Das habe ich nicht gemeint ...« Er schürzte die Lippen.

Er hatte sich selbst in die Enge getrieben, und ich würde ihm nicht raushelfen. »Dann klär mich auf.« Ich faltete meine Flügel und lehnte mich gegen den Tresen. »Was hast du gemeint?«

»Das ergibt keinen Sinn. Wieso ist es für Killian okay, sich so zu verhalten, aber für mich nicht?«

»Ist es nicht. Ich habe euch beiden gesagt, dass ich allein klarkomme.« Ich war mir nicht sicher, ob wir beide bei dem Gespräch, das stattgefunden hatte, anwesend gewesen waren.

Ein finsterer Blick huschte über sein Gesicht. »Aber du hast nur mich angefunkelt und nicht ihn.«

Ich hatte keine Ahnung, worauf er anspielte. Aber zwischen den beiden gab es einen Unterschied. Das hatte er richtig erkannt. »Killian sah *beschämt* aus, du *nicht*.« Diese ganze Eifersuchtsgeschichte musste ein Ende haben. »Ich kann dieses Gespräch nicht mehr mit dir führen. Habe ich jemals etwas getan, das dich glauben lässt, ich hätte Gefühle für Killian?«

Er öffnete den Mund, schloss ihn dann aber wieder und verschränkte die Arme vor der Brust. »Du hast ihn umarmt.«

»Das ... nein.« Ich ließ die Hände auf meine Seiten fallen. »Diese Umarmung hat stattgefunden, nachdem ich ihm gesagt habe, dass ich keine Gefühle für ihn habe. Es war eine Umarmung der Freundschaft, ähnlich der, die ich Sterlyn oder Annie geben würde.«

»Sterlyn und Annie sind *Frauen*.« Er tätschelte seine Brust. »Keine Männer. Wie würde es dir gefallen, wenn ich Re... Kira umarmen würde?«

Das war ein Schlag in die Magengrube, denn er wusste, dass es mir nicht gefallen würde. Ganz und gar nicht.

»Du hast recht. Es würde mir nicht gefallen. Aber siehst du nicht, dass das für uns beide nicht gesund ist? Wie können wir wirklich glücklich sein, wenn wir uns stets bedroht und verunsichert fühlen?« Es gab Dinge, die selbst der Einfluss des Schicksals nicht überwinden konnte. Ein Schauer durchfuhr meinen Körper. Vielleicht würde es mit ihm und mir doch nicht klappen. Ein Leben ohne ihn wäre zwar eine Qual, aber bei ihm zu bleiben und zu vergessen, wer ich war, wäre noch schlimmer. Ich musste in der Lage sein, mich jeden Tag im Spiegel ansehen zu können.

Er rieb verwirrt seine Schläfen. »Wie kann ich selbstsicher sein, wenn du mich nicht *brauchst*? Du bist eine Naturgewalt. Ich will für dich da sein, damit du weißt, dass ich immer hinter dir stehe, aber jedes Mal, wenn ich das versuche, folgt Killian meinem Beispiel. Weißt du, wie nervtötend das ist?«

Der Schmerz, der in ihm brodelte, brach mein Herz.

Unfähig, zu widerstehen, rückte ich näher an ihn heran. Ich hasste es, dass ich ihm das Gefühl gegeben hatte, unzulänglich zu sein, obwohl ich ihn überhaupt nicht so sah. »Wovon sprichst du? Natürlich *brauche* ich dich, aber was noch wichtiger ist, Levi – ich *will* dich.«

Er kniff sich in den Nasenrücken und schüttelte den Kopf. »Tu das nicht. Bitte. Ich brauche dein Mitleid nicht.« Er hob den Kopf und sah mir in die Augen. Seine Iriden wurden so dunkel wie Schokolade.

»Das ist kein Mitleid.« Obwohl ich wütend auf ihn war, wollte ich nicht, dass er sich für ersetzbar hielt. »Wer ist nach Shadow City gekommen, um mich zu befreien? Das warst *du*.«

»Bitte. Killian hätte das sofort getan.« Er runzelte die Stirn. »Tu nicht so, als wärst du nicht mit ihm gegangen.«

Ich nahm seine Hand, weil ich ihn berühren wollte. Obwohl ich immer noch wütend war, musste dies der Grund für sein Handeln sein. Er wollte das Gefühl haben, gebraucht zu werden, und mein Wunsch, sämtliche Situationen selbst in die Hand zu nehmen, hatte zu seiner Unsicherheit beigetragen. »Ich wäre immer noch im Gefängnis, wenn jemand anderes gekommen wäre, denn ich hätte mich *geweigert*, zu gehen. Du warst derjenige, der mich zur Vernunft gebracht hat.«

Ein Hauch von Wärme pulsierte durch unser Band – Hoffnung.

»Du hast mich gezwungen, die Welt in einem anderen Licht zu sehen. Du hast mir meine Voreingenommenheit gegenüber *allen* Dämonen vor Augen geführt und mir gezeigt, dass es sich nicht lohnt, mich zu opfern, wenn das Endergebnis das gleiche ist. Und du bringst mich dazu, Dinge zu fühlen. So viele Dinge.« Ich streichelte seine Wange und drückte ihm all meine Gefühle entgegen. Ich hoffte so sehr, dass er die Bedeutung hinter jedem Wort hörte und fühlte. »Niemand sonst hat mich auf diese Weise beeinflusst. Ich habe stets alle auf Abstand gehalten oder mein Verhalten geändert, um mir keine Beschwerden anhören zu müssen. Aber du bringst mich tatsächlich dazu, anders zu denken. Ich schütte dir gerade meine Seele aus und das ist eine Premiere für mich.«

Seine Mundwinkel kräuselten sich nach oben. »Wirklich?«

Ich nickte und legte meine Stirn an seine. »Zu wissen, dass du immer an meiner Seite sein wirst, hat *alles* verändert. Und es gibt *niemanden*, der dir das Wasser reichen kann. Wenn ich dich verunsichert habe, tut es mir leid.« Engeln fiel es nicht leicht, sich zu entschuldigen, aber die Worte rutschten wie selbstverständlich über meine Lippen. »Ich möchte, dass du weißt, dass du der Einzige bist, den ich in meiner Nähe haben möchte. Mein Herz gehört dir, aber du musst auch respektieren, dass ich stark bin und es Zeiten geben wird, in denen ich für mich *selbst einstehen* möchte.«

»Na schön.« Er seufzte und legte seine Hände auf meine Taille. »Aber nur, weil deine Worte gerade echt überzeugend waren.«

Ich hob sein Gesicht an und fing seinen Blick auf. »Es sind mehr als nur Worte, und wir müssen uns beide in unserer Beziehung sicher sein. Ich kann mich nicht ständig aufregen, wenn Kira in der Nähe ist oder nur erwähnt wird, und du musst akzeptieren, dass Killian zu meinem Freundeskreis gehört. Sonst landen wir immer wieder hier, und so kann ich nicht weitermachen.«

»Du hast recht.« Er strich eine Strähne meines mahagonifarbenen Haars hinter mein Ohr. »Es geht nicht wirklich um Killian. Ich weiß, dass du dich nicht auf diese Weise für ihn interessierst – ich würde es durch unser Band spüren, wenn du es tätest. Ich habe nur versucht, mir zu beweisen, dass ich dich beschützen kann.«

»Dass ich jetzt hier stehe, verdanke ich dir.« Ich hielt den Atem an, während ich auf seine Antwort wartete. Der Gedanke, dass mein Geständnis nichts gebracht haben könnte, ließ mein Herz einen Schlag aussetzen.

Er presste seine Lippen auf meine und antwortete: »Ja. So habe ich das noch gar nicht gesehen, aber du hast recht. Ich bin verdammt fantastisch.«

Mit kribbelnden Lippen zog ich mich zurück, obwohl mein Herz vor Frustration schrie. Ich musste jedoch einen klaren Kopf bewahren, bis wir einander wirklich verstanden. »Und was ist da draußen mit Sierra passiert?«

»Das bereue ich nicht. Du bist meine Gefährtin, meine Welt. Ich möchte, dass alle wissen, dass ich immer an deiner Seite stehen werde.«

Ich wich einen Schritt zurück, aber er legte seine Hände fester um meine Taille.

»Bitte lass mich ausreden«, bat er. »Ich habe dir zugehört – kannst du das auch für mich tun?«

Ein *Nein* lag mir auf der Zunge, aber ich schluckte es hinunter. Ihm nicht zuzuhören würde nichts an seinen

Gefühlen ändern, also konnte ich es genauso gut über mich ergehen lassen. Ich legte den Kopf schief und sagte: »Okay.«

»Vielleicht war dies nicht der richtige Zeitpunkt für meine Einmischung, aber wenn dich jemand so behandelt, macht mich das wütend. Es ist nicht so, dass ich dich nicht für stark halte oder denke, dass du dich nicht wehren kannst. Aber das musst du nicht immer tun. Du hast mich an deiner Seite, und manchmal ist es in Ordnung, jemand anderen die Last tragen zu lassen. Vor allem, nachdem du tagelang in einer kleinen Zelle gesessen und außerdem zwei Frauen getragen hast, während du vor Leuten weggeflogen bist, die uns töten wollten.« Seine Aufrichtigkeit drängte sich mir auf und er räusperte sich: »Du bist die stärkste Person, die ich je getroffen habe, und verdammt, du könntest sogar mir in den Arsch treten, wenn die Situation es erfordert. Aber das heißt nicht, dass ich dir nicht etwas von der Last abnehmen kann, wenn ich spüre, wie erschöpft du bist. Es geht nicht immer darum, dass ich dich nicht für stark genug halte – manchmal geht es darum, dass ich möchte, dass du und alle anderen sehen, dass ich immer an deiner Seite sein werde.«

Ein Teil meiner Wut verflog. Mein ganzes Leben lang hatte ich beweisen müssen, warum das Schicksal mich zur Kriegerin auserkoren hatte. Es gab zwar auch weibliche Krieger, aber Männer waren in der Mehrzahl. Aber Levi hatte recht. Ich musste das weder ihm noch meinen Freunden beweisen. Sie *wussten* es bereits.

Na schön. Es wird Situationen geben, in denen ich meinen Widersacher allein zur Rede stellen möchte. Aber vielleicht könnte ich mich in bestimmten Situationen zurückhalten.

Du liebst mich wirklich. Er zwinkerte mir zu, während sein Jubel in meiner Brust aufblühte.

Ich wölbte eine Augenbraue. Er war nicht auf meine Bemerkung eingegangen, und ich weigerte mich, mich von seinem Witz und Charme ablenken zu lassen. *Hast du gehört, was ich gesagt habe?*

Ja. Er zog mich an seine Brust. *Wir finden Kompromisse. Wenn es eine Situation gibt, in der du das Gefühl hast, dass ich mehr oder weniger zurückbleiben soll, sag es mir, und ich werde es widerwillig tun, es sei denn, du bist wirklich in Gefahr und ich muss deinen Arsch retten.*

»Meinen Arsch?« Manchmal verwirrte mich die moderne Umgangssprache. »Den darfst du definitiv retten, obgleich ich nicht weiß, inwiefern lediglich mein Arsch in Gefahr sein könnte.«

Er lachte, streichelte meine Wange und sagte: »Bei den Göttern, ich liebe dich.«

»Oh.« Ich leckte mir über die Lippe und schmeckte seine Minze von unserem Kuss vorhin.

»Wieso beherrschst du nicht mehr Slang?« Er stupste mich auf die Nase und stellte klar: »Nicht, dass ich mich beschweren würde. Es ist verdammt niedlich, aber deine Freunde sind größtenteils sterbliche Mittzwanziger.«

Ich zuckte mit den Schultern. »Ich bin mir nicht sicher. Manchmal fühle ich mich wie eine Außenseiterin, weil ich sie nicht immer verstehe, aber sie möchten mich nicht ausschließen. Woher hast *du* dein Wissen? Du bist fast so alt wie ich und in einer ganz anderen Dimension aufgewachsen.«

»Dämonen kommen und gehen. Die Hölle ist nicht annähernd so streng verriegelt wie Shadow City.« Er beugte sich herunter und küsste mich, während er sich mit mir verband: *Und du musst dich nicht als Außenseiterin fühlen.*

Wenn du etwas nicht verstehst, kannst du mich jederzeit fragen.

Das klingt gut. Ich schloss die Augen und genoss das Gefühl seiner Lippen auf meinen. Sie waren fest und warm und ich sehnte mich nach mehr. So nah hatte ich mich ihm noch nie gefühlt, und irgendwie spürte ich, dass wir in unserer Beziehung eine neue Richtung eingeschlagen hatten.

Ich brauchte mehr von ihm und ließ meine Zunge in seinen Mund gleiten. Sein Pfefferminzgeschmack raubte mir den Verstand, und unser Pfingstrosenduft war süchtig machend. Ich wollte keine Minute mehr ohne ihn sein.

Bei den Göttern!, stöhnte er, während er abermals meine Taille umklammerte. *Du machst mich verrückt. Ich liebe deinen Geschmack, deinen Geruch und deine Berührung.*

Als sich seine Finger in meine Taille gruben, erwärmte sich mein Körper merklich. Er verstand es immer, den richtigen Druck auszuüben, nie zu sanft oder zu hart. Ich wollte es ihm gleichtun und ließ meine Hand über seine Brust und in seinen Hosenbund gleiten. Als ich seine Härte erreichte, schlang ich meine Hand darum, um ihn zu streicheln.

Er vertiefte unseren Kuss, während sein Atem unregelmäßig wurde. *Ich habe dich so sehr vermisst.* Er löste eine Hand von meiner Taille, schob sie unter mein Shirt und meinen BH und streichelte eine meiner Brustwarzen.

Seine Berührung ließ meinen Körper vor Verlangen vibrieren. *Warum zeigst du mir nicht, wie sehr?*

Geduld. Er gluckste, als er uns langsam umdrehte und mich aufforderte, rückwärts an die Seitenwand zu treten. Er löste sich von meinem Mund und küsste meinen Hals bis zum Ansatz, dann bewegte er seine Hüften im Rhythmus mit meiner Hand, während er an meiner Haut knabberte und mit seinem Finger über meine Brust fuhr.

»Lehn dich nach vorn!«, befahl er, während er nach dem Saum meines Shirts griff.

Begierig auf mehr, folgte ich seinem Kommando und half ihm, mir Shirt und BH auszuziehen. Er streckte seine Hände nach mir aus, bereit, weiterzumachen, aber ich schüttelte den Kopf.

»Du bist dran«, sagte ich und deutete auf seinen Körper. »Weg mit den Klamotten!«

Das Gleiche gilt für dich. Er grinste, entfernte sein Schwert und knöpfte seine Jeans auf.

Innerhalb von Sekunden waren wir beide nackt.

Ich musterte ihn von Kopf bis Fuß und nahm die Vertiefungen seiner Muskeln in Augenschein. Er war an all den richtigen Stellen hart, besonders jetzt. Er war so gut aussehend, dass es mir den Atem raubte.

Er erwiderte meine Blicke, als er auf mich zukam. *Du bist das schönste Geschöpf, das es gibt, und du gehörst ganz mir.* Er ließ seine Hand zwischen meine Beine gleiten und fand sofort die Stelle, die mich verrückt machte, und umkreiste sie.

Ich lehnte meinen Kopf zurück an die Wand, meine Beine zitterten bereits, als der Druck in mir wuchs.

Ich griff wieder nach ihm, aber er hielt meine Hand mit seiner freien fest und senkte seinen Kopf zu meiner Brustwarze. Er ließ seine Zunge darüber schnalzen, während seine Finger mich bearbeiteten, und ich glaubte, den Verstand zu verlieren. Das Verlangen in mir explodierte und mein Körper bebte. Ich wollte mich bewegen, aber er hielt mich fest.

Lass mich für dich sorgen, knurrte er.

Und das erregte mich noch mehr.

Ein Orgasmus nach dem anderen durchfuhr mich, während er meinen Körper verwöhnte. Bald reichten seine

Finger nicht mehr aus. Ich schob ihn von mir runter, weil ich unbedingt wollte, dass wir zusammen kamen.

Ich bin noch nicht fertig damit, dich zu befriedigen. Er wollte mich zurück an die Wand drücken, aber er hatte lange genug die Kontrolle gehabt.

»Nein, bist du nicht, aber ich bin an der Reihe.« Ich kletterte an ihm hoch und rutschte dann nach unten, sodass er in mich hineingleiten konnte.

Er stöhnte laut auf, während er seine Hüften bewegte und rhythmisch in mich eindrang. Jedes Mal, wenn er mich ausfüllte, ließ der Schmerz über unsere Trennung ein wenig nach.

Setz dich auf die Couch!, verband ich mich. Ich wollte die volle Kontrolle haben.

Statt zu widersprechen, stolperte er ein paar Schritte zurück und setzte sich auf die L-förmige Couch. Sobald meine Knie die Couch berührten, spreizte ich sie weiter auseinander, damit er tiefer in mich eindringen konnte.

Seine Hände hielten meine Taille fest und er erhöhte das Tempo, während sein Mund mich erneut verwöhnte. Die Gefühle, die er mir nun bereitete, stellten alles Vorangegangene in den Schatten.

Ich beschleunigte das Tempo und die Lust in uns wuchs. Ich öffnete mich der Verbindung, wollte vergessen, wo er anfing und ich aufhörte, wollte spüren, dass wir eins waren.

Empfindungen durchfluteten mich und flossen zu ihm zurück, während sich unsere Begierden vermischten. Dann erreichten wir gleichzeitig den Höhepunkt. Das Vergnügen war weltbewegend, und ich klammerte mich an ihn. Die Zeit stand still, und ich wünschte, wir könnten für immer so bleiben. Doch als sich unsere Körper beruhigten, brach die

Müdigkeit, die mich verfolgt hatte, wie eine Welle über mich herein.

Er setzte mich sanft ab, stand auf und nahm mich in seine Arme. Ich kuschelte mich behaglich an seine Brust und lauschte dem Klang seines Herzens. Bevor er drei Schritte gemacht hatte, war ich eingeschlafen.

EIN LAUTES KLOPFEN an der Tür ließ mich aufschrecken. Als ich versuchte, mich aufzusetzen, hielten mich starke Arme fest.

»Geh weg!«, sagte Levi so laut, dass derjenige, der an unserer Haustür stand, es hören konnte. »Rosemary schläft noch.« *Und ich bin nicht bereit, dich aus meinen Armen zu lassen.*

»Tut mir leid, dass ich störe, aber Sterlyn, Ronnie, Alex und Griffin brechen auf«, rief Killian uns zu. »Shadow City hat verlangt, dass die vier zurückkehren.«

Mein Hochgefühl verschwand. Es hätte mich nicht überraschen dürfen, dass sie den Rückweg antreten mussten, zumal Luna und ich entkommen waren. Jetzt, da Azbogah und Erin Zeit gehabt hatten, eine Strategie zu entwerfen, waren sie wahrscheinlich bereit, einen Zug zu machen.

Auch wenn es nicht ideal ist, sollten wir gehen. Es ist an der Zeit, dass wir all die Informationen teilen, die wir haben, auch wenn wir denken, dass alle anderen sie bereits kennen. Ich vermute, wir wissen mehr, als uns bewusst ist. Ich setzte mich in dem großen Bett auf und warf die orangefarbenen Laken ab, die ich bei meinem letzten Aufenthalt hierhergebracht hatte. Ich ging an der dunklen Kirschholzkommode vorbei zum Schrank, um saubere Sachen zu holen. »Wir sind in einer Sekunde da.«

»Okay, wir treffen uns bei Annie und Cyrus«, antwortete Killian.

Levi schmollte. *Können wir nicht noch ein paar Minuten länger hier liegen?* Er wackelte mit den Augenbrauen und machte damit seine Absichten deutlich.

Ich konnte nicht verhindern, dass sich ein Lächeln auf meinem Gesicht ausbreitete. »Nach dem Gespräch. Ich verspreche es. Aber wir werden mehr tun, als einfach nur herumzuliegen.«

Seine Iriden erhellten sich, als er vom Bett aufsprang und ins Wohnzimmer lief, um seine Kleidung zu holen. Das war genau die Motivation, die ich gebraucht hatte.

Ich zog mich an und trat ins Wohnzimmer, als er gerade seine grauen Turnschuhe anzog und sein Schwert an die Hüfte schnallte. Er ergriff meine Hand und führte mich zur Tür.

Hast du den Verstand verloren? Zunächst willst du nicht gehen, und jetzt hast du es plötzlich furchtbar eilig? Seine gespaltene Persönlichkeit bereitete mir ein Schleudertrauma.

Je schneller wir dort sind, desto schneller können wir wieder Sex haben, sagte er, während er meine Hand fester drückte und mich praktisch mit sich zog. *Das ist eine verdammt gute Motivation.*

Ein Lachen sprudelte aus mir heraus, als wir das Haus von Cyrus und Annie betraten, und als ich aufblickte, starrten mich dreizehn Augenpaare an.

Alle Häuser hatten den gleichen Grundriss und die gleiche Einrichtung, bis hin zu den Arbeitsplatten, Sofas und Stühlen. Auf der L-förmigen Couch saßen Midnight, Annie und Cyrus auf der einen und Bune, Zagan und Sierra auf der anderen Seite. Killian saß auf dem Hocker in der Mitte. Am runden Küchentisch saßen Sterlyn, Griffin, Alex und Ronnie. Ihre Taschen standen bereits an der Eingangstür. Eliza und Circe standen vor den Sofas und sahen mich direkt an.

Ich stellte fest, dass Darrell fehlte; er behielt wahrscheinlich ein Auge auf Luna, während die anderen Hexen sich ausruhten. Sowohl die ehemalige Priesterin als auch die aktuelle Priesterin waren hier, was mehr als ausreichend war.

»Ich schwöre, Rosemary lachen zu hören, ist wirklich unheimlich«, sagte Sierra und rieb sich die Hände.

Sterlyn legte den Kopf schief und seufzte. »Lass sie in Ruhe! Mir ist sie so lieber. Sie ist glücklich.«

»Hört auf damit, vom Thema abzuschweifen!« Alex lehnte sich zu Ronnie und legte seinen Arm um ihre Stuhllehne. »Wir müssen weitermachen.«

»Wollt ihr nicht hören, was passiert ist, bevor ihr da reingeht?«, fragte Eliza, während sie in der Mitte des Raums auf und ab ging.

Ronnie winkte ab. »Je weniger wir wissen, desto glaubwürdiger können wir es abstreiten.«

Die vier standen auf und gingen zur Tür. Griffin tätschelte meinen Arm, als er sagte: »Wir wollten dir nur sagen, dass wir gehen und du uns über Killian, Cyrus, Annie oder Darrell erreichen kannst. Wir wollen nicht riskieren, dass jemand unsere Handys abhört.«

»Und wenn ihr etwas braucht, lasst es uns wissen.« Sterlyn umarmte mich. »Ich wollte sichergehen, dass es dir nach der vergangenen Nacht gut geht. Ich konnte nicht gehen, ohne nach euch zu sehen, und wir hatten gehofft, ihr würdet in der Zwischenzeit in das Zimmer von Ronnie und

Alex ziehen, damit Annie, Cyrus, Midnight, Zagan, Bune und ihr zusammen seid, falls etwas passiert.«

Sie hatte recht. Es wäre das Beste, so nah wie möglich beieinander zu sein. Auch wenn ich bezweifelte, dass die Dämonen wussten, wo wir waren, wollten wir kein Risiko eingehen. »Natürlich.«

Wir werden trotzdem Sex haben, oder? Panik kroch durch unser Band.

Natürlich war das sein Hauptanliegen. *Ja, wir müssen nur ein bisschen leiser sein.*

»Wir müssen los.« Alex öffnete die Tür und winkte die drei hindurch. »Sie werden sich fragen, warum wir so lange gebraucht haben.«

Stirnrunzelnd senkte Ronnie den Kopf. »Du hast recht. Passt auf euch auf! Wir werden so schnell wie möglich zurückkommen. Hoffentlich macht Azbogah nicht so eine große Sache daraus, wie wir es alle befürchten.«

Oh, Azbogah würde die Geschehnisse zu seinem Vorteil nutzen. Angesichts des Feuers, des Gefängnisausbruchs und einer fremden Hexe in der Stadt würde er niemals schweigen. Und sobald er erfuhr, dass auch ein Dämon in der Stadt gewesen war, würde er die Unterstützung aller Engel hinter sich haben.

Doch ich hielt den Mund. Es gab keinen Grund, ihnen noch mehr Angst vor ihrer Rückkehr zu machen. Sie alle wussten, wozu Azbogah fähig war.

Die vier verschwanden und ließen uns allein zurück.

»Wir alle wissen, dass er die Wahrheit zu seinem Vorteil verbiegt«, fauchte Zagan, dessen normalerweise lehmbrauner Teint sich rot färbte, während er seine Nasenlöcher aufblähte. Sein rabenschwarzes Haar hing in seine schwarzen Augen, die die Form von Diamanten hatten und böse funkelten. »Er wird diese Geschichten nutzen, um den Rest seiner Bedrohungen auszuschalten.«

Er tat so, als würde er Azbogah kennen, was mich innehalten ließ. »Woher willst du das wissen? Du warst noch nie in seiner Nähe, oder?«

»Nein, aber alle Dämonen wissen, dass es seine Schuld war«, schnaubte Zagan. »Doch das ist euch Engeln natürlich egal.«

»Halt dich zurück!«, sagte Levi streng. »Sie ist meine Vorbestimmte.«

Bune starrte mich an, als würde er in mir nach etwas suchen.

Ich hatte keine Zeit, das zu analysieren. Ich legte meine Hand auf Levis Arm und schaute Zagan an. »Was ist uns egal?« Ich wollte wissen, wovon er sprach. Sie nahmen an, dass ich Bescheid wusste, aber ich war aufs Neue ratlos.

»Hältst du uns für Idioten?«, zischte Zagan.

Ich wusste nicht, was ich darauf antworten sollte. Seinem Verhalten nach zu urteilen, war ich mir ziemlich sicher, dass er der Ignorant war, aber ich fürchtete, ihm das zu sagen, würde die Situation nur eskalieren lassen. Und ich wollte, dass er weiterredete.

Bune stützte sich auf seine Ellbogen und atmete aus, während sich seine Stirn vor Verwirrung furchte. Seine goldene Haut war ein wenig blasser, was seine goldfarbenen Augen ebenfalls trübte. »Sie weiß es nicht. Hat dir deine Mutter nichts gesagt?«

Etwas Schweres machte sich in meinem Magen breit, und die Luft schien aus dem Raum zu verschwinden.

Was hatte meine Mutter getan?

KAPITEL SECHZEHN

ICH HATTE IMMER GEDACHT, dass Mutter und ich ehrlich zueinander waren, selbst wenn es unserer Beziehung zum Nachteil gereicht hatte. Deshalb war ich auch so offen zu ihr gewesen, als es um meine Verbindung mit einem Dämon gegangen war. Zu hören, dass sie mir etwas Nachteiliges über die Rasse der Engel und unsere Geschichte verheimlicht haben könnte, ließ mir also das Blut in den Adern gefrieren.

Der irrationale Teil in mir schrie danach, sich umzudrehen und wegzulaufen. Was immer ich auch erfahren würde, könnte alles, was ich wusste, grundlegend verändern, aber ich verdrängte das ziemlich neue und lästige Gefühl. Unwissenheit änderte nichts an den Tatsachen, und was auch immer die Wahrheit war – selbst wenn es die Version der Dämonen war –, könnte in dem bevorstehenden Krieg helfen.

Wenn sie mir also ihre Fassung der Geschichte erzählen wollten, mussten sie unsere anhören ... oder die, die den meisten Engeln beigebracht wurde und die diese glaubten.

»Wenn du dich auf den Tag beziehst, an dem die Dämonen gefallen sind, dann ja, das hat sie.«

»Seht ihr?« Zagan fletschte die Zähne.

Levi ballte die Hände zu Fäusten, starrte auf seinen Freund hinab und raunte: »Du beruhigst dich jetzt besser, sonst zwinge *ich* dich dazu.«

Midnight schob unruhig ihr langes braunes Haar über ihre Schultern. »Warum hören wir uns nicht die Version an, die Rosemary kennt? Dann kannst du überprüfen, ob sie mit deiner übereinstimmt.« Ihre Augen waren nicht so honiggolden wie Annies, aber abgesehen davon war sie eindeutig als Annies Mutter auszumachen.

Eine gute Idee. »Das kann ich machen, wenn Zagan schweigt, bis ich am Ende angelangt bin.« Ich hasste es, unterbrochen zu werden.

»Ich verpasse ihm eine, wenn er sich danebenbenimmt«, sagte Sierra, während sie sich ihm zuwandte und eine Hand hob, bereit, ihr Versprechen einzulösen.

Annie kicherte und rieb ihren dicken Bauch. »Sei vorsichtig! Sie wird dich sehr wahrscheinlich schlagen – auch wenn du nichts sagst.«

»Pah!« Sierra rümpfte die Nase. »Das solltest du ihm doch nicht sagen.«

»Ermutige sie nicht.« Cyrus schüttelte den Kopf.

Ich wollte auf keinen Fall, dass Sierra uns ablenkte, also begann ich mit meiner Geschichtslektion. »Azbogah und die Erzengel haben sich vor über elfhundert Jahren mit den Oberhäuptern der übernatürlichen Rassen getroffen, die die Pläne für Shadow City ausgearbeitet hatten. Der Bau hatte noch nicht begonnen, und die Engel haben Materialien vom Himmel angeboten, um die Gebäude unzerstörbar zu machen. Die Stadt sollte ein Zufluchtsort sein, aber die Vereinbarung lautete, dass auch alle Engel dort einen Platz finden würden.« An dieser Stelle nahm die Geschichte eine traurige Wendung. »Natürlich waren die Verantwortlichen einverstanden.«

»Ich habe mich immer gefragt, wer die Stadt geplant hat.« Annie wollte sich nach vorn lehnen, hielt aber inne, als ihr Bauch die Bewegung verhinderte.

Killian stand auf. »Die Planer waren eigentlich die Vorfahren der Übernatürlichen, die heute in der Stadt leben. Sie haben von den Problemen vieler Familien gehört und geplant, eine Gemeinschaft zu schaffen, in der jede Gruppe ihre Stärken und Fähigkeiten einsetzen kann. Um das Leben für alle angenehmer zu machen. Die Absicht war gut. Zu jener Zeit gab es keine Korruption.«

»Damals waren die übernatürlichen Bevölkerungsgruppen kleiner, und einige verursachten Probleme in den kleinen Menschenstädten in der Nähe. Die Stadt war als Zufluchtsort für diejenigen gedacht, die Schwierigkeiten hatten und bereit waren, in einer Gesellschaft mit allen Arten von Übernatürlichen zu leben. Es sollte eine sich selbst versorgende Stadt sein, in der sich niemand verstecken musste. Ein Ort, an dem wir die Freiheit haben sollten, so zu leben, wie es die Natur vorgesehen hat, fernab von neugierigen Blicken. Sobald die Engel das Material herbeigeschafft hatten, begannen die Bauarbeiten. Das war der Zeitpunkt, an dem sich vieles verändert hat«, fügte ich hinzu.

»Und Dämonen gab es noch nicht?«, fragte Midnight.

Das war der verrückte Teil. »Noch nicht. Das war vor ihrer Entstehung.«

Killian ging zum Fenster, von dem aus man den Hinterhof und den Wald sehen konnte. Das tat er immer, wenn er angespannt war, und ich war mir ziemlich sicher, dass es uns anderen ähnlich ging.

»Der Bau fand unter der Leitung der Engel statt, und die übrigen Übernatürlichen wussten nicht, dass die Verwendung himmlischer Materialien und die Bauleitung der Engel ein Zeichen dafür sein würde, dass sie die Kontrolle haben würden – und die Grundlage dafür, das Schicksal der Stadt zu verändern.«

Die meisten Engel waren überzeugt davon, dass wir die Kontrolle haben sollten, aber sie waren zufrieden damit, wie die Dinge in der Stadt liefen. Im Großen und Ganzen blieb jede übernatürliche Rasse für sich und verkehrte nur aus übergeordneten Gründen, wie der Sicherheit der Stadt, miteinander. Seit der Schließung der Stadttore waren die meisten Entscheidungen von größerer Tragweite nicht diskutiert worden, weshalb die Stadt nicht vom Fleck gekommen war. Der Rat war nur zusammengekommen, um sich mit aktuellen Themen wie Blutlieferungen, Sicherheit und Zauberkraft zu befassen. Vor der Öffnung der Tore hatte sich der Rat nicht annähernd so oft getroffen wie jetzt.

»Bis jetzt deckt sich deine Geschichte mit unserer.« Bune lehnte sich zurück, als wolle er sich festhalten. »Aber ich vermute, das wird sich bald ändern.«

Das tat ich auch. »Die Engel haben Mutter und Vater dazu auserwählt, die Vermittler im Namen der Engel zu sein, da Mutter der Erzengel der Gerechtigkeit und Vater der Erzengel der Menschlichkeit war. Das war, bevor sie wirklich zusammengekommen sind. Während Mutter und Vater abwesend waren, um sich mit den ursprünglichen übernatürlichen Oberhäuptern zu treffen, kam es zu einer Meinungsverschiedenheit zwischen Azbogah und den anderen fünf Erzengeln, die noch nicht gefallen waren.«

»Den Prinzen der Hölle. Natürlich waren sie alle männlich.« Sierra hob eine Hand. »Warum ist das Universum so sexistisch?«

Eine Schwere legte sich über unsere Verbindung.

Mit dunkler werdenden Augen nahm Levi meine Hand und sagte: »Einer der fünf Prinzen war meine Mutter, Marissa.«

»Wartet!« Sierra runzelte die Stirn. »Warum heißen sie dann nicht die Prinzen und die Prinzessin der Hölle?«

Von allem, was gesagt worden war, hatte sie sich ausgerechnet *darauf* konzentriert?

Killian rollte mit den Augen. »Es spielt keine Rolle. Lasst uns einfach der Legende lauschen!«

Der Legende.

Obwohl er das nicht beabsichtigt hatte, klang es, als wäre die Geschichte, die ich erzählte, erfunden. Und ich fragte mich, wie korrekt er damit lag. Ich bezweifelte, dass *nichts* der Wahrheit entsprach, aber es gab Teile, denen die Dämonen nicht zustimmten. War ihre Version die Wahrheit? Oder war es eine Kombination aus beidem? Ein Problem, das es zu lösen galt, sobald wir beide Versionen gehört hatten.

Ich fuhr fort. »Offenbar waren die Erzengel und Azbogah am Stadteingang, als eine Hexe aufgetaucht ist und Zuflucht gesucht hat. Das war, bevor die Bauarbeiten richtig begonnen hatten, also gab es weder Mauern noch Zaubersprüche, aber die Wachen sorgten dafür, dass nur Leute hineingelassen wurden, die keine Gefahr darstellten. Die Hexe bettelte um Einlass, weil sie von der mächtigen Stadt Shadow City gehört hatte und angeblich am Verhungern war. Die Erzengel glaubten, dass mit ihr etwas nicht stimmte. Sie wollten die Hexe trotz der Proteste von Azbogah wegschicken. Wie ich bereits erwähnt habe, trafen sich Mutter und Vater mit den übernatürlichen Anführern mitten in der Stadt. Azbogah setzte sich für die Hexe ein, was die Erzengel verärgerte. Ohne den Fall mit den Anführern zu besprechen, lehnten sie ihre Bitte ab. Als sie versuchten, die Hexe zu vertreiben, verloren sie ihre Menschlichkeit und ihre Flügel.«

Circe schürzte die Lippen und machte einen Schritt auf ihre Mutter zu, während sie fragte: »War sie unsere Vorfahrin?«

»Nein«, sagte Eliza unwirsch. »Sie war eine Vorfahrin der Nachtschattenschwestern.«

Ich hatte vergessen, dass Elizas Hexenzirkel ursprünglich in der Stadt hätte leben sollen. Irgendwie hatte Erins Zirkel sie ersetzt, bevor die Tore geschlossen worden waren.

»Willst du damit sagen, dass Azbogah ein guter Kerl war?« Annie wölbte eine Braue. »Es fällt mir schwer, das zu glauben.«

»Mir auch, aber Mutter hat mir erklärt, dass Azbogah damals anders war. Denk daran, das war, bevor sie und Vater zusammengekommen sind.« Mir lief ein Schauer über den Rücken, als ich an eine Welt dachte, in der meine Mutter und Azbogah ein Paar gewesen waren. »Doch dann hat sich Azbogah verändert.«

Cyrus kratzte sich am Kopf und brachte sein struppiges silbernes Haar durcheinander. »Aber du hast gesagt, die Erzengel seien gefallen. Was ist mit all den anderen Dämonen?«

»Das ist im Laufe der Zeit passiert.« Ich hasste es, die Geschichte nicht persönlich nachvollziehen zu können. Im vergangenen Jahrtausend hatte ich viel gesehen und erlebt, und manchmal war es wahnsinnig, zu glauben, dass all das vor meiner Lebenszeit geschehen war. Aber Geschichte konnte man sich nicht ausdenken. Alle Engel, die damals bereits gelebt hatten, konnten bezeugen, dass die Prinzessin und die Prinzen Erzengel gewesen waren, bevor sie sich in Dämonen verwandelt hatten. »Zuerst haben die Erzengel

Shadow City verlassen – wegen des neuen Weges, den sie gewählt hatten. Sie haben in einer Stadt gelebt, die irgendwann zu Shadow Terrace wurde, und die Vampire erschaffen, weil sie einsam waren. Sie konnten ihre Freunde und Verwandten noch in der Stadt besuchen, da die Tore noch nicht errichtet worden waren, aber die Besuche wurden immer seltener, als die Feindseligkeiten zunahmen. Dann wurden die Vampire blutrünstig, was darauf hindeutete, dass die Dämonen jeden Sinn für Moral verloren hatten. Wie sonst hätten ihre Schöpfungen abtrünnig werden können?«

Bune lachte trocken. »Azbogahs Worte. Aber fahr fort!«

Ich hatte vergessen, dass Bune damals noch nicht gefallen gewesen war und seine Zeit in Shadow City verbracht hatte. »Ich weiß nur, dass jeden Tag mehr Bewohner die Stadt verließen, weil sie sich weigerten, sich den Engeln anzuschließen, solange Azbogah involviert war. Und bald gab es mehr Dämonen als Engel, und die anderen übernatürlichen Rassen wurden immer unruhiger angesichts der Dynamik. Die verbliebenen Engel *mussten* die Kontrolle übernehmen.«

Mutter hatte es als eine sehr unglückliche Situation beschrieben, in der sogar die Engel zu kämpfen hatten, weil ihre Brüder fielen. »Damals hat Azbogah – zur Besänftigung der anderen Übernatürlichen – angeordnet, alle Waffen der Erzengel und alle anderen Gegenstände der Macht unter Verschluss zu halten, damit sie nicht gegeneinander verwendet werden können.« Das war der einzige Weg gewesen, um alle zu schützen.

Ich warf einen Blick auf Bune, um seine Reaktion zu beobachten, aber sein Gesicht war eine Maske der Gleichgültigkeit, also fuhr ich fort: »Zuerst haben die Dämonen protestiert, aber die übernatürlichen Völker haben ihren

Unmut geäußert und die Dämonen gestürmt. Schließlich haben sie ihre Waffen abgegeben, weil die Engel ihre wertvollsten Vampire – die ursprüngliche Linie – davon überzeugt hatten, Teil von Shadow City zu werden und ihre Schöpfer zurückzulassen. Die Vampire wollten die schöne Stadt nicht verlassen, was die Kluft zwischen Engeln und Dämonen noch vergrößert hat.«

»Warte!« Annie hob eine Hand und ihre Augen weiteten sich. »Willst du damit sagen, dass Alex ein direkter Nachfahre der ursprünglichen Vampirlinie ist?«

Das erinnerte mich daran, dass einige Dinge, von denen ich annahm, sie seien allgemein bekannt, das tatsächlich ... gar nicht waren. Die meisten Sterblichen kannten nicht die ganze Geschichte, und Annie war die meiste Zeit ihres Lebens in der Menschenwelt aufgewachsen, also wusste sie noch weniger. »Ja, er stammt von den ursprünglichen Vampiren ab. Den allerersten, die erschaffen worden sind.«

Killian gluckste. »Was denkst du, warum er so arrogant ist?«

Sierra verschränkte die Arme, sah ihn an und fragte: »Was ist deine Ausrede?«

Da ich ihnen keine Gelegenheit geben wollte, sich zu streiten, warf ich ein: »Je schlimmer die Dinge wurden, desto mehr Kontrolle haben die Engel übernommen ... vor allem Azbogah. Während all der Unruhen Ende der Achthunderterjahre hat sich der Bruder meiner Mutter, Ophaniel, in eine Wolfswandlerin verliebt. Er wurde zum Gegner Azbogahs, als er erkannt hat, dass die Engel die Stadt unter Druck gesetzt haben, seit sie die Materialien für den Bau geliefert haben. Er hat außerdem entdeckt, dass die anderen Rassen in der Regierung kein Mitspracherecht hatten und die meisten der Anführer, die sich zusammengeschlossen hatten, um die Stadt zu errichten, während der langen Bauzeit gestorben waren.«

Mutter hatte mir erzählt, dass sie Ophaniel gedrängt hatte, sich zurückzuhalten, aber er hatte darauf beharrt, dass es eine Ungerechtigkeit sei, etwas zu verderben, das ein Zufluchtsort sein sollte. Er hatte sie herausgefordert und gefragt: »Welches Recht haben wir, auf die Erde zu kommen und diese in irgendeiner Form an uns zu reißen?« Am meisten bedauerte sie, dass sie nicht auf ihn gehört und stattdessen an Azbogahs Vision geglaubt hatte. Wegen unseres Versagens, meinen Onkel zu beschützen, war es ihre Aufgabe, nie wieder so einen monumentalen Fehler zu machen, was bedeutete, dass wir nicht nur die Silberwölfe, sondern auch Menschen *und* Übernatürliche beschützen mussten. Wir mussten die Fehleinschätzung der Engel wiedergutmachen.

»Natürlich haben die anderen Engel Azbogah unterstützt. Da wir die Stadt nach dem Vorbild des Himmels erschaffen hatten, war es nur logisch, dass wir sie regierten. Dann wurde Ophaniels Wolfswandlerin schwanger und das war der Anfang vom Ende.« Selbst die ehemalige Rosemary hätte sich angesichts all der sinnlosen Todesfälle schlecht gefühlt. Ich rieb meine Arme, um nervöse Energie abzubauen. »Der Silberwolf hat sich in die Gesellschaft integriert, aber Azbogah hat mit meiner Mutter an seiner Seite weiter Einfluss auf die Engel gewonnen, und so haben sie begonnen, die Stadt zu beherrschen und Mauern und Tore um sie herum zu bauen. Mit der zunehmenden Macht der Engel wurden die anderen übernatürlichen Wesen unzufriedener, vor allem die Dämonen, die nicht in der Stadt leben durften.«

Alles hatte zu diesen Momenten geführt. »Die Dämonen wollten die Stadt und ihre Bewohner zerstören und bereiteten sich auf einen Krieg vor. Da Azbogah wusste, dass die Stadt und die Welt von ihrem Krieg betroffen sein würden, hat er mit den gefallenen Erzengeln einen Waffenstillstand geschlossen. Sie würden in einer Dimension bleiben – der Hölle – während die Engel in Shadow City verbleiben sollten. Auf diese Weise würden sich unsere Wege nicht kreuzen, und unsere Existenz würde geheim bleiben.«

»Aber wo kommen die Silberwölfe ins Spiel?«, fragte Circe, während sie Annie und Cyrus ansah.

Wir mussten auch mehr über die Dämonenwölfe erfahren, da sie ein größeres Rätsel darstellten, aber ich würde mit diesen Fragen warten, bis die Frage nach den Silberwölfen beantwortet war.

»Während Azbogah sich mit den Dämonen beschäftigt hat, sind über hundert Jahre vergangen. Der Silberwolf und seine Nachkommen haben die anderen übernatürlichen Rassen vereinigt, um Shadow City für alle Bewohner gerecht zu machen.« Das war der Teil, den die Dämonen nicht wussten. Aber die anderen Rassen waren an dieser Geschichte beteiligt gewesen, also war ich sicher, dass es stimmte. »Nach Azbogahs Rückkehr hatte er eine stadtweite Versammlung einberufen und allen mitgeteilt, dass die Dämonen keine Bedrohung mehr darstellten. Daraufhin haben sich die Übernatürlichen zusammengetan und die Engel angegriffen, um sie zu entmachten. Der Bürgerkrieg hat Tage gedauert, weil die Engel an ihren Sieg geglaubt haben. Wir haben jedoch etwas wirklich Demütigendes gelernt – wir sind nicht unbesiegbar. In jener Nacht vor der Kapitulation der Engel wollte Azbogah die sieben Silberwölfe töten, die geboren worden waren – Ophaniels Kind, zwei Enkel und vier Urenkel. Sie waren in seinen Augen nicht nur ein Gräuel, sondern auch der Grund dafür, dass die Engel nicht die Kontrolle behalten wollten.«

Das war der Teil, der Mutter bis heute quälte, auch wenn sie von Natur aus keine Gefühle hatte. Als Erzengel der Gerechtigkeit war dies ihr größtes Versagen. »Während des Angriffs von Azbogah und seinen Anhängern haben sie fünf der Silberwölfe gefunden, die in der Stadt patrouillierten. Nachdem die Engel sie ausgeschaltet hatten, eilten sie auf der Suche nach den jüngsten beiden zum Haus des Silberwolfsrudels. Doch stattdessen sind sie dort Ophaniel begegnet, der den letzten beiden zur Flucht verholfen hatte. Das hat Azbogah so sehr erzürnt, dass er meinen Onkel zum Tode verurteilte. Mutter war dabei, aber sie hat nicht daran geglaubt, dass er es durchziehen würde.« Ich hielt einen Moment inne und schluckte. »Er hat sie eines Besseren belehrt. In seiner blinden Wut hat er Ophaniel vor aller Augen geköpft. Der Rest ist bekannt – der Rat wurde gegründet und die Tore wurden geschlossen.«

Ich hatte nicht mehr über die ganze Geschichte nachgedacht, seit Levi und ich unseren Bund geschlossen hatten, aber mein Herz war schwer geworden. Mein Onkel, meine Mutter und die Silberwölfe hatten das alles nicht verdient.

Ist das wirklich die Geschichte, die du kennst?, verband sich Levi, während mich ein Gefühl des Unglaubens durchströmte.

Nennst du mich einen Lügner?

Was? Nein. Levi nahm meine Hand und drückte sie. *Das habe ich nicht so gemeint. Ich kann nur nicht glauben, dass das die Version ist, die man dir erzählt hat.*

»Willst du damit sagen, dass die Engel *nicht* Bescheid wissen?« Zagan legte den Kopf schief.

Das war die ganze Zeit meine Befürchtung gewesen –

dass unsere Geschichten nicht übereinstimmen würden. So einfach konnte es nicht sein. »Was wissen sie nicht?«

Bune und Levi tauschten einen angespannten Blick aus, und der Drang, zu schreien, breitete sich in meiner Brust aus. Ich wollte Antworten – während ich mich gleichzeitig vor ihnen fürchtete –, aber nichts zu wissen, war keine Option. Ihr Zögern machte die Situation fast unerträglich.

»Wenn nicht jemand antwortet, werde ich anfangen, Leute zu schlagen«, knurrte Sierra.

Das war das einzige Mal, dass ich für ihren Zwischenruf dankbar war.

»Marissa und die gefallenen Erzengel, die zu den Prinzen der Hölle geworden sind, haben es sich nicht ausgesucht, zu fallen.« Bune verschränkte die Finger. »Die nach Zuflucht suchende Hexe hat sie verflucht. Die Erzengel haben sie nicht sofort abgewiesen. Sie wollten ihre Aufnahme mit den Stadtoberhäuptern besprechen, wie es das Protokoll vorsah, vor allem angesichts der negativen Aura, die sie ausgestrahlt hat. Azbogah wollte sie hereinlassen, weil er geglaubt hat, dass sie uns – den Engeln – helfen könnte, eine mächtigere Position in der Regierung der Stadt zu erlangen. Die Erzengel waren entsetzt und haben abgelehnt, woraufhin die Hexe einen Zauber ausgesprochen hat, der Azbogah noch mehr Macht verliehen hat. Außerdem haben die Erzengel dadurch ihre Flügel verloren – und alle vorherbestimmten Bindungen wurden gelöst. Die ehemaligen Erzengel haben sich in Dämonen verwandelt – mit der Fähigkeit, zu Schatten zu werden.«

Ich starrte ihn an. »Wie ist das möglich?«

»Gute Göttin!« Eliza berührte ihre Brust. »Die Geschichten müssen wahr sein, aber ich hätte nie gedacht, dass sie das sein könnten.«

Circe' Augen wurden schmal. »Welche Geschichten?«

Eliza schritt zwischen uns und der Couch hin und her. »Als junge Frau, kurz bevor ich das Amt der Priesterin übernommen habe, bin ich einen Teil unserer Bücher durchgegangen. Einen Teil, der seit Ewigkeiten nicht mehr angerührt worden war. Ich habe von einem Engel gelesen, der den Hexenzirkel um einen Zauber gebeten hatte. Dieser Zauber hätte die Engel mächtiger machen sollte, aber da Engel an sich schon stark waren, hätte dies ein großes Opfer erfordert – eines, das mein Zirkel nicht in Betracht gezogen hat. So müssen die Nachtschattenschwestern ins Spiel gekommen sein.«

»Ein Opfer?« Levis Hand verkrampfte sich.

Sie nickte. »Es hat die fünf Erzengel zu Fall gebracht, aber das war kein ausreichender Preis. Der mächtige Zauber hat eine Menge Opfer erfordert. Die Erzengel haben sich in flügellose Engel – Dämonen – verwandelt, und jeder Engel hat seine vorherbestimmte Verbindung verloren. Ihre Seelen haben sich gespalten, und jeder von ihnen hat langsam seine Fähigkeit verloren, zu fühlen.«

Ich dachte an die Zeichnung, die ich in Mutters Bettgestell neben den drei Artefakten entdeckt hatte. Sie und Azbogah hatten sich mit so viel ... Liebe angesehen.

Das konnte nicht sein. Niemand würde freiwillig seinen vorbestimmten Partner aufgeben, und sein eigenes Volk verfluchen, sich grundlegend zu verändern. Azbogah war böse, aber das war unverzeihlich ... wie der Mord an Ophaniel.

Mutter hatte erwähnt, dass Azbogah sich verändert hatte. Könnte der Fluch der Grund für das Ausmaß seiner Veränderung gewesen sein?

»Ich wusste, dass an jenem Tag etwas passiert war. Mein Band zu Marissa war unbeständig geworden und meine Gefühle für sie waren ... abgekühlt. Das ist die einzige Art, wie ich es beschreiben kann. Die Wärme ist verschwunden.« Bunes Gesicht verzog sich vor Schmerz. »Ich konnte immer noch Gefühle empfinden, aber sie waren gedämpft.«

Ich rieb meine Brust, wo mein Band zu Levi pulsierte. Die Wärme, die Bune beschrieben hatte, gab mir das Gefühl, ganz zu sein, und als sie sich abgekühlt hatte, während Levi in der Hölle gewesen war, hatte mich das fast wahnsinnig gemacht. Ich konnte mir nicht vorstellen, wie es wäre, wenn sie verschwand.

Er rieb sein Gesicht. »Als ich sie nach dem Zauber zum ersten Mal gesehen habe, war es das schrecklichste Gefühl, das ich je erlebt hatte. Es war, als wollte meine Seele sie erkennen, konnte es aber nicht. Diese Art von Schmerz hatte ich noch *nie* verspürt.«

»Wie sind du und Mutter dann wieder zusammengekommen?«, fragte Levi, während er näher an mich herantrat. Seine Verwirrung und sein Aufruhr brodelten zwischen uns.

»Aufgrund ihrer Macht als Erzengel war sie in der Lage, unsere Bindung durch ihre Gabe der Stärke zu retten. Sie konnte alles absorbieren, was sie bedrohte, auch Zaubersprüche. Aber Marissa konnte den Verlust ihrer Flügel nicht rückgängig machen, weil der Zauber ihre Form dauerhaft verändert hatte. Sie hätte nie gedacht, dass Azbogah sie so verraten würde.« Bune ließ die Schultern hängen. »Und das war es, was sie letztlich umgebracht hat. Es geschah nach Levis Geburt, als wir alle in der Hölle festsaßen. Alle hatten ihre Emotionen verloren, und das Einzige, was die Dämonen fühlen konnten – und wovon sie lebten –, war Schmerz. Indem sie Marissa töteten, haben sie den einzigen Dämon eliminiert, der stärker war als sie alle. Sie haben ihr beim Sterben zugesehen, während sie sich an ihrem Herzschmerz über ihren Verrat geweidet haben. Danach haben sie dann uns zugesehen, wie wir ohne sie ums Überleben gekämpft haben.«

Meine Brust zog sich zusammen wie eine Faust. »Die Dämonen haben sich also nie entschieden, zu fallen?« Das war so viel schlimmer, als ich es mir je erträumt hatte.

Eine Erinnerung drängte sich in mein Gedächtnis: Ich als kleines Federkind beim Fliegen mit meinem Vater. Glück und Liebe erfüllten mein Herz, und meine Wangen schmerzten vom Lachen.

Viele Jahre später – ich war mittlerweile fünfzig – stand ich vor meinen Eltern und meine Augen brannten. Meiner Mutter liefen die Tränen über das Gesicht, als sie auf meine Seite schaute, wo Eleanor mich verletzt hatte. Ihr Verhalten hatte mich verwirrt, aber eine sanfte Wärme hatte meine Brust durchflutet. Jetzt wusste ich, dass das Liebe gewesen war. Sie war schwach und deutlich geringer gewesen als an jenem Tag, an dem Vater und ich zusammen gespielt hatten.

Als die Erinnerungen in meinem Kopf aufflackerten, wurde mir klar, dass ich mit jedem Jahrhundert gefühlloser geworden war – in den vergangenen fünfhundert Jahren hatte sich kaum etwas verändert. Wir hatten unsere Freude verloren, und damit auch einen Großteil unseres Schmerzes. Das musste der Grund gewesen sein, warum die Engel sich nach Training und sexuellen Begegnungen sehnten – es war das, was dem Fühlen am nächsten kam.

Ein Schmerz des Verlustes überrollte mich und zog mich in die Tiefe. Azbogah hatte beschlossen, unsere vorbestimmten Partner und unsere Gefühle zu zerstören – alles, was uns zu Individuen geformt hatte. Stattdessen waren wir herzlos geworden und hatten unsere Bestimmung verloren.

»Die Erzengel wollten nicht fallen – oder wie wir später genannt wurden, Dämonen werden«, sagte Bune. »Es wurde ihnen und allen, die sich entschieden haben, sich gegen Azbogah zu stellen, aufgezwungen. Es ist langsam vonstattengegangen, während der hundert Jahre, in denen die Dämonen außerhalb der Mauern von Shadow City gelebt haben«, höhnte er und sah dabei zum ersten Mal wie ein Dämon aus. »Selbst das war nicht genug. Die Dämonen hatten ihre Menschlichkeit nicht verloren. Sie blieben entschlossen, die Erde und ihre Brüder – die Engel – zu schützen, koste es, was es wolle, selbst als Azbogah die Mauern errichtet hat, um die Kluft zwischen Gefallenen und Engeln zu vertiefen.«

Ich klammerte mich an Levis Hand. Je mehr Bune erzählte, desto mehr zerbröckelte das Fundament, auf dem ich stand.

Bune holte langsam und gleichmäßig Luft. »Die gefallenen Erzengel haben ihre Waffen aus genau diesem Grund zurückverlangt, denn der Rat hatte die sieben Waffen der Erzengel weggeschlossen, damit sich die anderen Übernatürlichen sicher fühlen konnten. Yelahiah, Pahaliah, Lucifer, Asmodeus, Belaphor, Wrath und Marissa wollten sie nicht hergeben, aber sie haben sich gefügt, weil der ursprüngliche Zweck von Shadow City der gewesen war, einen Zufluchtsort für Übernatürliche zu schaffen. Anstelle der Waffen der fünf gefallenen Engel hat Azbogah ihnen die Klingen von Yelahiah und Pahaliah übergeben, um einen Waffenstillstand zu erreichen und sicherzustellen, dass keine Seite die andere angreift. Azbogah hat sie gewarnt, dass sie der Verbleib auf der Erde weiterhin teuer zu stehen kommen würde. Die Hexe hatte sich als mehr als mächtig erwiesen. Sie hatten ihre zweite Heimat – Shadow City – verloren, ihre Vorbestimmung und ihre Freunde. Sie wollten nicht herausfinden, was Azbogah ihnen und den anderen gefallenen Engeln noch anzutun bereit war, also haben sie die Klingen genommen und zugestimmt, keinen Krieg gegen die Engel zu führen, die Azbogah folgten. Azbogah hingegen hat geschworen, dass kein Engel das Land, das von Shadow City beherrscht wird, verlassen würde. Sie hätten nicht gedacht, dass Azbogah sie erneut verraten könnte. Für einen Blutschwur haben sich die fünf gefallenen Erzengel in die Finger gestochen, um die Vereinbarung zu besiegeln. Als sie Azbogah ihre Hände entgegenstrecken wollten, tropfte ihr Blut auf den Boden. In diesem Moment war die Hexe erschienen. Sie hat das Blut benutzt, um ein Portal zu öffnen, das als Hölle bekannt wurde, und mit dem Blut einen Schlüssel geschaffen. Kein Dämon konnte die Hölle verlassen, es sei denn, der Schlüssel wurde von jemandem aktiviert, der Teil einer vorherbestimmten Verbindung war. Und so sind aus den gefallenen Erzengeln die Prinzen und die Prinzessin der Hölle geworden. Bald, nachdem sie alles verloren hatten, sogar die Erde, ihre Heimat, haben die meisten Dämonen auch ihre Menschlichkeit eingebüßt. Selbst Azbogah war über den Zauber verärgert, denn obwohl er von einem Vorhaben der Hexe gewusst hatte, war ihm das ganze Ausmaß der Vereinbarung nicht klar gewesen.«

Ich konnte mich nur auf zwei Worte konzentrieren.

Der Schlüssel.

Ich konnte kaum atmen, aber ich schaffte es, zu fragen: »Ist es ein Totenkopfschlüssel mit einem Schloss in Form eines Rückgrats?«

Bune erstarrte.

In meinem Kopf wiederholten sich die Worte: *Bitte sag Nein!*

KAPITEL SIEBZEHN

LEVI SPANNTE sich an und zog mich an seine Brust. Er konnte den Aufruhr in mir spüren und musste erkannt haben, dass ich seine Nähe brauchte.

Genau das hatte ich ihm vorhin zu erklären versucht – er war der Einzige, der das für mich tun konnte. Niemals würde ich jemand anderem diese Intimität gestatten, aber bei ihm war es so natürlich wie das Atmen.

Die Erkenntnis, was ich möglicherweise getan hatte, brachte mich an den Rand des Zusammenbruchs. Aber das war keine Option und die Situation würde dadurch nicht besser oder anders werden. Ich musste stark sein, und ich war mir nicht sicher, ob ich das ohne meinen vorherbestimmten Partner an meiner Seite tun konnte. Alle meine anderen Missgeschicke zusammengenommen entsprachen nicht einmal der Hälfte dieser Katastrophe. Ich bekam nicht genug Luft, als wäre der ganze Sauerstoff aus dem Raum verschwunden.

Bune schluckte schwer und stützte sich mit den Ellbogen ab. »So hat Marissa ihn beschrieben. Ich habe ihn nie gesehen, nur Azbogah und die Prinzen der ...«

Sierra räusperte sich und wölbte eine Augenbraue, ohne zu bemerken, dass ich in Panik geriet.

Bune runzelte die Stirn und lehnte sich von ihr weg in Richtung der Tür. »Nur Azbogah und die Prinzen und die *Prinzessin* der Hölle haben ihn gesehen.«

Sie lächelte und zwirbelte das Ende ihres Pferdeschwanzes. »Ich danke dir.«

Was ist los?, fragte Levi, als er mich in seinen Armen umdrehte und eine Haarsträhne zurückschob, die mir ins Gesicht gefallen war. Ich konnte ihm nicht antworten, nicht einmal über unsere Verbindung.

Nein. Ich war nicht bereit, so zu sein. Zeit zu verschwenden, würde den Dämonen einen größeren Vorsprung verschaffen. *Ich werde es allen sagen. Ich werde das nicht zweimal durchstehen können.*

»Nicht jetzt, Sierra.« Cyrus stöhnte. »Du kannst den Scheiß ein anderes Mal abziehen.«

»Aber ...«, setzte Sierra an.

Killian unterbrach sie. »Er hat recht. Wir reden hier über einen bevorstehenden Krieg, der seit Jahrhunderten vorbereitet wird. Deine feministischen Tendenzen sind willkommen, nachdem wir die Themen angesprochen haben, in denen es um den Fortbestand der Erde geht. Hast du das verstanden?«

Ihre grauen Augen verdunkelten sich, aber sie schwieg.

Killian wurde normalerweise nicht so barsch gegenüber Sierra, und während ich meine Lunge zwang, sich langsam zu füllen, wandte ich mich wieder der größeren Gruppe zu. Ich stellte fest, dass Killian, Annie und Cyrus sich ganz auf mich konzentrierten – sie wussten, dass etwas nicht stimmte.

»Woher weißt du, wie er aussieht?«, fragte Eliza. Sie

blinzelte mich an, als würde ihr das helfen, die Antwort schneller zu finden.

»Weil der Schlüssel zu den Artefakten gehört, die Azbogah im Haus meiner Eltern platziert hat.« Ich öffnete meine Hand, die Handfläche zeigte nach oben. »Ich habe ihn zusammen mit einem goldenen Ring und einem einzelnen Rubin herausgetragen.«

Circe atmete aus und hob eine Hand. »Vielleicht war es eine Nachbildung, um die Engel glauben zu machen, es sei der Schlüssel zur Hölle.«

Das war der beste Fall, aber wie immer war das Schicksal nicht auf unserer Seite. »Das war er nicht.«

Levi versteifte sich noch mehr. »Woher weißt du das?«

»Weil er mir einen elektrischen Schlag verpasst hat, als ich ihn in die Hand genommen habe.« Ich schloss meine Hand und zog Kreise auf meiner Handfläche. »Es war nicht schmerzhaft, aber es hat mich erschreckt.«

Schnaubend ballte Zagan seine Hände zu Fäusten. »Natürlich hat es das.«

Verärgerung flammte in Levi auf, und er machte einen Schritt in die Richtung seines Freundes, aber ich zog ihn zurück. Ich verband mich mit ihm: *Wir sind alle emotional und er hat Angst. Er möchte keinen Streit anzetteln. Wir müssen uns konzentrieren.*

Gut, aber nur, weil du recht hast. Wenn er so weitermacht, darf ich ihm in den Arsch treten, antwortete er.

Ich nickte. Das war für mich in Ordnung. Er musste lernen, dass er sich nicht alles gefallen lassen konnte, und die Worte seines Freundes dieses Mal durchgehen zu lassen, war gnädig genug.

»Hör auf damit, Zagan! Wir sind alle auf einer Seite«, sagte Bune und ließ den Kopf hängen. »Aber das erklärt, warum die Dämonen beschworen worden sind, während wir dort unten waren. Andernfalls wären wir nicht so leicht wieder herausgekommen. Ich habe es für einen Segen gehalten, aber ...« Er musste nichts weiter sagen.

Wir waren uns einig: Nichts lief je nach unseren Interessen.

Levi lachte bitte. *Ich dachte, das Schicksal sei ausnahmsweise auf unserer Seite.*

Ich hatte nie geglaubt, dass das Schicksal unbarmherzig war, aber allmählich änderte ich meine Meinung. Jede Person in unserer Kerngruppe versuchte, das Richtige zu tun. Wir wollten, dass die Welt ein besserer Ort für *alle* wurde – auch für die Menschen –, aber wir hatten einen Kampf nach dem anderen zu bestehen, um unseren Wert zu beweisen.

Ich wurde ruhig und konnte leichter atmen. Jede Person, die je etwas bewegt hatte, war mit astronomisch kleinen Chancen konfrontiert gewesen. Mit der Ruhe kam Klarheit, und mein Gefühl der Niederlage verschwand.

Das Schicksal ist auf unserer Seite, aber wir müssen beweisen, dass wir würdig sind, etwas zu bewirken. Als ich diese Worte über unsere Verbindung sprach, gab mir das neue Kraft.

Mein Kopf wurde klar und die Logik setzte sich endlich durch. Emotionen waren wunderbar, aber sie konnten auch irrational machen, wenn man nicht richtig damit umging. Vielleicht war das der Grund, warum Engel ihre Emotionen verloren hatten, damit wir uns, wenn es an der Zeit war, die Gunst der Stunde zurückzugewinnen, daran erinnern konnten, sie objektiv zu betrachten. Ich hatte immer daran geglaubt, dass es für alles einen Grund gab, und ich konnte diesen Glauben nicht ignorieren, nur weil die Zeiten schwierig waren.

»Könntest du die Geschichte zu Ende erzählen?«, fragte

ich Bune. »Du hast gesagt, dass die Prinzen ihre Menschlichkeit nicht verloren haben, während sie auf der Erde waren. Wann ist es passiert? Und was ist mit den Dämonenwölfen?« Wir mussten uns auf die Fakten konzentrieren.

Bune nickte und rieb sich die Hände an seinen Jeans ab. »Azbogahs letzter Akt des völligen Verrats bestand darin, sie dazu zu bringen, sich einer anderen Dimension zu verschreiben. Die anderen Dämonen sind ihren Anführern in das Portal gefolgt. Nicht, dass sie hätten zurückbleiben wollen, um abermals von Azbogah verraten zu werden.«

»Warte – du warst damals noch ein Engel«, sagte Killian und verschränkte die Arme. »Warum bist du in die Hölle gegangen?«

Er vertraute den Dämonen noch nicht. Wenn ich nicht mit Levi verbunden wäre und die Essenz anderer Person lesen könnte, hätte ich es vielleicht auch nicht getan. Und wenn ich die Situation pragmatisch aus der Sicht eines normalen Wolfswandlers betrachtete, hatte Levi eine Menge getan, um zu beweisen, dass er nicht vertrauenswürdig war. Ich konnte Killian keinen Vorwurf machen.

Die Silberwölfe und Annie konnten Essenzen lesen, und Hexen konnten die Absichten aufgrund ihres Einflusses auf ihre Magie und Seele erkennen. Leider mussten Killian, Sierra und Alex sich auf Fakten stützen, um sich eine Meinung zu bilden. Der einzige Vorteil, den Alex gegenüber den anderen beiden hatte, war, dass Ronnie Essenzen wahrnehmen und er ihre Gefühle durch ihr Band spüren konnte, was ihm mehr Einblick verschaffte.

»Als sie gegangen sind, hat sich unser Band auf ein unnatürliches Maß abgekühlt. Da war so viel Schmerz.« Bune rieb seine Brust und blickte zu Boden. »Ich ... ich habe sie für tot gehalten – diese Art von Schmerz konnte nichts anderes bedeutet haben.« Seine Stimme versagte. »Aber ich habe mich geirrt. So sehr.«

Tränen brannten in meinen Augen. Ich hatte fast den Verstand verloren, als ich gedacht hatte, Levi hätte mich verlassen, und als ich seinen Schmerz in der Hölle erlebt hatte, war es unerträglich gewesen. Ich verstand die Qualen, die Bune beschrieb. Sie waren schlimmer als jeder körperliche Schmerz, den ich je erlebt hatte, einschließlich meiner Verletzungen durch die Explosion. Die Tatsache, dass er sie verloren hatte, aber dennoch mit intakter Menschlichkeit hier stand, sprach für seine unbeugsame Stärke – eine Stärke, von der ich gern glauben würde, dass ich sie hätte. Aber ich hoffte, dass ich das nie herausfinden musste.

Selbst Sierra hatte genug Verstand, um zu schweigen.

Er hat mir diese Geschichte nie erzählt, meinte Levi. *Ich habe mich immer gewundert, aber als ich alt genug war, um neugierig zu sein, war Mutter bereits tot. Und er hat immer dichtgemacht, wenn ich von ihr gesprochen habe.*

Elizas Unterlippe zitterte und sie hob schniefend ihr Kinn. Von allen hier konnten sie und Midnight den Schmerz über den Verlust eines Gefährten verstehen, obwohl Midnight ihren wahren Gefährten nicht verloren hatte. Eine Hexe hatte ein schicksalhaftes, paarungsähnliches Band zwischen ihr und Tate – Annies Vater, dem ehemaligen Alpha des Dämonenwolfsrudels – geknüpft. Bei seinem Tod hatte sie die gleiche Art von Verlust erlebt, aber sie hatte Trost in ihrer Tochter und ihrem zukünftigen Enkelkind gefunden.

Es muss zu hart gewesen sein. Ich kann mir nicht vorstellen, in einem Universum zu leben, in dem du nicht an meiner Seite bist – und noch schlimmer, darüber reden zu müssen. Der Schmerz wäre lähmend, und ich wette, er wäre schrecklicher, als ich es mir vorstellen konnte.

Wärme breitete sich in meiner Brust aus. Levi trat hinter mich und drückte seine Lippen auf meinen Hinterkopf, als er antwortete: *Ja, jetzt verstehe ich es, aber damals war mir das nicht möglich.*

Glücklicherweise lebten meine beiden Eltern noch, sodass alle meine Fragen beantwortet werden konnten. Trotzdem zog sich mein Herz zusammen, weil er das nicht hatte erleben dürfen. *Jetzt bekommst du deine Antworten.* Leider hatte Bune nicht die Möglichkeit, zu schweigen. Schließlich mussten wir herausfinden, was geschehen war, und die beste Strategie finden, um einen katastrophalen Krieg zu verhindern.

Um ihm zu helfen, erzählte ich weiter und versuchte, ihn aus der schrecklichen Erinnerung zu reißen. »Ich nehme an, du bist nach Shadow Terrace geeilt?« Genau das hätte ich getan. Nichts hätte mich davon abgehalten, Levi zu finden, tot oder lebendig.

Er nickte. »Ja. Ich habe Azbogah und die Hexe entdeckt. Sie haben versucht, zu vertuschen, was sie getan haben. Sie hatten alle Vampire versammelt und behaupteten, ihre Erschaffer hätten sie im Stich gelassen. Aber ich habe nur gehört, dass sie noch am Leben sind. Ich habe verlangt, zu erfahren, wo sie ist, und da hat die Hexe erkannt, dass ihr Bannzauber zwischen Marissa und mir gelöst worden war. Ich weiß nicht, wie ...«

»Magie hat eine Signatur.« Elizas Lippen kräuselten sich vor Abscheu. »Wenn das, was du gesagt hast, stimmt, hatte jeder Engel mit einer Vorbestimmung die magische Essenz des Zaubers an sich haften. So konnten die Bindungen unterbrochen bleiben. Sie hat es in dem

Moment, in dem du wie ein Gefährte reagiert hast, gewusst. Sie hat den Zauber an dir nicht spüren können.«

Mir wurde flau im Magen. Wenn die Prinzen und die Prinzessin die Hölle nicht verlassen konnten, ohne dass der Schlüssel aktiviert wurde, dann konnten die Engel Shadow City nicht verlassen, ohne einen Aufstand in der Hölle zu riskieren. Azbogah musste das wissen, aber er hatte das Abkommen mit den Prinzen und der Prinzessin gebraucht, um nicht zu lügen. Sowohl mein Kopf als auch mein Herz schrien, dass er das Fortgehen der Engel nicht gewollt hatte – vor allem nicht das derjenigen, von denen er gewusst hatte, dass sie vorherbestimmte Partner hatten –, weil eine außenstehende Hexe Fragen hätte stellen können, wenn sie die Magie einer anderen Hexe an ihnen gespürt hätte. Das musste der Grund gewesen sein, warum ich einer der wenigen Engel war, die die Universität besuchen durften – ich war noch nicht am Leben gewesen, als der Zauber, der die vorherbestimmten Bande durchtrennt hatte, gesprochen worden war.

All die Lügen und Manipulationen hatten früher begonnen, als es Mutter bewusst gewesen war. Die tausend Jahre, in denen Azbogah nicht als Anführer angesehen worden war, weil er Ophaniel getötet hatte, waren eine Möglichkeit für ihn gewesen, für seine Fehleinschätzung zu büßen. Er hatte stets die Kontrolle behalten, wir hatten es nur nicht gemerkt.

»Wenigstens ist damit eine Frage beantwortet, die ich mir schon immer gestellt habe.« Bune schüttelte den Kopf und atmete aus. »Jedenfalls hat die Hexe gesagt, dass es für den Zugang zu einer anderen Dimension ein Portal geben muss. Das ist es, was die Dämonenwölfe beschützen müssen. Jede Magie hat ihren Preis, und der Preis dieses Zaubers war, die Gefallenen an eine andere Dimension zu binden. Die Prinzen der Hölle und jeder Dämon, der eine Bedrohung darstellt, können sie nicht verlassen.«

Wir hatten von dem Portal erfahren, als wir gegen das Dämonenrudel gekämpft hatten, und jetzt, da Annie der Alpha der Dämonenwolfslinie war, fühlte sie sich zu dem Portal hingezogen, das sich in unserer Nähe geöffnet hatte. Wenn ein Teil des Zaubers die Öffnung eines Portals erforderte, ergab es Sinn, dass sich ein Portal anderswo auf der Welt geöffnet hatte, nachdem Eliza und die anderen das Portal am Ort des Dämonenrudels geschlossen hatten. Und ich glaubte nicht an Zufälle, also musste die Öffnung des Portals in der Nähe von Shadow City von Anfang an der göttliche Plan des Schicksals gewesen sein.

Circe starrte an die Decke. »Jede Magie erfordert ein Gleichgewicht. Jeder Zauber erfordert einen Preis – Blut, Liebe, Kräuter ... die Liste ist endlos lang. Wenn man kein Opfer darbringt, entscheidet die Magie darüber. Das Portal hat die Dinge ausgeglichen. Ich nehme an, da Azbogah und die Hexe die Prinzen und die Prinzessin der Hölle isoliert wissen wollten, war der Preis des Zaubers, ihnen ein Portal offen zu lassen, durch das sie auf die Erde zurückkehren konnten.«

»Offenbar hat sie Azbogah nicht gewarnt, dass die gefallenen Erzengel verschwinden würden. Als er sie gefragt hat, wohin sie gegangen sind, hat sie ihm erklärt, dass sie in eine andere Dimension geschickt worden sind. Er war so wütend. Er hatte gedacht, sie wären irgendwo auf der Erde in Sicherheit.« Bune lächelte. »Es war die Strafe für seinen Verrat, und er hat gesagt, wenn ich mich entscheide, bei Marissa zu bleiben, kann ich nicht zu seinem Volk gehören. Also habe ich mich entschieden, meiner Liebe zu folgen und bin gefallen. Ich habe nicht gezögert. Marissa hatte dieses Schicksal nicht verdient, und ich wollte kein Leben ohne sie. Ich konnte ja nicht wissen, was aus der Hölle werden würde.«

Das klang ominös. Vielleicht hatten die Dämonen ihre Menschlichkeit auf der Erde nicht verloren, aber als sie in die Hölle gekommen waren, war etwas Schreckliches passiert. Und nachdem Azbogah ihnen das angetan hatte ... Natürlich dachten sie, die Engel stünden hinter ihm. Ich würde uns auch hassen, und Azbogah hatte ein unheimliches Talent dafür, als Retter statt als Feind zu erscheinen. Dafür respektierte und verachtete ich ihn zugleich.

»Was ist mit den Dämonenwölfen?«, fragte Annie, während sie näher an Cyrus heranrückte und Midnights Hand hielt. »Sie sind doch Teil der Geschichte, oder?«

»Sind wir sicher, dass wir ihnen alles erzählen sollten?« Zagan klopfte mit den Fingern auf seine Beine.

Sierra drehte den Kopf in seine Richtung, schlug die Beine übereinander und sagte: »Warum auch nicht? Es sei denn, du willst zurück zu den Prinzen und der Prinzessin der Hölle geschickt werden. Ich bin sicher, sie würden gern wissen, dass du dich mit uns herumgetrieben hast, anstatt zu melden, dass ihr Geliebter tot ist.«

Er runzelte die Stirn.

»Es hat keinen Sinn, es ihnen nicht zu sagen. Rosemary ist Levis Gefährtin, und das hier sind ihre Freunde.« Bune breitete seine Hände vor sich aus. »Hier fühle ich mich mehr zu Hause als irgendwo sonst im letzten Jahrtausend. Du kannst zurückgehen und dich foltern lassen oder versuchen, einen Weg zu finden, *hier* in Frieden zu leben.«

Zagan musste sich in unsere Gruppe integrieren. Ich verstand jetzt, dass die Engel die Dämonen verraten und in die Hölle gebracht hatten, aber wir hatten das nicht *gewollt*. Wir hatten Azbogah erlaubt, es zu tun, ohne ihn zu hinterfragen. »Ich verstehe, warum du uns nicht vertraust«, sagte ich. »Das ist in Ordnung. Wir trauen dir auch nicht. Aber wir haben einen gemeinsamen Feind.«

»Ach, wirklich?« Zagan schnaubte. »Und wer ist das? Die Prinzen der Hölle? Sie mögen zwar Peiniger sein, aber sie haben mich noch nie belogen oder verraten.«

»Nein, sie haben nur deine Eltern umgebracht«, schnaubte Levi.

Zagan wich zurück. »Und ich dachte, wir wären Freunde.«

»Hör auf!«, knurrte Levi und drängte sich vor mich. »Du verhältst dich wie ein Arsch gegenüber meiner *vorbestimmten Partnerin*, der wichtigsten Person in meinem Leben. Sie und ihre Freunde haben nichts getan, um deinen Hass zu verdienen. Sicher, sie trauen dir nicht, aber kannst du es ihnen verdenken?«

Ich drehte mich um Levi. »Ja, die Prinzen der Hölle sind unsere Feinde, aber *das ist Azbogah auch.* Die Engel, einschließlich meiner Mutter, hatten keine Ahnung, was hier vor sich geht. Hätten sie es gewusst, wären die Dinge anders gelaufen. Wir können uns also entweder weiter bekämpfen oder wir können unsere Zeit und Energie darauf konzentrieren, einen Krieg zu verhindern. Brauchen wir noch mehr sinnlose Tode auf beiden Seiten unserer Art?«

»Sie hat recht. Es hat keinen Sinn, so zu tun, als wären Dämonen nicht wie wir anderen.« Annie deutete auf die Gruppe. »Ich bin eine Dämonenwölfin, schwanger mit dem Baby eines Silberwolfs. Ronnie ist ein Vampir und die Enkelin von Wrath. Die Kluft zwischen den Übernatürlichen ist sehr gering, wenn man sich alle in diesem Raum ansieht.«

»Du bist ein Dämonenwolf?«, fragte Levi und drehte

sich zu mir um. *Warum hast du mir das nicht gesagt?* Sein Schmerz traf mich wie ein Schlag in die Magengrube.

Mit schmerzender Brust legte ich eine Hand auf seinen Arm. *Am Anfang haben wir versucht, es vor dir zu verheimlichen, aber als die Dinge zwischen uns beständiger geworden sind ... habe ich vergessen, dass du es nicht weißt.* Es war keine Absicht. Ich hasste es, dass ich ihn so hatte fühlen lassen, und ich wünschte, ich könnte die Zeit zurückdrehen.

Ich machte mich auf seine Wut gefasst, als er in meinen Augen nach etwas suchte. Als sich seine Gefühle beruhigt hatten, sagte er: *Das ist verständlich.*

Ich brauchte eine Sekunde, um seine Worte zu verarbeiten, aber seine Reaktion bewies, dass unsere Beziehung einen weiten Weg zurückgelegt hatte.

»Ja. Deshalb möchte ich meine Geschichte verstehen«, sagte Annie, während sie ihren Kopf auf Cyrus' Arm legte. »Nicht, dass es etwas ändern würde, aber ich möchte es wissen.«

Midnight schnitt eine Grimasse. »Tate hat nicht viel mit mir geteilt. Das Dämonenrudel hat die Informationen auf die männlichen Dämonenwölfe beschränkt und den Gefährtinnen nichts mitgeteilt.«

Gefährtinnen war übertrieben. Die meisten Frauen waren zu Partnerschaften gezwungen worden, da das Dämonenwolfsrudel in Isolation gelebt hatte. Wann immer sie über eine Frau gestolpert sind, die sie für einen guten Sandsack gehalten hatten, war diese gezwungen worden, Teil des Rudels zu werden.

»Genau wie die Dämonen waren auch die Dämonenwölfe vor der Hölle gut. Mit dem Verderben der Dämonen waren sie entschlossen, die Wölfe, die sie beschützten, ebenfalls zu zerstören.« Bune stand auf und rieb seinen

Nacken. »Belaphor war der Vater der Dämonenwölfe. Er hat sich in eine Wolfswandlerin aus einem nahe gelegenen Rudel verliebt, etwa ein Jahr, nachdem er seine vorbestimmte Partnerin und seine Flügel verloren hatte. Damals hatten wir noch Gefühle, und er war auf der Suche nach einer Möglichkeit, die Leere zu füllen, die der Verlust seiner Vorherbestimmung hinterlassen hatte. Sie haben ihre Affäre eine Weile fortgesetzt, und nach ein paar Jahren ist sie schwanger geworden. Gleichzeitig ist auch die Wolfswandlerin mit Ophaniels Kind schwanger geworden. Die Wölfin ist bei ihrem Rudel geblieben, da Belaphor ihre Beziehung weder vor den Gefallenen noch vor ihrem Rudel geheim gehalten hatte. Belaphor hat allerdings versucht, zu vermeiden, dass Azbogah von ihrer Beziehung und vor allem von ihrem Kind und seinen Nachkommen erfährt. Er hatte davon gehört, wie Azbogah auf die Silberwölfe reagiert hatte. So haben die Engel nie etwas über ihre gefallene Wolfswandler-Verwandtschaft erfahren. Die Hexe hat mir gesagt, dass mich ein Wolf zum Portal führen würde, also bin ich gegangen, ohne weitere Fragen zu stellen. Ich wusste von dem Dämonenwolf, weil Marissa mir alles erzählt hatte. Auf meinem Weg zum Portal habe ich sieben Dämonenwölfe aus mindestens drei Generationen angetroffen, die ihr Rudel verlassen hatten. Sie hatten sich von ihrem Rudel getrennt und waren gezwungen, dem Lockruf zum Portal zu folgen.«

Diese Informationen hätten wir schon vor Äonen gebrauchen können, aber ich war froh, dass wir sie jetzt endlich erhielten. Besser spät als nie, zumindest hoffte ich das.

»Das muss der Grund sein, warum ich spüren kann, wenn Dämonen aus dem Portal kommen und gehen, jetzt, da ich der Alpha des Dämonenwolfsrudels bin«, sagte

Annie. »Zuerst war mein Wolf unterdrückt, dann habe ich mich sofort mit Cyrus verbunden und bin Teil des Silberwolfsrudels geworden.« Sie rieb ihre Arme. »Aber eine letzte Frage – warum hat mein Vater mich einem Prinzen der Hölle versprochen? Ich habe nie eine Antwort bekommen.«

Zagan schürzte die Lippen. »*Du* bist also diejenige, die Asmodeus versprochen war.«

»Wem?« Cyrus räusperte sich. Seine Augen glühten, weil sein Wolf nach vorn drängte.

Bune setzte sich wieder auf seinen Platz, aber sein Bein wippte. »Der Prinz der Hölle, dessen Macht sich von Liebe zu Lust gewandelt hat, kann die Anziehungskraft und die sexuellen Beziehungen anderer manipulieren. Alle ein oder zwei Jahrhunderte wird dem Alpha des Dämonenrudels ein Mädchen geboren, das das Gute in sich trägt. Wenn der Alpha seine Tochter an Asmodeus übergibt, kann er ihre ... äh ... *Beziehung* ... nutzen, um seine negative Energie so weit zu absorbieren, dass er durch das Portal schlüpfen und die Erde unentdeckt betreten kann. Er hätte Marissas Dämonenschwert zurückholen sollen, indem er seinen Einfluss auf jemanden ausübt, der in die Stadt gehen kann. Als Tate jedoch gestorben ist und sich das Portal geschlossen hat, ist diese Aufgabe auf Levi übergegangen, weil er in der Lage war, unentdeckt auf die Erde zu kommen. Er ist nicht gefallen und einer der wenigen, die sich um ihren Vater scheren, also haben sie mich als Druckmittel benutzt.«

»Dann werde ich derjenige sein, der Asmodeus in den Arsch tritt.« Cyrus' Nasenlöcher weiteten sich. »Er wird keine Gelegenheit haben, sie auch nur anzuschauen.«

Es gab eine Frage, auf die niemand eine Antwort wusste, aber wir konnten sie zumindest diskutieren. »Wenn die Prinzen also wissen, dass sie durch das Portal kommen können ... Wann glauben wir, dass sie das tun werden?«, fragte ich.

»Sie sind noch nicht bereit«, antwortete Eliza. »Sie waren noch mitten in der Planung, als sie versucht haben, meinen Geist zu brechen, damit ich den Zauber wirke.«

Killian wandte sich vom Fenster ab und sah uns an. »Welchen Zauber wollten sie denn von dir?«

Levi griff nach der Waffe, die an seine Seite geschnallt war. »Ich habe nie verstanden, wie sie das Schwert benutzen wollten.«

»Da deine Mutter der Erzengel der Stärke war, wollten sie die neutralisierenden Fähigkeiten des Schwertes nutzen, um den Bann zu brechen, der ihnen auferlegt wurde, um unentdeckt auf die Erde zu kommen.« Elizas Gesicht war von Entsetzen gezeichnet. »Obwohl dieser Teil ihres Plans nicht funktionieren wird, weiß ich, was sie vorhaben. Wir müssen bereit sein.«

Sie musste nicht sagen, was ihr Plan war. Es war offensichtlich – Krieg.

Plötzlich verkrampften sich Cyrus, Killian und Annie. Ihre Augen glühten. Als Annie mich ansah, wusste ich, dass etwas gewaltig schieflief.

KAPITEL ACHTZEHN

ICH WOLLTE die Augen schließen und dem, was jetzt kam, entfliehen. In den vergangenen vierundzwanzig Stunden war so viel passiert, und wir waren mit einer Menge Informationen überhäuft worden. Ich benötigte einen Moment, um alles zu verarbeiten, damit wir in der Eile keine falschen Entscheidungen trafen.

Das Schicksal wollte uns diese Zeit jedoch nicht gewähren, also war ein Hinauszögern nicht nur undurchführbar, sondern unmöglich. »Was ist los?«

Killians Unterkiefer zuckte, als er wieder aus dem Fenster starrte. »Die Engel wissen, dass ein Dämon in der Stadt war.«

»Woher?« Bune rieb seine Schläfen.

Levi lachte trocken. »Weil ich das Schwert benutzt habe.«

Die Heftigkeit seiner Angst pulsierte durch unsere Verbindung.

»Du hast *was* getan?« Bune erblasste.

Meine Beschützerinstinkte kamen zum Vorschein, als ich mich vor Levi drängte. »Er hat nichts falsch gemacht.

Wir wären sonst nicht aus der Stadt herausgekommen, und dann hätten sie nicht nur Luna und mich zurück ins Gefängnis gesteckt, sondern auch Eliza und Levi.«

»Sie hat recht«, sagte Eliza, während sie Levis andere Seite flankierte. »Die Hexen haben uns eingekesselt, während sie mich mit ihrer Magie angegriffen haben. Wir sind kaum rausgekommen, und er hat so lange gewartet, bis er keine andere Möglichkeit mehr gesehen hat.«

Selbst dann waren wir mit knapper Not entkommen, aber mir wurde klar, dass wir nicht alle über die ganze Situation informiert hatten, da Sierra so sehr auf Lunas Anwesenheit konzentriert gewesen war. Das war es, was ich Sterlyn und den anderen hatte sagen wollen, bevor sie gegangen waren.

Verdammt!

»Kann sich einer von euch mit Sterlyn verbinden, während Killian sich mit Griffin verbindet?«, fragte ich. Es gab weiterhin drei verschiedene Wolfsrudel, also mussten wir uns aufteilen. Wenn das alles geklärt war, könnten sie sich vielleicht zusammenschließen. »Wir müssen euch auf den neuesten Stand bringen. Sterlyn und Griffin können Alex und Ronnie informieren, sobald sie die Gelegenheit dazu haben.«

»Ich werde mich sofort mit ihr in Verbindung setzen«, sagte Cyrus, während seine Iriden aufleuchteten.

Als Killian nickte, erzählte ich alles, was sich während meiner Zeit in Shadow City ereignet hatte, wobei ich mich mehr auf die Flucht konzentrierte, da Levi und ich die ganze Zeit, in der ich eingesperrt gewesen war, miteinander kommuniziert hatten und sie das meiste davon wussten. Eliza und Levi fügten Informationen oder Klarstellungen hinzu, und als wir alle fertig waren, war es kurzzeitig still im Raum.

Sierra blinzelte und richtete ihren Pferdeschwanz. »Bei den Göttern! Das ist intensiver als jeder Film, den ich je gesehen habe. Dieses Dämonenschwert ist krass.«

Killian stöhnte auf. »Sierra, *nicht* hilfreich.«

»Wir müssen an deinem Schweigen arbeiten.« Cyrus rollte mit den Augen.

Sie hob die Hände. »Es tut mir leid, aber es ist wahr. Das war eine Kernschmelze nach der anderen.«

»Kernschmelze?« Manchmal fragte ich mich, wie sie auf diese willkürlichen Schlussfolgerungen kam. »Ich weiß, dass du noch nie in der Stadt warst, aber wir haben keine Kernkraftwerke.«

Alle starrten mich an, als wäre ich die Seltsame. Alle, außer Bune, Levi und Zagan. Wenigstens war ich nicht die Einzige, die ihre Umgangssprache nicht verstand.

Wie immer kam mir Killian zu Hilfe. »Es ist eine Redewendung, die verwendet wird, wenn viele Desaster nacheinander eingetreten sind.«

»Warum hat sie das dann nicht gleich gesagt?« Zagan presste eine Hand auf seinen Bauch.

Vielleicht war er doch nicht so übel, wie ich ursprünglich gedacht hatte.

»Das spielt keine Rolle, denn ihr habt alle getan, was ihr tun musstet.« Annie bemühte sich, aufzustehen, und lenkte unsere Aufmerksamkeit auf sich.

Cyrus gluckste liebenswürdig, als er seiner Gefährtin auf die Beine half. Einen Moment lang schien es so, als wäre in seiner Welt alles in Ordnung, doch so schnell wie der Moment gekommen war, verschwand er auch wieder und er runzelte die Stirn. Vielleicht war ihm klar geworden, dass Annie und sein ungeborenes Kind mehr denn je gefährdet waren. Wenn die Dämonen angriffen und siegten, würde die Erde nicht mehr dieselbe sein, und es machte mir Angst, mir vorzustellen, dass ihr Baby in einer solchen Welt aufwachsen würde. Er musste wie versteinert sein.

Als Annie sich endlich aufgerappelt hatte, watschelte sie zu Levi hinüber und legte ihre Hände auf seine Schultern. »Und es gibt nichts, wofür du dich schämen müsstest.« Dann drehte sie sich zu Bune um.

»Sie hat recht.« Bune lehnte seinen Kopf zurück auf die Couch. »Von hier an wird es nur noch schlimmer. Dieser Krieg braut sich schon seit über einem Jahrtausend zusammen.«

Zagan stützte seinen Kopf in die Hände. »Nicht einmal eine Rückkehr in die Hölle würde dies aufhalten.«

»Korrekt. Es ist also das Beste, wenn du an Bord kommst«, sagte Levi, während er über Annies Schulter blickte, sich dann auf sie konzentrierte und ein Lächeln erzwang. »Und ich danke dir. Die Unterstützung von einer von Roseys Freundinnen zu haben ...« Seine Stimme wurde emotionaler und Wärme breitete sich in unserer Verbindung aus. »Das bedeutet mir sehr viel.«

»Du bist jetzt mehr als ein Freund.« Eliza tätschelte seinen Unterarm. »Du und dein Vater habt euer Leben riskiert, um mich aus der Hölle zu befreien. Dann hast du dich weiter in Gefahr begeben, um uns in Shadow City zu beschützen. Ich fühle mich geehrt, dich als Freund und Familienmitglied bezeichnen zu dürfen. Schließlich sind wir genau das geworden. Manchmal wird eine Familie über das Blut hinaus geschmiedet. Annie, Ronnie und Cyrus haben mich das gelehrt.«

Ihre Worte rührten mich, und ich warf einen Blick auf Circe und fragte mich, wie sie diese Bemerkung wohl aufgenommen hatte. Obwohl Eliza nichts Negatives über sie und den Hexenzirkel gesagt hatte, wusste ich aus erster Hand, dass Gefühle manchmal nicht rational waren.

Circe nickte. »Genau meine Meinung. Ich bin froh, dass ich nicht nur meine Mutter wiedergefunden, sondern auch zwei Schwestern dazubekommen und euch kennengelernt habe.«

»Heißt das, ihr bleibt und kämpft mit uns?« Killians Iriden wurden so hell wie Milchschokolade.

Auch meine Brust füllte sich mit Hoffnung, denn wir benötigten jede Hilfe, die wir bekommen konnten. Ich wollte sie drängen, zu bleiben, aber sie mussten die Entscheidung selbst treffen. Wenn wir sie unter Druck setzten und etwas Schreckliches passierte, könnte das zu einer Spaltung zwischen unseren Gruppen führen, und Annie, Ronnie und Eliza hatten etwas Besseres verdient als das.

»Sie können nach Hause gehen. Ich werde zurückbleiben und helfen.« Eliza rieb ihre Hände aneinander, bevor sie ihre graue Hose glattstrich. »Die Nachtschattenschwestern wissen bereits über mich Bescheid, und ich bin es leid, mich zu verstecken.«

Circe straffte die Schultern. »Wir werden uns nicht wieder trennen, Mom, und ich bin alt und stark genug, um meine eigenen Entscheidungen zu treffen. Auch ich werde bleiben und an eurer Seite kämpfen, aber ich werde kein Mitglied des Hexenzirkels dazu zwingen. Sie müssen selbst entscheiden. Wenn es zum Krieg kommt, wie es die Geschichte vorsieht, wird er gefährlich sein, und ich werde niemanden zwingen, zu bleiben und zu kämpfen.«

»Nein. Auf keinen Fall.« Die Sehnen in Elizas Nacken spannten sich an. »Du, Aurora und die anderen sollten mit Annie zurückgehen. Sie ist schwanger und kann jeden Moment gebären, also muss eine Hexe zurückbleiben, um ihr bei der Geburt zu helfen. Sie bringt einen Silberwolf zur Welt.«

Cyrus strahlte. »Das klingt nach einem *ausgezeichneten* ...«

Annie wirbelte zu ihm herum. »*Wage* es nicht, den Satz zu beenden!«

Er wandte den Blick ab. »Es ist keine schlechte Idee. Sag es ihr, Midnight!«

»Mom ...«, setzte Annie an.

Midnight hob eine Hand. »Ich würde Annie nie sagen, was sie zu tun hat. Und das solltest du auch nicht tun.« Sie lehnte sich über den Platz, auf dem Annie gesessen hatte, und berührte Cyrus' Oberarm. »Ich weiß, dass du sie beschützen willst, aber sie ist deine Gefährtin, dir ebenbürtig und ein eigenständiger Alpha. In den vergangenen zwanzig Jahren habe ich meinen Gefährten in jeglicher Hinsicht um Erlaubnis bitten müssen, auch beim Essen. Auch wenn das, was du tust, aus Liebe geschieht, ist sie eine eigenständige Person. Jeder sollte dafür respektiert werden, den Mut zu haben, das zu tun, was sich für ihn am besten anfühlt, auch wenn es nicht das ist, was wir von ihm erwarten.«

Ihre Worte waren einfach, aber weise. Sterblichen fiel es manchmal schwer, dies zu verstehen, mehr noch als Unsterblichen. Sterbliche hatten nur eine begrenzte Zeit auf Erden und jede Sekunde brachte sie dem Tod näher. Obwohl dies eine morbide Denkweise war, mussten sie um jeden Augenblick kämpfen, den sie hatten, und wenn sie sich in Gefahr begaben, riskierten sie, ihr Leben zu verkürzen.

Engel waren nicht annähernd so vorsichtig. Wir konnten fast alles heilen und überleben, solange es kein tödlicher Schlag war. Obwohl wir es nicht mochten, unsere

Liebsten in Gefahr zu bringen, war die Angst davor nicht ganz so groß.

»Ich gehe nicht.« Annie wippte mit erhobenem Kopf auf ihren Fersen zurück. »Versteh mich nicht falsch, ich werde das Baby nicht riskieren und direkt in den Kampf ziehen. Aber ich verlasse meinen *Gefährten* und meine Familie nicht.«

Circe lächelte. »Ich bleibe ebenfalls. Ich werde mit dem Hexenzirkel sprechen, aber ich habe das Gefühl, dass diejenigen, die bereits hier sind, bleiben werden. Auch Aurora.« Sie hob eine Augenbraue und funkelte ihre Mutter an.

Ihr Standpunkt war klar – sie würde ihrer Tochter die Entscheidung überlassen.

Eliza schnaubte und biss die Zähne zusammen. »Gut, dann begeben sich eben alle, die ich liebe, in Gefahr.«

»Dir ist doch klar, dass wir dich auch alle lieben, oder? Und wir machen dir nicht die Hölle heiß, weil du bleibst.« Annie stemmte eine Hand in die Hüfte und starrte Eliza an.

Wie ist diese Gruppe überhaupt zustande gekommen?, fragte Levi, während er neben mich trat.

Wenn die Geschichte nur einfach zu teilen wäre. *Ich werde dir später alles erzählen.* Im Moment mussten wir aufhören, über Gefühle zu reden. »Jetzt, da wir wissen, dass einige der Hexen bleiben werden, sollten wir einen Plan schmieden. Den Krieg zu gewinnen, wird noch schwieriger, weil die meisten Übernatürlichen die Dämonen weder *sehen* noch *fühlen* können. Killians gesamtes Rudel wird nahezu nutzlos sein, wenn es zum Kampf kommt.« Ich zuckte zusammen, als mir klar wurde, wie das geklungen hatte, aber es war bereits ausgesprochen, und ich konnte es nicht mehr zurücknehmen.

»Bei den Göttern – und ich hatte angenommen, du

hättest dich gebessert.« Sierra senkte den Kopf und legte die Hand auf ihre Stirn. »Rosey, das war unhöflich.«

Du solltest dich nicht schuldig fühlen, verband sich Levi und sagte dann laut: »Es war die Wahrheit.«

Sierras Augen wurden schmal. »Nur, weil es die Wahrheit ist, heißt es nicht, dass es okay ist, es einfach hinauszuposaunen.«

»Warum nicht?« Killian drückte sich mit dem Rücken an die Wand. »Sie hatten nicht die Absicht, jemanden zu verletzen. Und es stimmt. Wir *werden* nutzlos sein, auch wenn ich es nur ungern zugebe. Alles, was wir tun können, ist, mit Messer und Schwert herumzustehen und zu hoffen, dass wir einen Weg finden, die Dämonen zu köpfen, wenn die Zeit gekommen ist.«

Er hatte es etwas unverblümter ausgedrückt als ich, aber die Wahrheit war, dass sie im Kampf eine Belastung darstellen würden, weil sie leicht getötet oder gefangen genommen werden könnten. Das Problem beschränkte sich nicht nur auf ihre Fähigkeit, im Kampf zu helfen. Mehr sagte ich jedoch nicht, denn das würde Killians Stolz verletzen, und das würde ich niemals freiwillig tun.

»Wie groß ist die Dämonenpopulation, gegen die wir kämpfen werden?« Ich hoffte, dass die Zahl der Dämonen in etwa der der Engel entsprach ... dann wäre es wenigstens ein ausgeglichener Kampf. Aber soweit ich mich erinnerte, war der Großteil der Engel gefallen.

»Zweitausend, die wirklich gefallen sind, plus ein paar hundert, die noch unentschlossen sind«, antwortete Zagan. Ich war überrascht. Noch vor wenigen Augenblicken hatte er darauf beharrt, uns nicht alles mitzuteilen.

Mir wurde übel und Angst machte sich in mir breit. Wir waren zahlenmäßig weit unterlegen. Ich war mir nicht sicher, wie wir das überleben sollten.

Levi rückte irgendwie noch näher an mich heran, sodass sich unsere Seiten stärker aneinanderpressten, aber selbst seine Nähe konnte den Aufruhr, der in mir tobte, nicht lindern. Er seufzte. »Wie hoch ist die Engelspopulation?«

»Etwas unter fünfhundert.« Das waren vier Dämonen pro Engel, eine furchtbare Quote. »Es gibt etwa siebenhundert Hexen, aber ich würde es nicht für ausgeschlossen halten, dass sich einige von ihnen mit den Dämonen verbünden, wenn sie merken, dass es ein Gemetzel geben könnte.«

»Vergessen wir nicht, dass es auch in der Hölle böse Hexen gibt.« Bune kniff sich in den Nasenrücken. »Es sind mindestens ein paar Hundert.«

Eliza räusperte sich. »Die gibt es, aber ich habe einiges erfahren, als ich dort unten war.«

»Mutter«, keuchte Circe und stolperte zurück.

»Nicht diese Art von Dingen, Kind.« Eliza winkte ab. »Ich habe diese abscheuliche Magie nicht praktiziert, aber ich habe einige nützliche Informationen gesammelt. Außerdem haben wir zwei Dinge auf unserer Seite. Erstens: Wenn die Dämonen gefallen sind, weil die Bindung der Vorherbestimmten durchtrennt wurde, dann haben Rosemary und Levi dieses Gleichgewicht wiederhergestellt, da ihre Bindung nach dem Zauber entstanden ist. Und zweitens: Vergesst nicht, dass Levi mit dem Schwert seiner Mutter verbunden ist, das Magie neutralisiert. Ich habe eine Idee.«

Zagan riss den Kopf hoch, als würde er nach einem Wunder suchen. »Meinst du, wir können die Prinzen in der Hölle einsperren?«

Sie schüttelte den Kopf. »Ich mag eine kluge Hexe sein, aber ich weiß es besser, als zu glauben, dass ich diesen Krieg verhindern kann. Er ist unausweichlich. Das Schicksal hat diese Konfrontation seit einiger Zeit sorgfältig geplant, aber meine Zeit in der Hölle könnte ein Segen gewesen sein. Ich will nicht zu viel sagen oder euch Hoffnungen machen. Gegenwärtig müssen wir mit den Hexen reden, um herauszufinden, wer hierbleibt. Ich brauche unser kollektives Fachwissen, um zu sehen, ob wir uns gemeinsam etwas einfallen lassen können.«

Das war zwar nicht die Nachricht, die ich mir erhofft hatte, aber besser als nichts. Ich verstand allmählich, warum Hoffnung so wichtig war, denn ohne sie wäre es sinnlos, zu versuchen, in einer Situation wie dieser überhaupt etwas zu unternehmen.

Unsere Gruppe war anders. Wir würden für das, was richtig war, kämpfen. Aber das bedeutete nicht, dass Hoffnung nicht auch ein starker Motivator war.

Circe lächelte. »Das hört sich gut an.«

Vielleicht würde das helfen, die verbleibenden Lücken innerhalb des Hexenzirkels zu schließen. Vor all den Jahren, nachdem sie Cyrus entführt hatte, um ihre eigene Tochter zu retten, hatte Eliza den Zirkel verlassen, weil sie das Gefühl gehabt hatte, ihn nicht mehr führen zu können. Sie hatte so viel Schuld auf sich geladen, weil sie ihr eigenes Enkelkind gerettet und einen anderen Unschuldigen einem Feind ausgeliefert hatte, von dem sie gewusst hatte, dass er ihn für etwas Schreckliches benutzen würde. Sie hatte das Vertrauen der Silberwölfe missbraucht, indem sie ihr Kind für tot erklärt hatte.

Elizas Gesicht wurde weicher. »Finde ich auch.«

Annie presste die Lippen aufeinander und versuchte, ihr Lächeln zu verstecken. Eliza war ihre Adoptivmutter, und sie unterstützte Eliza dabei, sich wieder mit ihrem Hexenzirkel zu verbinden, besonders seit Annie und

Ronnie ihre Gefährten gefunden hatten. Der Gedanke, dass Eliza allein sein könnte, beunruhigte sie beide, vor allem, da Hexen nicht dazu bestimmt waren.

»Die Zeit läuft«, sagte Eliza, als sie bemerkte, dass wir alle ihre Interaktion beobachteten. »Lasst uns anfangen, bevor die Dämonen kommen. Wir sagen euch Bescheid, wenn wir wissen, ob wir einen Zauber wirken können, aber gebt uns Bescheid, sobald die Dämonen die Hölle verlassen.«

»Ich werde es spüren.« Annie massierte ihre Brust. »Ich werde alle hier alarmieren und auch die Gruppe in Shadow City.«

Circe und Eliza gingen zielstrebig zur Tür.

Das Einzige, was ich tun konnte, war, zum Schicksal zu beten und es zu bitten, den Krieg so lange wie möglich hinauszuzögern. Die Dämonen würden in absehbarer Zeit kommen wollen – sie waren so lange eingesperrt gewesen –, aber sie würden nicht nachlässig sein. Sie nahmen die Zeit anders wahr, als die Sterblichen es taten, und es war klar, dass sie sich schon länger darauf vorbereiteten, als wir je erfahren würden.

Der Drang, zu fliegen, überkam mich, aber ich wusste, dass Levi mich begleiten wollen würde. Ich konnte nicht weit gehen, da die anderen keine Möglichkeit hatten, uns zu erreichen. Außerdem musste ich entscheiden, was zu tun war, sobald die Dämonen kamen.

Ich kannte die Antwort auf diese Frage bereits, auch wenn ich das nicht zugeben wollte: Ich würde zurück nach Shadow City gehen. Ich konnte meine Leute nicht im Stich lassen, wenn sie jeden von uns brauchten. Aber der Zeitpunkt war noch nicht gekommen. Wenn ich ohne eine unmittelbare Bedrohung ginge, würde mir niemand die

Chance geben, die wahre Geschichte zu erzählen. Sie würden mich wieder einsperren.

»Gibt es sonst noch etwas zu besprechen?« Sierra stand auf und machte eine Bewegung, als würde ihr Kopf explodieren. »Ich bin mir nämlich nicht sicher, ob ich noch mehr aufnehmen kann.«

Ich konnte es ihr nicht verdenken. Ich war auch überwältigt. »Ich gehe spazieren, um einen klaren Kopf zu bekommen.« Fliegen konnte ich zwar nicht, aber ich konnte zumindest die Sonne genießen, von der ich seit Tagen nicht viel gesehen hatte.

»Hört sich gut an«, sagte Levi und nahm meine Hand.

»Es sei denn, ihr braucht uns oder wir sind noch nicht fertig?« Ich wollte nicht, dass sie dachten, ich hätte das Gespräch absichtlich abgebrochen. Ich brauchte einfach Zeit, um die Informationen zu verarbeiten.

Cyrus winkte in Richtung Tür. »Nein, geh! Ich stimme Sierra ausnahmsweise zu. Wir müssen alle nachdenken, damit wir anschließend gemeinsam einen Plan ausarbeiten können. Geh nur nicht zu weit weg ... für den Fall ...«

Ein schriller Schrei ertönte von draußen, und es bestand kein Zweifel, von wem dieser ausgegangen war – Luna.

Mein Herz schlug mir bis zum Hals. Wenn etwas passiert war, wäre es allein meine Schuld. Ich ließ Levis Hand los, während meine Flügel durch die Schlitze meines Shirts schossen, und ich rannte nach draußen, bereit, mich um das Problem zu kümmern, das sie verursacht hatte.

Ich hoffte nur, dass es nicht katastrophal war.

KAPITEL NEUNZEHN

DIE SONNE STIEG IMMER HÖHER. In wenigen Stunden war Mittag. Die Luft war noch immer kalt, was mich belebte.

Ein weiterer Schrei kam aus dem Wald. Ich flog in die entsprechende Richtung, bis ich Herne, Aurora, Cordelia, Aspen und Darrell um eine Gestalt kreisen sah, von der ich annahm, dass es sich um Luna handelte.

»Du musst dich beruhigen«, sagte Darrell mit zusammengebissenen Zähnen. »Du hast zugestimmt, hierzubleiben, was bedeutet, dass jemand auf dich aufpassen muss. Ich kann mich verwandeln und wir können *zusammen* laufen gehen.«

Ihre Wölfin musste ihr Probleme bereitet haben. Ich verstand es zwar nicht ganz, aber ich wusste, wie es sich anfühlte, tagelang eingesperrt zu sein und nicht fliegen zu können. Die vergangene Nacht hatte zwar ein wenig geholfen, aber nicht in dem Maße, wie ich es mir gewünscht hätte. Ihre Wölfin war schon seit Monaten eingesperrt. Zweifellos war sie ruhelos und wollte den Wald durchstreifen, da ihr dieser so lange verwehrt worden war.

Levi holte mich ein. »Was ist los?«

Schritte donnerten in unsere Richtung, und ich nahm den moschusartigen Geruch von Hortensien, schwachem Flieder, Sandelholz und Seife wahr: Cyrus, Killian und Sierra.

Als sie sich zu uns umdrehte, rümpfte Herne angewidert die Nase. »Sie ist einfach von der Couch aufgesprungen und nach draußen gestürmt. Wir haben sie angeschrien, stehen zu bleiben, aber sie hat uns ignoriert. Also sind wir ihr hierher gefolgt, um sie aufzuhalten. Wir haben sie fixiert, damit sie nicht weglaufen kann.«

Jetzt, da Herne sich bewegt hatte, konnte ich Luna sehen. Sie lag auf dem Boden, Fell sprießte an ihren Armen, ihr Gesicht war vor Schmerz verzerrt. Ihre Wölfin wollte unbedingt frei sein.

Knochen knackten und sie wimmerte vor Schmerz. Das war schon mehrmals passiert, während ich in der Zelle neben ihr gesessen hatte. Die Geräusche waren anders als alles, was ich bisher von einem Wandler gehört hatte, und ich hatte gelernt, dass es daran lag, dass ihre Wölfin ihr die Verwandlung aufzwang.

Sie leidet, verband ich mich mit Levi und schritt auf sie zu. Ich war mir nicht sicher, ob ich ihr helfen konnte, aber ich konnte zumindest auf sie aufpassen, während sie rannte.

»Seht ihr?«, rief Sierra von hinten, als sie uns einholten. Sie zeigte mit dem Finger auf Luna. »Man kann ihr nicht trauen. Sie muss verschwinden.«

Ihre Haltung machte mich wütend. In solchen Momenten vermisste ich meine frühere Gleichgültigkeit. Aber das war nicht fair, und Sierra war diejenige, die mir stets vorhielt, unhöflich und rücksichtslos zu sein. Ich drehte mich um und breitete meine Flügel aus, um ihr die Sicht auf Luna zu versperren.

Ich sprach leise und betonte jedes Wort, um sicherzugehen, dass jede Person mich hörte. »Sie hat mit ihrer Wölfin zu kämpfen, weil sie eine Abtrünnige ist und den Verstand verliert. Sie war über sechs Monate lang in einer Zelle eingesperrt. Ich habe mehrmals von meiner Zelle aus ihre schmerzhafte Verwandlung gehört. Sie hat in dem Versuch, ihre Wölfin zurückzuhalten, geschrien – genau wie jetzt. Du sprichst davon, auf andere Rücksicht zu nehmen, aber gerade jetzt bist du mehr als unhöflich. Du bist verurteilend und grausam.«

Sierra wich mit offenem Mund zurück. Ich erwartete eine Erwiderung, aber als sie nicht antwortete, drehte ich mich wieder um und wartete darauf, dass die nächste Person loslegte.

Es wäre eine Sache gewesen, wenn Luna absichtlich Ärger bereitet hätte, aber das war etwas anderes. Sie verlor die Kontrolle und ihre Wölfin spürte die Freiheit. »Willst du sie wirklich zwingen, noch mehr Schmerzen zu ertragen? Wo sie doch nichts anderes braucht, als zu laufen, wie es die Natur vorgesehen hat?« Ich betonte das Wort, damit die Hexen merkten, was sie da taten.

Aurora runzelte die Stirn, während sie Luna betrachtete, deren Fell sich verdichtete, als ihre Knochen knackten und ihren Arm in einen unnatürlichen Winkel brachten.

»Ich bin nicht aus dieser Dimension und selbst ich sehe, dass das nicht normal ist.« Levi richtete sich neben mir auf und stellte klar, dass er auf meiner Seite war.

Eine gewisse Anspannung fiel von mir ab. Obwohl ich wusste, dass Levi immer hinter mir stehen würde, bedeutete das nicht, dass er immer meiner Meinung war. Durch seine Zustimmung und Unterstützung fühlte ich mich zuversichtlicher, da meine Gefühle Amok liefen.

Darrell kauerte sich neben Luna und seufzte schließlich. »Sie hat recht. Wäre ich so eingesperrt gewesen, wäre ich wahrscheinlich in einem schlimmeren Zustand als sie es ist. Ich habe ihr angeboten, mit ihr zu laufen, aber wir müssen ihr auch bald den Anschluss an ein Rudel ermöglichen.«

»Ich werde ebenfalls mit ihr laufen«, bot Sierra an.

Bevor sie ihr zu nahe kommen konnte, ergriff Killian ihren Arm und schüttelte den Kopf. »Ich werde gehen. Du bleibst hier.«

»Aber ...«, beschwerte sie sich.

Ich stimmte Killian zu – ich traute ihr nicht. Sierra hatte trainiert und könnte Luna verletzen, wenn sich die Gelegenheit ergab. Ich glaubte nicht, dass sie es mit Absicht tun würde, aber ich konnte mir vorstellen, dass sie Luna in die Enge treiben und versuchen könnte, sie zu verscheuchen. Es war das Beste, wenn Luna in der Nähe blieb. Würde man sie verstoßen, könnte sie zurück nach Shadow City gehen und versuchen, ihr Wissen gegen ihre Freiheit einzutauschen. Sie war eine Überlebenskünstlerin und besaß weder Geld noch Kleidung noch etwas Eigenes. Sie hatte sehr wenig zu verlieren.

»Geh zurück und bleib bei Midnight und Annie!«, wies Killian Sierra an. Dann machte er sich auf den Weg in den Kreis.

Warum begleiten wir sie nicht?, schlug Levi vor. *Du wolltest fliegen, aber hattest Angst, unerreichbar zu sein, sollte etwas passieren. Wenn die drei laufen gehen, können wir sie im Auge behalten.*

Mit zitternder Brust nickte ich. Das könnte funktionieren. Wenn wir sie genau beobachteten, würden wir eine Veränderung bemerken, sollte etwas nicht in Ordnung sein. »Levi und ich werden in der Luft folgen und ein Auge auf alle haben. Schließlich haben die Hexen Magie eingesetzt.« Wenn die Nachtschattenschwestern nach magischen Signaturen Ausschau hielten, könnten sie in diese Richtung kommen.

Herne runzelte die Stirn. »Es war nicht viel, und ich habe nicht das Gefühl, dass uns jemand verfolgt.«

Cordelia zupfte an ihrem Shirt. »Stimmt, aber bis sich die Magie verflüchtigt hat, kann es nicht schaden, uns im Auge zu behalten. Bei unserem Glück in letzter Zeit ...«

Sie musste den Satz nicht zu Ende bringen, denn alle hatten bereits grimmige Mienen aufgesetzt und wussten, was sie meinte.

Ein weiterer quälender Schrei entwich Luna, und die Hexen ließen ihre Hände fallen und gaben den Zauber auf.

»Komm schon!«, sagte Darrell unwirsch und half Luna auf die Beine. »Bringen wir dich in den Wald, damit du dich ohne neugierige Blicke verwandeln kannst.«

Killian folgte ihnen und Cyrus berührte meinen Arm. »Kannst du uns warnen, falls etwas passiert, damit wir Annie von hier wegbringen können?« Seine Iriden wurden schiefergrau.

Er musste gar nicht erst fragen. »Natürlich. Wir wollen alle, dass sie in Sicherheit ist.«

Sein Körper entspannte sich, als er nickte. »Ich werde zurückgehen. Sie fragt nach mir.«

»Wir werden die Lage im Auge behalten«, versicherte Levi Cyrus, während er meine Hand nahm. »Ihr alle seid Rosemary wichtig, was bedeutet, dass ihr auch mir wichtig seid.«

Cyrus grinste schief. »Das Gefühl kenne ich. Wenn ihr in Schwierigkeiten geratet, wird Darrell uns Bescheid sagen.«

Eifrig ging ich an den Hexen vorbei und tätschelte meine Jeanstasche, bevor mir einfiel, dass mein Handy beschlagnahmt worden war. »Ruf Levi an, wenn du etwas brauchst!« Und dann hoben Levi und ich in den Himmel ab.

DIE NÄCHSTEN TAGE waren gespenstisch ruhig. Luna und Sierra hatten einen Waffenstillstand geschlossen, und obwohl Sierra immer noch nicht mit Luna warm geworden war, wirkte sie nicht kalt oder bedrohlich ... eher zurückhaltend, was ich respektierte. Mir ging es genauso. Ich war mir nicht sicher, wie sehr sich Luna verändert hatte, und sie war definitiv eine Nervensäge, aber sie leistete ihren Beitrag, auch wenn sie sich darüber beschwerte.

Die Hexen blieben in ihren Häusern und arbeiteten an dem, was Eliza zu ermitteln hoffte. Ich zweifelte schon daran, dass sie den Zauber, den sie zu erschaffen versuchte, jemals finden würde, aber ich musste ihr Anerkennung zollen. Sie gab nicht auf und alle Hexen arbeiteten zusammen.

Die Hexen hatten beschlossen, zu bleiben, obwohl keine der anderen aus dem Hexenzirkel dazugestoßen war. In der Siedlung des Hexenzirkels durchsuchten sie stattdessen die Zauberbücher und versuchten, den fehlenden Teil des Zaubers zu entschlüsseln.

Jeder Tag, der ohne Zwischenfälle verging, machte mich noch nervöser. Sterlyn, Griffin, Ronnie und Alex waren in Shadow City eingesperrt. Die Stadt stand unter Spannung, weil man herauszufinden versuchte, welcher Hexenzirkel mir zur Flucht verholfen hatte. Das Gerede von Dämonen hatte den Engeln das Fürchten gelehrt. Aber es gab auch etwas Positives: Grady war von seinem Platz im Rat entfernt und ins Gefängnis geworfen worden, weil er bei unserer Flucht »geholfen« hatte.

Obwohl ich wünschte, ich wäre überrascht, war ich es nicht. Azbogah würde alles tun, was nötig war, um seine Beteiligung zu verbergen. Er schien wirklich nicht zu wissen, wer mir die Flucht ermöglicht hatte. Meine Eltern waren zu Hause gewesen, mit mehreren Engeln als Zeugen, und meine Freunde, einschließlich Kira, waren alle außerhalb der Stadt gewesen. Jede einzelne Person, die Azbogah beschuldigen wollte, hatte ein solides Alibi. Selbst nachdem die Hexen Elizas Tarnung aufgehoben hatten, konnten sie sie nicht erkannt haben.

Arme schlangen sich um meine Taille und Levi zog mich näher an sich. Seine Härte presste gegen meinen unteren Rücken.

Das war das einzig Gute an den vergangenen Tagen gewesen. Levi und ich hatten dringend benötigte Zeit allein miteinander verbracht, und er und Killian tolerierten einander mittlerweile sogar.

Jeden Tag wache ich auf und denke, das muss ein Traum sein, meinte Levi. *Ich werde es nie satthaben, dass du das Erste bist, was ich jeden Tag sehe, schmecke und berühre.* Er küsste meinen Nacken und mein Körper erwärmte sich.

Ich schloss die Augen und genoss den Moment. Ich war mir nicht sicher, wann die Hölle über uns hereinbrechen würde, aber jeder Augenblick brachte uns diesem Zeitpunkt näher. Wenn es nach mir ginge, würden wir den Rest unserer Tage so verbringen – nackt, allein und im Bett. Und das Bett war keine Voraussetzung. Wir waren mit jedem Ort und jeder Position, die wir ausprobierten, ziemlich zufrieden.

Und die Würze deiner Erregung und unsere gemein-

samen Düfte machen es noch perfekter, säuselte er, während er eine Hand nach oben gleiten ließ, um meine Brust zu berühren, und die andere zwischen meine Beine schob, um mich zu streicheln.

Mein Atem stockte, als ich mich so bewegte, dass meine Hand ihn ebenfalls erreichen konnte.

Seine Bewegungen beschleunigten sich, während er mit seinen Fingern sanft über eine meiner Brustwarze fuhr. Er hob den Kopf und saugte an meinem Nacken, wobei er seine Zähne über meine Haut streifen ließ.

Ein Feuer durchzuckte mich – mein Körper war bereit für ihn.

Da ich das lange, quälende Vergnügen nicht wollte, das er mir normalerweise bereitete, rollte ich mich schnell auf ihn zu und schlang meine Beine um seine Taille. Ich nutzte seinen Schock aus, schlug mit den Flügeln und drückte ihn auf den Rücken.

Hey, ich habe noch gar nicht mit dir angefangen, knurrte er.

Doch als ich ihn in mich eindringen ließ, verwandelte sich sein frustriertes Knurren in kehliges Verlangen. Ich wippte mit den Hüften, weil ich auf der Suche nach schneller Erlösung war. Unvermeidlicherweise würde jemand an unsere Tür klopfen, und ich wollte nicht unterbrochen werden, bevor wir beide gesättigt waren.

Manchmal ist ein schnelles Spiel genau das Richtige. Ich kratzte mit meinen Fingernägeln über seine Brust und beobachtete, wie rote Flecken entstanden.

Er packte meine Taille, drängte mich, mein Tempo zu erhöhen, und röchelte: »Bei den Göttern, du machst mich wild.« Er lehnte sich gegen das Kopfende des Bettes, um noch tiefer in mich einzudringen.

Ich öffnete meine Verbindung, wollte, dass er sowohl meine Lust als auch meine Liebe zu ihm spürte. Er folgte meinem Beispiel und unsere Verbindung erwärmte sich, bis sich meine Brust so voll anfühlte, dass sie zu platzen drohte. Es gab keinen Zweifel an unserer Liebe und Hingabe füreinander, und ich hasste es, dass ich so viel Zeit damit verschwendet hatte, unsere Verbindung zu bekämpfen.

Diesen Fehler würde ich nicht mehr begehen.

Ich bewegte meine Flügel, um unser Tempo zu beschleunigen, als sein Mund meine Brustwarze eroberte. Die Reibung nahm zu, ich warf meinen Kopf zurück und er bewegte seine Hand zu meiner empfindlichsten Stelle. Unser Verlangen intensivierte sich immer weiter.

Mit bebender Brust packte ich sein kurzes Haar und zerrte daran.

Er stöhnte auf, als er kam. Sein Körper zitterte, und seine Ekstase überrollte mich, sodass auch ich zu einem intensiven Höhepunkt kam. Mir wurde schwindlig, als sich das Gefühl verstärkte, und Levi grub seine Finger in meine Taille, um mich zum Weitermachen zu ermuntern.

Die Zeit verlangsamte sich bis zum Stillstand. Auf der ganzen Welt gab es nur Levi und mich, und ich klammerte mich an dieses Gefühl.

»Heilige Scheiße!«, krächzte er. »Du hast nicht übertrieben, als du diese Quickies gepriesen hast.«

Ich verharrte, während sich die Welt um uns herum wieder zusammenfügte. »Ich bin mir ziemlich sicher, dass das nicht schnell war. Das könnte sogar länger gewesen sein als normalerweise.«

»Nein, so habe ich das nicht gemeint«. Er gluckste, während er sich nach vorn lehnte, um mich zu küssen. »Ich meinte, dass wir nicht viel Vorspiel hatten.«

Versteh mich nicht falsch, Vorspiel ist schön – das hast du mir beigebracht –, aber manchmal möchte ich einfach nur Sex haben. Mein Kopf war immer noch benebelt, also beugte ich mich vor und schob meine Zunge in seinen Mund.

Er reagierte, saugte an meiner Zunge und sagte: *Oh, sieh mal einer an. Vielleicht müssen wir vor der nächsten Runde nicht einmal eine Pause einlegen.*

Ein lautes Klopfen ertönte an der Tür.

Bevor ich von ihm herunterrutschen konnte, hielt er mich fest und verband sich: *Ignoriere sie! Sie werden weggehen.*

Als hätte die Person ihn hören können, klopfte sie noch lauter. Dann rief Eliza: »Levi! Rosemary! Ich brauche euch beide.«

Der Moment war vorbei.

Levi ließ mich los, und ich sprang auf die Füße und zog meine Flügel ein, damit ich meine Klamotten anziehen konnte. Schnell bückte ich mich und schnappte mir mein orangefarbenes Shirt und die Jeans vom Boden, die er mir vergangene Nacht vom Leib gerissen hatte.

Innerhalb von Sekunden waren wir angezogen und eilten den Flur entlang. Ich schwang die Tür auf, bereit zu hören, dass die Dämonen angriffen. Stattdessen sah ich Eliza im Licht der hinter ihr aufgehenden Sonne. Es war noch nicht mal acht Uhr.

Ihr Gesicht war gerötet, ihre grünen Augen funkelten, und sie lächelte. »Ich glaube, wir haben es geschafft.«

In meinem Kopf ratterte es. Warum erzählte sie mir das? Ich dachte, sie würde uns benachrichtigen, sobald sie den Zauber gefunden hatte. »Ähm ...« Ich war mir nicht sicher, was die richtige Antwort war. Ich wollte sie nicht entmutigen, aber ich wollte sie auch nicht für etwas loben, von dem sie nicht überzeugt war. »Das ist gut.« Das schien sicher zu sein.

Von Levi ging ein Hauch von Belustigung aus, aber er hielt sich den Mund mit der Hand zu. Er legte einen Arm um meine Schultern, während er die Hexe ansah. »Sollen wir dir etwas für den Zauberspruch besorgen?«

»Nein, Junge«, tadelte sie. »Ich brauche etwas von euch beiden.«

Das klang unheilvoll. »Was meinst du?«

»Als ich in der Hölle war, haben die Hexen darüber gesprochen, dass die Dämonen ihre Flügel verloren haben. Der Zauber, der sie zu Fall gebracht hat, soll ihnen Unsichtbarkeit verliehen haben – oder das, was wir ihre Schattenform nennen –, damit sie leicht genug sind, um diesen Teil ihres Erbes zu behalten. Ohne Gewicht hatten sie weiterhin die Möglichkeit, zu fliegen.« Eliza hob eine Hand. »Wenn das Gleichgewicht stimmt, so wie bei der Tarnung einer Hexe, gibt es immer einen Zauber, der sie sichtbar machen kann.«

Das ergab Sinn. Ein Tarnzauber machte jemanden unsichtbar, aber die Hexen in Shadow City hatten unseren aufgehoben. »Okay«, sagte ich.

»In den vergangenen Tagen habe ich versucht, die Zutat zu finden, die ich brauche, um die Unsichtbarkeit der Dämonen in Schattenform zu neutralisieren. Und Aurora hat heute Morgen etwas gesagt, das mich auf eine Idee gebracht hat.« Eliza leckte sich über die Lippen und rieb ihre Finger aneinander. »Sie hat gesagt, dass manchmal der beste Preis Blut ist, und wir haben versucht herauszufinden, wessen Blut es sein muss. Levi ist ein Dämon, also ergibt es keinen Sinn, dass sein Blut sie enttarnt, und du bist ein Engel, also sollte das auch nicht helfen. Aber was, wenn das der Sinn der Sache ist?«

Levi kratzte sich am Kopf. »Dass nichts davon funktioniert?«

Meine Augen weiteten sich. »Nein – es ist unser gemeinsames Blut, denn wir sind das erste vorherbestimmte Paar seit dem Fall.« Unsere kombinierten Körperflüssigkeiten würden den Zauber ausgleichen.

»Genau.« Sie deutete auf das Haus der Hexe. »Wir möchten es ausprobieren.«

Levi erstarrte. *Äh ... ich fühle mich nicht wohl dabei, einer Hexe mein Blut zu geben.*

Unter anderen Umständen hätte ich zugestimmt, aber ich würde nicht das Schicksal der Welt aufs Spiel setzen. *Entweder wir versuchen es oder wir verlieren gegen die Dämonen. Außerdem vertraue ich diesen Hexen.*

Wenn du es so ausdrückst, haben wir keine andere Wahl. Levi nahm meine Hand. »Okay. Gehen wir!«

Elizas Schultern entspannten sich, als wäre sie sich nicht sicher gewesen, ob wir zustimmen würden. »Die anderen warten schon.«

Sie ging los und Levi schloss die Tür hinter uns. Bald erreichten wir das Haus, in dem die Hexen untergebracht waren. Die anderen sieben warteten draußen, Circe hielt eine kleine schwarze Schale in der Hand.

»Bis wir wissen, ob es funktioniert, brauchen wir nur einen Tropfen von jedem von euch. Sorgt nur dafür, dass der zweite Tropfen auf dem ersten landet!« Eliza ging in Richtung des Hauses von Cyrus und Annie. »Ich werde Zagan holen. Da er nicht zur Familie gehört, können wir den Enttarnungszauber an ihm ausprobieren. Ich möchte so viele gemeinsame Nenner wie möglich aus der Gleichung herausnehmen.«

Während Eliza sich auf den Weg zum Haus machte, deutete Circe auf Levi und mich. »Lasst uns beginnen!«

Unbehagen erfüllte die Verbindung und lastete schwer auf mir.

Ich wollte, dass er sah, dass ich es ernst meinte. Also öffnete ich meine Flügel und rollte meinen rechten Flügel um mich herum. Ich drehte die Federn auf die scharfe Seite und stach mir mit einer in die Fingerspitze. Der metallische Geruch von Blut umwehte uns, und ich ließ die warme Flüssigkeit in die Schale tropfen.

»Kannst du mir in den Finger stechen?«, fragte Levi. *Lieber das, als sie mit ihrem Messer auf mich einstechen zu lassen.*

Er traute den Hexen wirklich nicht. Ich konnte es ihm nicht verübeln, vor allem nicht angesichts der Hexen, mit denen er in der Hölle aufgewachsen war.

Ich bot ihm meinen linken Flügel an, und er berührte mit dem Finger eine Feder. Er zuckte zusammen und zog seinen Finger zurück. *Die sind so weich, wenn wir Sex haben.*

Das liegt daran, dass sie im Moment nicht auf der schützenden Seite sind. Es war unglaublich, wie unterschiedlich die Seiten meiner Federn waren.

Er hielt seinen Finger über die Schale und gab einen Tropfen seines Blutes auf meins. *Bitte sorge dafür, dass es nie anders ist.* Er zitterte. *Diese Dinger sind scharf.*

Dir ist schon klar, dass ich damit Dämonen enthaupte? Engelsflügel waren scharf, um uns vor so ziemlich allem zu schützen.

Die Hexen stimmten einen Sprechgesang an, während Zagan und Eliza zu uns kamen. Bune, Sierra, Killian, Midnight, Cyrus und Annie folgten dicht dahinter.

»*Daemones omnibus revela*«, sagten die Hexen einstimmig, und Eliza schloss sich ihnen an, während sie die Schale umkreisten. Sie wiederholten die Worte immer und immer wieder, aber nichts geschah.

Wenigstens werden sie nicht mehr von unserem Blut verlangen. Levi seufzte, als er die Hexen weiter singen sah.

Dann schoss etwas aus der Schale.

KAPITEL ZWANZIG

LEDIGLICH MEIN UND Levis Blut waren in der Schale gewesen. Aber die Substanz, die jetzt in die Höhe schoss, funkelte, als sie sich löste und sich über uns und das Land ergoss.

Ich hatte Herzklopfen und war mir nicht sicher, ob das etwas Schlechtes oder etwas Gutes war. »Was ist gerade passiert?« Meine Stimme wurde mit jedem Wort höher, und ich hasste es, dass ich die Fassung verlor. Ich hatte kein Recht, mich über den Zauber aufzuregen.

Levis Unbehagen mischte sich mit meinem, und mein Puls schlug so heftig, dass ich ihn unter meiner Haut spüren konnte.

Ich war zwar nicht begeistert gewesen, ihnen mein Blut zu geben, aber wenn es dazu führte, dass Killian und sein Rudel die Dämonen sehen konnten, würde sich das Opfer lohnen.

Eliza sah Zagan erwartungsvoll an und sagte: »Der Zauber hat funktioniert. Er hat die Magie aus eurem Blut gezogen und das Areal abgedeckt. Theoretisch wird jeder

Dämon, der sich unter der Explosion befunden hat, in seiner Schattenform neutralisiert.«

»Ich bin mir nicht sicher, was das bedeutet.« Levi blieb nervös.

Ich verarbeitete Elizas Worte und sprach, bevor sie es tun konnte. »Du meinst, dass die Dämonen immer noch *fliegen* können, aber dabei sichtbar sein werden.« Manchmal sprach Eliza nicht eindeutig genug.

Sie nickte. »Genau. Da sie schon als Engel fliegen konnten, sollte das nicht aufgehoben werden.« Dann wandte sie sich an Zagan: »Würdest du dich bitte in deine Schattenform verwandeln? So können wir herausfinden, ob der Zauber funktioniert hat.«

»Ich habe wohl keine andere Wahl«, brummte er, während er sich verwandelte. Innerhalb von Sekunden befand er sich in seiner Dämonengestalt und schwebte ein paar Schritte durch die Luft.

Ich ließ die Schultern hängen. Er sah nicht anders aus als zuvor. Ich hatte gehofft, dass dies funktionieren würde und mehr Wandler und Vampire an unserer Seite kämpfen könnten.

Argh, wir haben ihnen ohne Grund unser Blut gegeben, stöhnte Levi.

Obwohl Eliza ihn einmal vor dem Tod bewahrt hatte, war dies nicht geschehen, weil sie sich um ihn gesorgt hatte. Wäre er gestorben, hätte ein anderer Dämon das Schwert seiner Mutter benutzen können, und Eliza hatte das verhindern wollen. In seiner Situation würde ich ihr auch nicht ganz trauen.

»Bei den Göttern!« Midnight umklammerte ihre Brust.

Ein warnendes Kribbeln durchströmte mich, als ich die Umgebung nach Bedrohungen absuchte.

Sierra schnappte nach Luft. »Du hast nicht gescherzt,

als du gesagt hast, sie sähen aus wie Schatten.« Sie schritt auf Zagan zu und starrte ihn direkt an.

Ich hielt den Atem an und blinzelte in Zagans Richtung, um irgendwelche Unterschiede zu erkennen. »Du kannst ihn sehen?«

»Ja. Es ist verstörend.« Killian legte den Kopf schief und musterte Zagan. »Es ist, als wäre er ein nebliger Klecks. Woher weiß man, wann sie angreifen?«

Eliza nahm den Dämon in Augenschein. »Ich habe sie auch noch nie sehen können, nur ihre Anwesenheit gespürt.«

Unser Blut hatte Wirkung gezeigt, aber ich hatte auch erwartet, die Dämonen anders zu sehen ... eher so, wie sie in ihrer menschlichen Gestalt erscheinen. »Wenn sie zuschlagen, treten oder eine Waffe ziehen, wird der Schatten etwas deutlicher, da ihre Arme nicht neben dem Körper liegen. Und man kann immer ihre Augen sehen.«

»Zeig es ihnen, Zagan!«, befahl Levi.

Obwohl ich Zagans Gesicht nicht erkennen konnte, wurden seine schwarzen diamantförmigen Augen zu Schlitzen. Er knurrte: »Soll ich tanzen, wenn ich schon dabei bin?«

Das war eine der seltsamsten Fragen, die ich je gehört hatte, und erinnerte mich plötzlich sehr an Sierra. »Warum solltest du tanzen? Es läuft keine Musik, und dies ist eine ernste Angelegenheit.«

Annie lächelte. »Er benimmt sich wie ein Klugscheißer, weil Levi so herrisch war. Er wird nicht wirklich tanzen.«

»Obwohl ich mich nicht beschweren würde, wenn er es täte«, sagte Sierra, während sie mit ihren Fingernägeln über seine Schattenform strich.

Zagan schwebte höher, drehte sich zu ihr um und fragte: »Wofür zum Teufel war das?«

Sie zuckte zusammen. »Ich ... ich dachte nicht, dass es dir wehtun würde. Ich dachte, meine Hand würde durch dich hindurchgehen.«

»Er ist kein echter Schatten. Er sieht nur wie einer aus.« Cyrus schüttelte den Kopf. »Sonst könnten wir sie nicht bekämpfen.«

»Ich werde mich jetzt verwandeln und herausfinden, ob es bei mir auch funktioniert.« Bune nahm seine Dämonengestalt an.

Aurora lachte. »Ja! Ich kann dich nicht nur sehen, sondern auch deine Anwesenheit spüren.«

Die anderen Hexen lächelten. Sie waren genauso unsicher wie wir anderen gewesen, ob der Zauber funktionieren würde.

»Lasst es mich auch versuchen!«, sagte Levi, während er zwischen seinen beiden Formen hin und her flimmerte, bevor er sich ganz in den Schatten verwandelte.

»Das ist so seltsam«, murmelte Sierra, während ihre Aufmerksamkeit von Dämon zu Dämon wanderte. »Woher wissen wir, wer wer ist?«

Eine ausgezeichnete Frage – eine, die ich selbst beantwortet hatte, nachdem ich den Unterschied zwischen wirklich gefallenen und unentschlossenen Dämonen bemerkt hatte. »Alle Dämonen, die sich gegen ihre Menschlichkeit gewandt haben, haben rote Augen. Man kann sie auch anhand ihrer Größe unterscheiden. Andere Indikatoren sind ihre Stimme und ihr Kampfstil.«

»Natürlich ist das nicht einfach.« Lux atmete aus und schürzte die Lippen. »Also ... müsst ihr euch während des Kampfes konzentrieren? Wir wollen doch unsere Verbündeten nicht verletzen.«

»Ich konzentriere mich auf ihre Kampftechniken.« Ich deutete auf Levi. »Die Dämonen, die nicht böse geworden sind, behalten ihre eigene Augenfarbe. Der Dämon, der mir am nächsten steht, ist Levi, weil er mokkabraune Augen hat. Bune mit seinen goldbraunen Augen steht neben Annie und das hier ist Zagan. Er hat schwarze Augen.«

»Es hilft, dass sie sich seit ihrer Verwandlung nicht bewegt haben.« Sierra zuckte schelmisch grinsend mit den Schultern.

Ohne sie zu beachten, wandte ich mich an Eliza. »Warum sind sie immer noch in ihrer Schattenform? Ich dachte, der Zauber würde sie menschlicher erscheinen lassen.« Immerhin hatten sie behauptet, der Zauber würde die Magie der Dämonen aufheben.

»Sie müssen in dieser Form sein, um fliegen oder schweben zu können.« Circe ließ die Schale sinken. »Magie kann sie nicht in Menschen verwandeln. Der Zauber sorgt nur dafür, dass wir sie alle in dieser Form sehen können.«

Wenn sie es so formulierte, ergab es einen Sinn, obwohl ich nichts dagegen gehabt hätte, sie am Boden zu halten. »Besteht eine Möglichkeit, sie am Fliegen zu hindern?«

Hey!, verband sich Levi, als sein Unmut durch die Verbindung wehte. *Diese Idee gefällt mir nicht.*

Ich konnte es ihm nicht verdenken. Das Fliegen war für mich so natürlich wie das Atmen oder Gehen, und so musste auch das Schweben für sie sein. Ich wäre verärgert, wenn mir jemand die Flügel stutzen wollte, aber angesichts der Tatsache, dass es über zweitausend Dämonen gab, mussten wir den Widerstand so weit wie möglich eindäm-men. *Es wäre ja nicht von Dauer. Aber da es so viele Dämonen und nicht so viele Engel gibt, würde es helfen, die Dämonen am Boden zu fixieren, damit die Wandler und Vampire uns im Kampf unterstützen können. Wenn alle Dämonen fliegen, nützt es den Wandlern und Vampiren nichts, wenn sie sie sehen können.*

Zagan zischte verärgert, aber Bune blieb ruhig. Das überraschte mich nicht. Bune hatte die Angewohnheit, im Kampf eher strategisch zu denken.

»Beruhige dich. Sie hat recht«, sagte Bune und bestätigte meinen Verdacht. »Je mehr Dämonen auf dem Boden sind, desto besser für alle Beteiligten.«

»Das Problem ist, wenn wir die Dämonen am Boden halten, werden auch die Engel darunter leiden. Fliegen ist weder für Engel noch für Dämonen magisch, also wird alles, was Flügel hat, buchstäblich geerdet.« Herne rieb sich die Hände. »Selbst dann bin ich mir nicht sicher, ob wir einen solchen Zauber in der Zeit schaffen können. Aber wir können es versuchen.«

Aus dem Bauch heraus wollte ich sagen, dass das auf keinen Fall infrage kam, aber Levi hatte vor ein paar Sekunden genauso reagiert, und ich hatte ihn zurechtgewiesen. Die Engel würden zwar nicht fliegen können, aber es würde den Kampf fairer machen ... auf Gedeih und Verderb. »Wie lange halten diese Zaubersprüche an?«

»Das können wir nicht wissen«, sagte Aspen. »Wir waren uns nicht einmal sicher, ob es funktioniert.«

Unsere Gruppe musste lernen, mit Zweideutigkeiten umzugehen. »Könnte es dauerhaft sein?«

Eliza schüttelte den Kopf. »Nein. Das wenige Blut, das wir verwendet haben, reicht nicht aus, um eine große Fläche zu bedecken oder lange anzuhalten. Je mehr Blut wir von dir und Levi haben, desto größer wird der Umfang des Zaubers sein und desto länger wird er wirken. Es wäre gut, die Zeit zu messen und zu sehen, wie lange es dauert, bis die Wirkung nachlässt. Daraus können wir dann Hochrechnungen erstellen.«

»Aber wir können nicht wissen, wie weit der Zauber gewirkt hat, da wir nur drei Dämonen in der Nähe haben, richtig?«, fragte Annie, während sie sich an Cyrus' Seite lehnte.

Seit ein paar Tagen wurde sie immer schneller müde und fühlte sich unwohl. Midnight hatte gemurmelt, dass dies ein Zeichen für das Ende der Schwangerschaft sei. Das Baby würde bald kommen. Das erfüllte mich mit Aufregung und Nervosität. Ich war aufgeregt, weil ich noch nie das Privileg gehabt hatte, ein Neugeborenes zu sehen, aber auch nervös, weil die Dämonen noch nicht gekommen waren. Ich wollte nicht, dass der Kampf stattfand, während Annie in den Wehen lag oder ein Neugeborenes hatte und das Baby und sich selbst nicht verteidigen konnte.

»Doch, das können wir.« Cordelia fuchtelte mit den Händen. »Wir können spüren, wie weit die Magie reicht.«

Meine Haut kribbelte und ich rieb meine Arme und rückte näher an Levi heran.

Er musste das gleiche Gefühl haben, denn er fragte: »Seid ihr sicher, dass die Hexen von Shadow City uns nicht überwachen?«

»Das würden wir merken«, beruhigte ihn Kamila. »Wir würden es in der Luft spüren, da wir auch aktiv nach Anzeichen ihrer Magie Ausschau halten.«

Eliphas nickte. »Es ist eines dieser zweischneidigen Schwerter: Wenn sie nach uns suchen, können wir auch sie finden. Aktiv nach jemandem zu suchen, der weiß, dass der andere Hexenzirkel nach ihm Ausschau hält, verfehlt irgendwie den Zweck.«

»Nicht nur das, wir haben diesen Bereich auch getarnt, damit unsere Magie nicht so leicht entdeckt werden kann«, warf Eliza ein. »Bei allem, was in Shadow City vor sich geht, haben sie wahrscheinlich weder die Zeit noch die Geduld, sich damit zu befassen.«

Sterlyn und Griffin hatten uns auf dem Laufenden

gehalten, da sie die Verbindung zu den Wölfen hier herstellen konnten. In Shadow City herrschte das reinste Chaos. Grady war inhaftiert, die Hexen wurden über ihre mögliche Beteiligung befragt, da die Artefakte trotz ihres Banns entfernt worden und wir unter ihrer Aufsicht aus der Stadt geflohen waren, und die Bärenwandler hatten mit Sterlyn und Griffin über ihr unterirdisches Trainingslager gesprochen und erklärt, dass sie es aus Sicherheitsgründen geheim gehalten hatten, da die Wolfswandler ihre einzigen Vertreter waren. Damit bot sich tatsächlich eine Gelegenheit, die Kluft zu überbrücken, zumindest zwischen diesen beiden Arten.

Die Wachen, die von Kira geführte Polizei, die Engel und die Hexen hielten im Namen der Sicherheit verstärkt Wache, nachdem wir aus der Stadt ausgebrochen waren. Sie alle arbeiteten nach einem festgelegten Zeitplan. Hinzu kam, dass Azbogah meiner Mutter nichts anhängen konnte. Die beiden waren zerstrittener denn je, was zu einer noch größeren Spaltung unter den Engeln geführt hatte.

Ich musste dorthin zurückkehren, um alles, was ich erfahren hatte, zu erklären, und zu hoffen, dass meine Informationen verhinderten, dass man mich bei meiner Ankunft ins Gefängnis warf.

Wenigstens waren die Nachtschattenschwestern noch nicht auf der Suche nach uns. Obwohl Shadow City so verriegelt war wie vor der Öffnung der Tore, würde ich es den Hexen zutrauen, sich aus der Stadt zu schleichen, um uns zu finden. Offenbar hatten sie sich im letzten Jahrtausend des Öfteren rausgeschlichen.

»Wir sollten die Umgebung bestimmen, bevor sich die Magie verflüchtigt.« Circe stellte die Schale neben dem Haus auf den Boden. »Je länger wir warten, desto ungenauer wird das erfasste Gebiet.«

Die Hexen trennten sich und gingen in verschiedene Richtungen. Sie arbeiteten harmonisch und sprachen kaum miteinander, obwohl die drei jüngsten Mädchen mit von der Partie waren.

»Ich komme einfach nicht darüber hinweg«, sagte Sierra, als sie erneut ihre Hand nach Zagan ausstreckte.

Er ergriff sie und sein Schattenarm formte sich, da dieser sich nicht länger an seinem Körper befand. »Erwartest du, dass ich zulasse, dass du mir noch einmal wehtust?«

Ihre Augen weiteten sich. »Ich wollte, dass du nach meinem Arm greifst, um zu sehen, wovon Rosemary gesprochen hat, und sie hat recht. Wenn du deine Hand weit genug von deinem Körper weghältst, kann ich sie besser erkennen.«

Ich verdrehte die Augen. »Hast du erwartet, dass ich lüge?«

»Nicht absichtlich.« Sie funkelte mich an. »Ich wusste nicht, ob ich den Schatten genauso sehen würde, wie du es tust, aber offensichtlich kann ich es. Es ist beunruhigend, zu wissen, dass er da ist, und seine Augen zu sehen, aber darüber hinaus nichts zu erkennen. Könnt ihr untereinander Gesichtszüge ausmachen? Oder seht ihr auch lediglich Schatten?«

Bune bewegte sich ruhelos auf das Haus zu. »Das ist unsere wahre Form. Wir können die Anwesenheit des anderen spüren, sodass wir wissen, wer in der Nähe ist. Das ist etwas, was man in der Hölle schnell lernt. Man sollte sich immer bewusst sein, wer um einen herum ist, denn es gibt viele, die gern Schmerzen zufügen, sogar ihren eigenen Leuten.«

»Wie damals, als die Prinzen der Hölle meine Mutter getötet haben«, knurrte Levi. »Sie waren eifersüchtig, weil sie einen vorbestimmten Partner und einen Sohn hatte –

und sie wollten Vater und mir auf die schlimmste Art und Weise wehtun.«

Ich hasste es, dass sie das durchgemacht hatten. Marissa schien ein wunderbarer Engel ... Dämon ... wie auch immer man sie nennen wollte ... gewesen zu sein. Es war offensichtlich, dass sie, weil sie einen Weg gefunden hatte, den Bann der Hexe aufzuheben und die beiden an ihrer Seite zu behalten, nicht wie die anderen dem Hass und dem Bösen erlegen war. *Wir werden Gerechtigkeit für ihren Tod finden.* Ich wünschte, ich könnte sie zurückbringen, aber das konnte ich nicht. Ich konnte nur das Nächstbeste versprechen: Vergeltung.

Levi nahm meine Hand, und seine Berührung war in seiner Schattengestalt kühler als in seiner Menschengestalt. Aber das störte mich nicht; es beruhigte sogar etwas von dem Aufruhr, der in mir tobte.

»Ich liebe dich« fühlt sich unbedeutend an, wenn es um dich geht, verband er sich. *Du bist meine ganze Welt, und du bist die furchterregendste Person, die ich je kennengelernt habe.* Er schnaubte. *Ich habe keinen Zweifel daran, dass du dein Versprechen einhalten wirst, und das ängstigt mich und macht mich gleichzeitig an. Es ist die seltsamste Kombination.*

Noch bevor ich merkte, was passiert war, entwich mir ein Lachen. Freude war das Gefühl, mit dem ich am meisten haderte. Manchmal trat sie unerwartet auf, und ich verlor jeden Anschein von Kontrolle. Der einzige Segen war, dass es ein schönes Gefühl war; ich kämpfte nur damit, weil es so willkürlich geschah.

Annie strahlte. »Ich liebe dieses Geräusch. Rosemary lachen zu hören und zu sehen, wie sie vor Glück strahlt, ist eine der Veränderungen, die ich unheimlich gern miterlebt habe.«

Pfotengetrappel ertönte aus dem Wald. Als keiner der Wölfe alarmiert aussah, war ich nicht überrascht, als Darrell und Luna auf uns zu trabten. Sie liefen fast jeden Morgen gemeinsam, aber Darrells Laufschritt hatte etwas Eifriges an sich.

Ich wollte gerade fragen, warum, als Luna ein leises Knurren von sich gab. Sie ging in die Hocke, während ihr Blick zwischen den drei Dämonen hin- und hersprang.

Mir stockte der Atem. Sie wusste nichts von den Dämonen, da sie sich hier nicht mit den Wölfen verbinden konnte. »Luna, hör auf ...«, begann ich.

Aber sie sprang auf Levi zu, da er ihr am nächsten war.

Meine Flügel explodierten auf meinem Rücken und ich sprang vor Levi. Ich stürzte mich auf sie und sie fiel zu Boden. Eine große Staubwolke wehte um uns herum.

Sie wimmerte, kam langsam wieder auf die Beine und starrte mich an.

»Das sind Levi, Zagan und Bune. Die Hexen haben sich einen Zauber ausgedacht, mit dem man die Dämonen in ihrer Schattenform sehen kann. Er ist noch nicht abgeklungen.« Ich landete wieder auf den Füßen, hielt aber meine Flügel weit gespreizt, um die Dämonen so weit wie möglich aus ihrem Blickfeld zu verbannen. Ich wollte nicht riskieren, dass sie sie noch einmal angriff, aber ich musste ihr Anerkennung für ihren Kampf zollen. Wo war diese Wölfin während unserer Flucht aus Shadow City gewesen? Jetzt, da ich darüber nachdachte, hatte sie vielleicht Angst davor gehabt, dass ihre Wölfin auftauchen und die Kontrolle übernehmen könnte. Schließlich waren sie zu dem Zeitpunkt völlig aus dem Gleichgewicht gewesen. Das würde Sinn ergeben. Wandler kämpften von Natur aus ums Überleben, und sie hatte sich ganz und gar nicht so verhalten.

Cyrus und Killian flankierten mich, um zur Deeskalation des Moments beizutragen. Keiner von ihnen konnte sie in sein Rudel aufnehmen, ohne die anderen Mitglieder zu gefährden, bis sie zweifelsfrei wussten, dass man ihr vertrauen konnte. Wir versuchten, mit ihr zu laufen und Zeit mit ihr zu verbringen, um ihr das Gefühl der Isolation zu nehmen, aber sie war immer noch etwas durcheinander.

Nach einer langen Pause nickte sie und trottete in Richtung des Hauses, in dem sie mit Darrell und den Hexen gewohnt hatte. Alle anderen Silberwölfe waren noch bei Killians Rudel, sodass das nicht verdächtig wirkte.

Der Beta rannte ihr nach und blieb dicht hinter ihr. Er benahm sich ein wenig zu munter.

»Geht es ihm gut?«, fragte ich.

»Seine Tochter Emmy ist gerade zurückgekommen«, antwortete Annie hinter mir. »Er ist ganz aufgeregt, und Martha und Emmy werden sich bald zu uns gesellen.«

In den vergangenen Monaten war Emmy mit ihrer besten Freundin Jewel unterwegs gewesen, die den Verlust ihres Vaters, des ehemaligen Silberwolfalphas Bart, betrauert hatte. Bart war der Onkel von Sterlyn und Cyrus gewesen. Er war durch eine Kugel gestorben, um Sterlyn zu retten, als Lunas Mutter ihren finalen Versuch unternommen hatte, Sterlyn zu fangen. Er war gestorben, bevor ich ihn hatte heilen können. Jewel und Emmy waren bei dem Rudel von Jewels Großvater untergekommen, und Jewels Mutter Mila war vor ein paar Wochen endlich nach Hause zurückgekehrt, um sich wieder mit ihrer Tochter zu versöhnen. Offensichtlich hatten die beiden angefangen, sich einander anzuvertrauen und über ihren Kummer zu sprechen, und die Dinge liefen so gut, dass Emmy sich wohl genug fühlte, um zurückzukehren.

Darrell war ein guter Mann und hatte alles Glück der Welt verdient. Er und seine Frau Martha hatten Emmy schmerzlich vermisst. Er hatte viel geopfert, um bei uns zu sein, und ich war froh, dass er seine Tochter und seine Frau bei sich haben würde.

Hoffentlich würden wir in der nächsten Zeit alles erfahren, was wir wissen wollten.

EINE STUNDE. So lange hielt der Zauber bei den Dämonen an. Als die Hexen festgestellt hatten, dass der Zauber insgesamt fast einen ganzen Kilometer erfasst hatte, waren Bune, Levi und Zagan aus dem Blickfeld von Midnight, Luna, Killian und Sierra verschwunden. Im Gegensatz zu gefallenen Dämonen war das Trio für die Hexen nur schwach wahrnehmbar, da sie keine Negativität ausstrahlten. Die Hexen spürten nur die Essenz der Anwesenheit eines anderen Wesens.

Ich hatte Emmy kurz kennengelernt, als sie mit Martha eingetroffen war, und die Wolfswandler waren ins Haus gegangen, um sich einzurichten und mit allem vertraut zu machen. Normalerweise interessierte ich mich für jeden neuen Silberwolf, aber wir hatten dringendere Dinge zu erledigen.

Bune, Levi, Zagan und ich standen draußen mit den Hexen, während sie über ihre Erkenntnisse grübelten.

Eliza fragte: »Erlaubt ihr uns, Blut abzunehmen, um es für den Fall, dass die Dämonen kommen, auf Vorrat zu haben?«

Wir hatten die Frage erwartet. Zuerst hatte Levi gezögert, aber im Laufe des Gesprächs war uns beiden klar geworden, dass wir Zugeständnisse machen mussten, wenn wir den Krieg gewinnen wollten. Wenn wir die Dämonen nicht für alle sichtbar machen konnten, würden wir vielleicht nicht gewinnen. »Ja. Aber nur, wenn jede von euch verspricht, es nur für diesen Zauber zu verwenden und dass nur diese Gruppe von Hexen im Besitz unseres Blutes sein wird«, antwortete ich.

»Das können wir tun.« Circe hob ihren Kopf gen Himmel, als würde sie ihr Versprechen an die über uns geben. »Nur unsere Gruppe hier wird im Besitz eures Blutes sein, und es wird für nichts anderes als für diesen Zauber verwendet werden. Alles, was nach dem Krieg übrig bleibt, wird vernichtet.«

Eine nach der anderen gaben die Hexen dieses Versprechen ab.

Levi seufzte und verband sich: *Es ist wohl an der Zeit.*

Aurora und Lux rannten ins Haus und kamen mit vier großen schwarzen Schüsseln heraus.

»Wir müssen dafür sorgen, dass das Blut gleichmäßig gemischt wird«, sagte Herne, während sie sich die kleinere Schale, die wir zuvor benutzt hatten, schnappte und auf uns zuging. »Am einfachsten ist es, wenn wir die Schalen zusammen füllen, damit wir den Blutfluss und die Menge so genau wie möglich überwachen können.«

Das wird nicht lustig, brummte Levi. *Aber ich bin lieber ausgeblutet an deiner Seite als tot.*

So könnte man es auch ausdrücken.

Ich drehte meine Federn auf die scharfe Seite und schob einen Flügel zu ihm und den anderen zu mir. Wir starrten einander an. Ich bewegte mich zuerst, da ich die Sache nicht zu lange hinauszögern wollte, umklammerte das scharfe Ende der Feder und schnitt tief in meine Handfläche. Blut floss, als Levi nachzog, und dann füllten wir die Schalen, eine nach der anderen.

Nachdem wir die kleine und zwei der größeren Schalen gefüllt hatten, wollten Levi und ich unsere Wunden wieder öffnen und mit der dritten beginnen, als die Tür zu Darrells Haus aufflog und Cyrus herauskam.

Entsetzen verzerrte sein Gesicht, als seine Augen die meinen trafen. »Es ist so weit.«

Die Welt geriet ins Wanken, als ich mich zusammenriss. »Die Dämonen?«

Er nickte. »Annie kann sie spüren. Sie werden bald hier sein.«

Sie konnte sie spüren, bevor sie durch das Portal traten, als würde ihre Negativität bereits in Richtung Erde wehen. Ich konnte sie erst spüren, wenn sie angekommen waren. Wie auch immer, wir hatten keine Zeit, mehr Blut zu spenden, und ich wusste, was ich zu tun hatte.

KAPITEL EINUNDZWANZIG

ES GAB KEINE GUTE ALTERNATIVE. Ich hatte mich gefragt, wie ich mich fühlen würde, wenn die Zeit gekommen war, aber ich hätte die Antwort wissen müssen.

Ich musste meinen Leuten in der Stadt helfen. Schließlich waren die Engel die wahren Ziele der Dämonen, und ich musste bei ihnen sein, um diesen Krieg offensiv zu führen. Ich würde darauf wetten, dass die Engel bald in Panik geraten würden, weil sie nicht wussten, was sie fühlten oder was vor sich ging.

Ich holte mein neues Handy aus der Tasche und wählte Mutter an. Ich knirschte mit den Zähnen und hoffte, sie würde abheben. Aber der Anruf landete direkt bei der Mailbox.

»Die letzten Male hat es nur Minuten gedauert, bis die Dämonen durchgekommen sind«, knurrte Cyrus frustriert, als Killian, Luna, Darrell, Emmy, Martha, Annie und Sierra auf uns zustürmten.

Emmys rosiger Teint verblasste und ihr Lächeln wurde schwächer. Ihr dunkelbraunes Haar umrahmte ihr Gesicht und betonte ihre satingrauen Augen. Sie war fast so groß wie Sierra, etwa ein Meter siebzig, aber ihr Körperbau war muskulöser, ein Segen ihres Silberwolferbes. »Was zur *Hölle* ist hier los?«

Ich hatte mich gefragt, warum Jewel und Emmy nicht zurückgekommen waren, als Annie und das Silberwolfsrudel angegriffen worden waren. Ihre Reaktion bewies, dass keine der anderen sie auf die aktuelle Bedrohung aufmerksam gemacht hatte. Die Silberwölfe waren eng miteinander verbunden, deshalb hatte ich mich gewundert, dass die beiden nicht nach Hause zurückgekehrt waren. Mila war jetzt bei Jewel und dachte wahrscheinlich, dass das Portal geschlossen war und es keinen Grund zur Sorge gab.

Frustriert rief ich Vater an, aber es klingelte nicht einmal. Das einzige Mal, dass ich sie dringend brauchte – und sie waren nicht erreichbar. Also schickte ich beiden eine SMS und konzentrierte mich wieder auf das Gespräch.

»Du hast es ihr nicht gesagt?«, schimpfte Sierra.

Emmy verschränkte die Arme, sodass ihr lindgrünes Shirt ein wenig über ihre Jeans ragte. »Was hast du mir nicht gesagt?«

»Wir können dich später einweihen.« Martha fuhr mit der Hand durch ihr kurzes kastanienbraunes Haar, während sich ihre Augen verdunkelten. Sie war nur wenige Zentimeter kleiner als ihre Tochter, aber es war offensichtlich, dass sie nicht ganz so stark war ... und das sollte sie auch nicht sein. Immerhin war sie eine reguläre Wolfswandlerin.

Je mehr Zeit wir hier verbrachten, desto weniger Zeit würden wir haben, um die Stadt darauf vorzubereiten, sich zu verteidigen. »Ich gehe zurück nach Shadow City.«

Bist du wahnsinnig?, fragte Levi, dann zuckte er zusammen. *Ich weiß, dass du es in Erwägung gezogen hast, aber ich hätte nicht gedacht, dass du es durchziehst.*

Ich ziehe selten Dinge in Betracht, die nicht möglich sind. Das wäre sinnlos und eine Verschwendung von Energie. Du bist wegen deines Vaters in die Hölle zurückgekehrt. Meine Eltern sind in Shadow City und gehen nicht an ihr Handy. Ich muss sie warnen.

»Hältst du das für klug?« Killians Kiefer verkrampfte sich. Manchmal waren er und Levi so sehr auf einer Wellenlänge, dass es schon unangenehm war. »Sie werden dich nicht durch das Tor lassen, außer, um dich ins Gefängnis zu werfen.«

Ich hatte erwartet, dass Levi knurren oder unglücklich über Killians Einmischung sein würde, aber stattdessen sagte er: *Siehst du? Killian stimmt mir zu.*

Ich rollte mit den Augen. Jetzt war es für ihn in Ordnung, mit Killian einer Meinung zu sein. »Vielleicht. Aber die Dämonen sind hinter allen Engeln her. Nach meinem Kenntnisstand, hegen sie keinen Groll gegen eine andere Rasse.« Ich konzentrierte mich auf Bune und fragte: »Liege ich richtig?«

Er nickte. »Die Dämonen haben es nicht unbedingt auf andere übernatürliche Rassen abgesehen, aber sie werden nicht zögern, sie zu verletzen, wenn die Situation dadurch zu ihren Gunsten verändert wird. Aber ich glaube nicht, dass sie aktiv nach den anderen suchen werden, wie sie es bei den Engeln planen. Alles, was die Dämonen tun oder sagen, wird ein Weg sein, sie zu verletzen oder eine Reaktion von ihnen zu bekommen.«

»Deshalb muss ich dort sein. Jemand muss den Engeln die Wahrheit sagen, und sie werden auf niemanden außerhalb unseres Volkes hören.« Auch wenn Sterlyn, Griffin, Alex und Ronnie die ganze Geschichte kannten, würden die Engel sie nicht beachten. Aber wenn ich – jemand, den sie kannten und mit dem sie im Kampf trainiert hatten – auftauchte und zu ihnen sprach, würden sie vielleicht zuhören. Auch wenn ich technisch gesehen auf der Flucht war. Ich hasste es, zurückzugehen, da Erin, Azbogah und so viele andere entschlossen waren, Mutter und mich in ein schlechtes Licht zu rücken, aber ich konnte sie nicht im Stich lassen. So viele Engel wussten nichts von der Wahrheit, und Azbogah musste für seine Sünden büßen.

Killian öffnete den Mund, um zu widersprechen, aber Annie warf ein: »Wenn du meinst, dass du das tun musst, unterstützen wir dich.«

»Auch eine Art, im Namen aller zu sprechen.« Sierra schnaubte. »Aber ich weiß, dass ich meinen Arsch nach Shadow Ridge zurückbewege, um bei meiner Familie zu sein, also kann ich ihre Logik nicht infrage stellen.«

Levi drehte sich zu mir um und seine Augen verdunkelten sich. *Dir ist schon klar, dass ich mit dir komme.*

Ich schüttelte den Kopf. *Das würde nicht gut gehen.*

Und deine Rückkehr wird auch nicht gut gehen, aber ich weigere mich, dich allein in die Höhle des Löwen ziehen zu lassen. Seine Entschlossenheit durchströmte unsere Verbindung.

Er hatte den Verstand verloren. Vielleicht hatte ihm der Blutverlust zu schaffen gemacht. *Es gibt keine Löwenwandler in Shadow City oder sonst wo, also mach dir keine Sorgen.*

Das ist nicht ... Er hielt inne, schloss die Augen und ballte die Fäuste. *Schon gut. Der Punkt ist, wenn du gehst, gehe ich auch. Zusammen sind wir stärker.*

Verdammt! Er hatte mich in der Hand. Wenn wir uns trennen würden, wäre ich ununterbrochen in Sorge um ihn, und in der Stadt könnten die Dämonen nicht so leicht an ihn herankommen. *Also gut.*

Er zog eine Augenbraue hoch und grinste. *Dachtest du, ich würde um Erlaubnis bitten?*

Manchmal wünschte ich mir, er hätte Federn, damit ich ihn ordentlich rupfen könnte. Ich beschloss, seinen Kommentar nicht mit einer Antwort zu würdigen, und konzentrierte mich auf die anderen. »Das ist nicht verhandelbar. Levi und ich gehen zurück.«

»Bist du sicher, dass es klug ist, dass er mitkommt?« Cyrus biss sich auf die Unterlippe.

»Es ist mir egal, ob es klug ist oder nicht. Ich bin nicht damit einverstanden, dass sie allein in diese *Stadt* zurückgeht«, zischte Levi mit zusammengebissenen Zähnen.

Wir hatten keine Zeit. »Wir müssen uns auf einen Plan konzentrieren. Bune, was, denkst du, werden die Dämonen tun?«

»Die Stadt stürmen. Sie werden alles tun, was nötig ist, um die Barriere zu zerstören und jeden Engel zu verletzen, vielleicht sogar zu töten, und sie werden sie mit all ihrer Macht überrennen.« Bune runzelte die Stirn. »Die Stadt wird fallen – darauf haben sie seit über tausend Jahren hingearbeitet, und die Hexen in der Hölle haben nach einem Weg hinein gesucht.«

»Dann müssen wir nutzen, was wir haben.« Das Problem war, dass die Prinzen der Hölle alles über die Engel und die Stadt wussten, bevor sie abgeriegelt worden war. Das und ihre Überzahl ließen keinen Zweifel daran, dass sie mit einem Sieg rechneten, vor allem, wenn man bedachte, wie die übernatürlichen Rassen aufgeteilt waren. »Wir müssen den Zauber geheim halten, bis wir bereit sind, ihn im Krieg einzusetzen. Es wäre am besten, wenn ihr alle hier oder in den umliegenden Städten bleiben würdet, um die Dinge im Auge zu behalten, damit wir nicht überrascht werden.« Ich wandte mich an die Hexen. »Habt ihr genug Blut?«

Ich betete zu den Göttern, dass sie es hatten. Levi und ich mussten gehen. Jeder Augenblick, den wir hier verbrachten, bedeutete, dass wir weniger Zeit hatten, die Engel zu warnen, bevor die Dämonen kamen.

»Es wird reichen.« Eliza nickte. »Aber wir dürfen keinen Tropfen verlieren, bis die Zeit gekommen ist, in der wir alle kämpfen müssen.«

Da ich wusste, dass die himmlischen Lichter von Shadow City mich wieder aufladen würden, zapfte ich meine Magie an und richtete sie auf meine Hand. Als ich Levis verletzte Handfläche umklammerte, glühten meine Hände. Ich drückte meine Magie in seine Wunde und war dankbar, dass es sich um eine einfache äußere Verletzung handelte. Da die Magie durch meine beiden Hände drang, heilte meine Wunde zusammen mit seiner. In weniger als einer Minute hatten sich unsere Handflächen geglättet und nicht einmal eine Narbe zurückgelassen.

»Ich gehe zurück nach Shadow Ridge. Ich muss dafür sorgen, dass die Stadt in Sicherheit bleibt«, sagte Killian, während er seine Wagenschlüssel aus der Tasche zog.

Cyrus küsste Annie auf die Stirn und sagte: »Ich auch.«

»Lass mich mein Handy holen!« Annie drehte sich auf dem Absatz um, bereit, zum Haus zu watscheln.

»Babe, nein!« Cyrus schnitt eine Grimasse. Er musste gewusst haben, was als Nächstes kommen würde.

Sie verstummte und erinnerte mich an die Ruhe vor einem Gewitter.

»Während ihr entscheidet, wer wohin geht, brechen Levi und ich nach Shadow City auf.« Ich wollte mir den Streit nicht anhören, der daraufhin entstehen würde.

Annie mochte es nicht, zurückgelassen zu werden, und musste zumindest schmollen. Aber ich machte mir keine Sorgen, dass sie ihren Willen durchsetzen würde ... nicht, solange sie schwanger war. Auch wenn sie nicht von ihrem Gefährten getrennt werden wollte, würde sie schließlich das Wohl ihres Kindes über alles andere stellen. Sie konnte sich nicht verwandeln, solange sie schwanger war, und das würde mehr Schaden anrichten als helfen.

Bune klopfte Zagan auf die Schulter. Der ältere Mann sagte: »Genau genommen werde ich Levi und Rosemary begleiten. Ich sollte Rosemary helfen, die Geschichte zu erzählen, da ich auf beiden Seiten gewesen bin und dabei war, als alles passiert ist.«

»Warte!« Zagan verzog den Mund. »Du willst mich mit dieser Gruppe allein lassen?«

»Oh, tu nicht so, als wären wir so schlimm.« Sierra winkte ab. »Du kommst schon klar, und wenn es zu stressig wird, kannst du meine Augenweiden-Ablenkung sein, bis sich die Welt wieder beruhigt hat.«

Ich wollte die Augen verdrehen, aber das hätte sie nur ermutigt. »Bist du sicher, dass du zurückgehen willst?«, fragte ich Bune.

»Ich hätte gegen Azbogah kämpfen und meine Verbindung zu Marissa nicht verstecken sollen.« Bune ließ den Kopf hängen. »Diese Abrechnung ist längst überfällig, und ich habe es satt, ein Schachfigürchen zu sein. Es ist an der Zeit, dass ich die Kontrolle übernehme.«

Genau so fühlte ich mich auch, also würde ich seine Entscheidung nicht weiter infrage stellen. Es würde mir nicht gefallen, wenn jemand mich herausforderte, obwohl ich meine Entscheidung getroffen hatte.

Annie stöhnte, während eine Hand ihre Brust und die

andere ihren Bauch umklammerte. Ihr Atem ging rasend schnell. »Sie kommen durch das Portal.«

Wir hatten keine Zeit mehr.

Ich drehte meine Flügel wieder auf die glatte Seite und hob vom Boden ab. Levi und Bune verwandelten sich in ihre Dämonengestalten und folgten mir.

»Argh, ich begleite euch«, stöhnte Zagan, als er sich ebenfalls verwandelte. »Ich wäre lieber bei euch, wenn die Prinzen uns finden, denn wenigstens hat Levi das Schwert seiner Mutter.«

Auch wenn er es nicht gesagt hatte, war die Andeutung klar. Die Prinzen würden die drei ohne zu zögern töten. Ich war mir jedoch nicht sicher, ob einer von ihnen bei mir sicherer war. Die Engel würden nicht erfreut sein, sie zu sehen.

Dass alle drei Dämonen nach Shadow City kamen, war nicht ideal, aber wenigstens lief Zagan nicht weg.

»Passt alle gut auf euch auf, und wenn ihr ein Problem habt, ruft mich an!« Ich wollte sie nicht im Stich lassen, aber wie Bune angedeutet hatte, sollten die Dämonen sie größtenteils in Ruhe lassen. Ihre Wut würde ihre treibende Kraft sein, und sie würden sich darauf konzentrieren, zu den Engeln zu gelangen.

Jetzt, da wir geheilt waren und ich zurück nach Shadow City fliegen konnte, erwartete ich ein Gefühl der Erleichterung. Aber jeder Flügelschlag beschwerte meinen Körper mit Furcht. Ich konnte nicht glauben, dass dies geschah, aber der Kampf hatte sich zusammengebraut, seit Azbogah die Hexe den Zauber sprechen lassen hatte, der die Erzengel zu Fall gebracht hatte. Ich war mir nicht sicher, warum er das überhaupt getan hatte. War es die Macht wert, die meisten der eigenen Brüder zu Fall zu bringen?

Rosey, alles wird gut, sagte Levi neben mir. Er nahm meine Hand und verschränkte seine Finger mit meinen.

Obwohl ich ihm erlaubte, mich zu berühren, durchströmte mich die vertraute Hitze der Verärgerung. *Sag nichts, von dem du nicht wissen kannst, dass es wahr ist! Unwahrheiten werden mich nicht beruhigen.*

Das habe ich auch nicht versucht. Ich spüre deine Angst, und ich möchte sie lindern. Seine Frustration durchdrang unsere Verbindung.

Ich verstehe, dass du gute Absichten hast, aber ich mag es, mit Fakten zu arbeiten. Tatsache ist, dass wir es nicht nur eilig haben, vor den Dämonen in Shadow City anzukommen, sondern dass wir dabei sind, uns selbst in eine prekäre Situation zu begeben. Wir könnten alle im Gefängnis landen, oder wir könnten sterben, wenn die Dämonen uns zuerst erreichen. Unsere beste Hoffnung ist, es in die Stadt zu schaffen und alle zu warnen. Obwohl sie die Gefahr vermutlich früh genug selbst erkennen würden. Wie auch immer, wenn wir nicht zurückgingen, würden die Engel nicht verstehen, womit sie es zu tun hatten. Sie würden Azbogahs Lügen glauben, und die Situation könnte noch viel schlimmer ausfallen.

Levis Emotionen veränderten sich. *Das klingt nicht nach dem knallharten Engel, den ich auf der Lichtung getroffen habe.*

Ich bin immer noch sie, und ich war schon immer ein Fan von Logik. Es wird weder in der Stadt noch draußen bequem sein, aber das heißt nicht, dass ich nicht gegen jeden kämpfen werde, der sich uns in den Weg stellt. Verstehe meine Besorgnis nicht als Aufgeben! Seit ich Sterlyn kennengelernt und mich ihrer Familie von Sonderlingen angeschlossen hatte, kämpften wir stets gegen alle Widrigkeiten. Ich hatte nie erwartet, zu gewinnen, aber irgendwie waren wir meistens unbeschadet davongekommen. Dieses Mal könnte anders ausgehen, aber ich weigerte mich, aufzugeben. Nachdem die Wahrheit gesagt worden war, würde ich Azbogah und jeden einzelnen seiner Anhänger bekämpfen, ebenso wie die Dämonen, die ihre Menschlichkeit verloren hatten. Für mich waren sie alle ein und dasselbe: Seelen, die nicht mehr zu retten waren. Sie hatten ihre Wahl getroffen und mussten damit sterben, auch wenn es meinen letzten Atemzug kostete.

Obwohl ich seine Gesichtszüge nicht sehen konnte, spürte ich das Lächeln, das sich auf seinem Gesicht ausbreitete. *Das ist mein Mädchen.*

Wärme blühte in meiner Brust auf. Ich war noch nie jemand gewesen, der auf positive Bestätigungen reagierte, aber mit Levi war alles anders. Durch ihn fühlte sich die Last nicht so schwer an.

Negative Energie stürzte so stark auf mich ein, dass sie mir den Atem raubte. Ich drehte mich zu der Rudelsiedlung um, in der Sterlyn ihre Kindheit verbracht hatte, und Erbrochenes stieg in meiner Kehle auf.

Der Dämonenschwarm verdunkelte sich mit jedem Moment, in dem mehr von ihnen durch das Portal sickerten. Sie waren bereits auf halbem Weg in die Stadt und bewegten sich mit Höchstgeschwindigkeit. »Ich weiß, dass du mir Zahlen genannt hast, aber es ist etwas anderes, es mit eigenen Augen zu sehen.«

Levi zuckte zusammen, als Zagan hinter mir aufkeuchte.

Es war nicht gerade beruhigend, Zagan so überrascht zu sehen.

»Sie wissen auch genau, wohin sie müssen«, sagte Bune. »Und sie werden dorthin eilen, in der Hoffnung, sie unvorbereitet zu erwischen.«

Das bedeutete, dass wir es noch eiliger hatten. Ich zwang mich, schneller zu fliegen. Die Nachtschattenschwestern würden Zeit benötigen, um die Zauber zu verstärken und einen Plan innerhalb und außerhalb der Stadt zu entwickeln.

Ich schwebte auf die Stadt zu, spürte Levis Anwesenheit neben mir und hörte Zagan und Bune schnauben. Jede Sekunde kam mir länger vor als die letzte.

Als Shadow Ridge unter uns auftauchte, weinte ich fast vor Freude. Die Freude währte jedoch nicht lange, als ich die Gruppe von Menschen bemerkte, die die Straße in der Innenstadt entlangschlenderte.

Angespannt wurde ich langsamer. »Sind wir sicher, dass sie die Menschen oder die Stadtbewohner nicht angreifen werden?« Ich wollte sie ungern hier draußen lassen.

»Sie werden sich nicht auf sie konzentrieren«, wiederholte Bune. »Allerdings kann ich nicht versprechen, dass sie alle sicher sind. Das Beste, was Killian und die anderen unternehmen können, ist, sie in den Häusern und außer Sichtweite zu halten.«

Wir mussten Sterlyn und Griffin erreichen, damit sie diese Nachricht weitergeben konnten. Wir mussten alles tun, was wir konnten, um die Unschuldigen zu schützen.

Bald erreichten wir die Brücke von Shadow Ridge. Die Seile schwangen leicht in der Brise, und der Wind wurde kühler, da er nun vom Fluss her wehte.

»Ich habe fast vergessen, wie groß die Brücke ist«, murmelte Bune von hinten.

Unsicher, ob er das laut hatte sagen wollen, schwieg ich. Ich war mir ohnehin nicht sicher, wie ich darauf reagieren sollte.

Ich flog tiefer, da die Menschen mich nun nicht mehr

sehen konnten. Ich wünschte mir fast, der Zauber würde die Stadt auch vor Übernatürlichen verbergen, aber das wäre egal. Die Dämonen hatten ihre eigenen Hexen, und sie wussten, wo sich Shadow City befand. Sie würden uns trotzdem angreifen können.

Sobald die Wachen mich sahen, drehten sie die Kurbel und öffneten das Tor.

So schnell hatte man mir noch nie Einlass gewährt. Panik durchströmte mich, mein Brustkorb zog sich zusammen und das Atmen fiel mir schwer. Ich hatte gewusst, dass es nicht einfach werden würde, und es hatte keinen Sinn, mich von dieser Angst erdrücken zu lassen. Das würde nur dazu führen, dass ich weniger klar denken konnte. Ich wollte auf keinen Fall umkehren.

Als das Tor fast halb geöffnet war, kam Breena, eines der Mitglieder des Hexenrats, heraus und stellte sich mit einem anderen Mitglied des Hexenzirkels davor.

Ihre kaffeebraunen Iriden leuchteten im Sonnenlicht. Ein Windhauch wirbelte ihr hüftlanges, waldbodenbraunes Haar hinter ihr auf, und sie fröstelte, als sie sagte: »Du hättest nicht zurückkommen sollen, Rosemary.«

Breena war eine der wenigen Hexen in Shadow City, die keine Abscheulichkeit in ihrer Seele trugen. Tatsächlich fühlte sich ihr Geist ähnlich an wie der ihrer Mutter, der ehemaligen Priesterin. Breenas Mutter hatte sich mit Atticus, Griffins Vater, und einigen anderen Wandlern verbündet, um die Öffnung der Tore voranzutreiben und Shadow City zu dem Ort zu machen, den sich alle ursprünglich vorgestellt hatten. Sie war der entscheidende Faktor bei der Abstimmung gewesen, war aber einige Tage später auf mysteriöse Weise gestorben. Nach ihrem Tod waren ihre beiden Töchter, Breena und Diana, ihrer Schwester Erin übergeben worden, die nicht nur ihren Platz als Priesterin übernommen hatte, sondern auch daran arbeitete, ihre Nichten dahingehend zu verändern, dass sie mehr wie sie wurden. Diana war ihr erlegen, aber aus einem unbekannten Grund hatte Breena dem schrecklichen Einfluss widerstanden.

»Glaub mir, wenn ich eine andere Wahl gehabt hätte, wäre ich nicht gekommen.« Lügen war zwecklos. Ehrlichkeit war mir in Fleisch und Blut übergegangen.

Wir müssen rein, schaltete sich Levi ein und löste damit ein wenig Panik in mir aus.

Ich wirbelte herum und konnte nicht glauben, was ich sah. Die ersten Dämonen waren schon fast auf der Brücke. Ich flog hinein und schrie dem Wolfswächter, der das Tor bediente, zu: »Schließ das Tor, *sofort*!«

»Was?« Der Wolf warf einen Blick aus dem Fenster auf die Brücke und runzelte die Stirn. Die Wölfe konnten sie nicht sehen. »Warum bist du so panisch?«

Ich sagte: »Dämonen nähern sich.«

Sie hielten inne, als hielten sie das für einen Trick. Konnten sie so dumm sein? Warum sollte ich mich *in der Stadt* einschließen lassen, wo ich doch als flüchtig galt?

Levi flackerte neben mir auf, und die Wolfswandlerin, die mir am nächsten war, riss die Augen auf. Sie stotterte: »Wie hat er das gemacht? Ist er eine Hexe?« Sie sah Breena an, um eine Antwort zu erhalten.

Breena schüttelte den Kopf und hob die Hände, als würde sie einen Zauberspruch vorbereiten.

In diesem Moment erschienen Bune und Zagan in ihrer menschlichen Gestalt.

»Was hast du getan?«, fragte Breena, und ihr Kiefer verkrampfte sich, während sie sich auf einen Zauber vorbereitete.

Sie musste sich konzentrieren. »Breena, hör auf! Diese

drei gehören zu mir, und sie sind hier, um zu helfen.« Die Verzweiflung ließ mich fast würgen, als ihre Hände sich weiterbewegten. »Du kennst mich. Ich würde hier drinnen niemanden in Gefahr bringen. Such da draußen, und du wirst die Bedrohung spüren, die auf uns zukommt. Diese Männer sind nicht Teil davon. Bitte!«

Sie zögerte, aber etwas in ihrem Gesicht veränderte sich. Dann schloss sie die Augen und richtete ihre Magie nach außen.

Obwohl sie mir zugehört hatte, ließ sie sich zu viel Zeit. Ich drehte mich um und bemerkte, dass die ersten Dämonen schon auf halbem Weg über die Brücke waren. Sie würden in wenigen Minuten bei uns sein.

Das Geräusch schlagender Flügel rückte näher, und ich drehte mich in Richtung des Kapitols. Ich hoffte, dass es meine Eltern waren – wenigstens würden sie zuhören und mir helfen, das Tor zu schließen.

Doch es war Azbogahs Gestalt, die immer größer wurde, als er auf uns zu glitt.

»Schließt das Tor!«, schrie Breena, während ihr Gesicht rot anlief.

Ich zwang mich, mich wieder zur Brücke umzudrehen, und erstarrte vor Entsetzen.

Wir würden das Tor nicht mehr rechtzeitig schließen können.

KAPITEL ZWEIUNDZWANZIG

DIE ERSTEN FÜNF Dämonen waren noch etwa hundert Meter entfernt. Sie waren der Meute ein wenig voraus, und wenn die Wachen das Tor jetzt herunterließen, könnten sie die einzigen sein, die durchkamen.

Beide Wachen starrten völlig ahnungslos auf die Dämonen.

Es gab keine Möglichkeit, sie daran zu hindern, in die Stadt zu gelangen.

»Heilige Schatten!«, murmelte Zagan. Er sah sich in der Stadt um und beobachtete die bunten Lichter, die um ihn herum flackerten. »Das ist wie ein Traum.«

»Jetzt ist nicht der richtige Zeitpunkt«, schimpfte Bune. »Um all das kannst du dich später kümmern. Konzentriere dich!«

Breena holte zittrig Luft und schnippte mit der Hand. *»Movere rotam!«*

Als sich die Zahnräder der Kurbel in Bewegung setzten, hätte ich vor Erleichterung fast geweint.

Azbogahs Gesicht verzog sich vor Wut, als er näher kam. Eine Ader in seinem Nacken wurde sichtbar, als sein

Blick erst auf Bune und dann auf die Dämonen fiel, die auf uns zustürmten. Er fragte leise: »Was ist hier los?« Dann fiel sein Blick auf die Gestaltwandler. »Tötet die drei und schließt das Tor so schnell wie möglich! Steht nicht herum, während unsere Stadt angegriffen wird!«

Das reichte natürlich aus, um die Wachen in Bewegung zu setzen.

»Sie sind hier, um uns zu helfen. Nur so können wir das hier überleben.« Ich warf einen Blick auf meine Leute hinter ihm. »Du würdest es merken, wenn ich gelogen hätte, und ich sage die Wahrheit. Ohne diese drei haben wir keine Chance, diesen Krieg zu gewinnen.« Dann konzentrierte ich mich auf seine belastende Frage. »Und tu nicht so, als wüsstest du das nicht! Du hast sie gespürt. Die Dämonen sind im Begriff, die Stadt zu stürmen.«

»Das *sehe* ich«, schnauzte er. »Aber es sind bereits drei Dämonen in der Stadt, die du beschützt. Sie müssen mit den anderen nach draußen befördert oder getötet werden.«

Levi, Bune und Zagan verkrampften sich, aber ich weigerte mich, Azbogah die Kontrolle über die Situation zu überlassen. Er erwartete von allen, auch von mir, dass sie ihm gehorchten, und er musste einsehen, dass ich ihn zwar die meiste Zeit meines Lebens besänftigt hatte, dass diese Zeit aber vorbei war. Fortan würde ich der Dorn in seinem Auge sein. »Dann wirst du mich auch verbannen oder töten müssen.« Ich würde mich auf keinen Fall von Levi trennen. Er hatte recht – gemeinsam waren wir stärker.

Bring dich für mich nicht in eine noch prekärere Lage! Levis Augen verengten sich. *Deine Sicherheit ist das Wichtigste, und wenn die Prinzen der Hölle erfahren, wer du für mich bist, bist du außerhalb der Stadt einem größeren Risiko ausgesetzt.*

Ich fuhr mit meiner Rede an Azbogah fort. »Jetzt ist

nicht die Zeit für Drohungen, denn wütende Dämonen sind dabei, das Tor zu stürmen.« Ich drehte Azbogah den Rücken zu und wollte, dass er meinen Zorn zu spüren bekam. Er konnte mich nicht manipulieren. Nicht mehr. Zu Levi sagte ich: *Das ist Azbogah. Er ist der Grund, warum wir in dieser Situation sind. Er hat die Dämonen verraten und die Engel belogen. Seine Zeit ist zu Ende.*

Ich rechnete mit einer Erwiderung Azbogahs, aber er schwieg. Vielleicht verstand er, dass dies nicht der richtige Moment war, um seine Tirade fortzusetzen, nicht, wenn ein Angriff unmittelbar bevorstand.

Das Tor war etwa zu drei Vierteln geschlossen. Die Wachen waren zur Kurbel geeilt und halfen Breena, das Tor schneller zu schließen.

Das Blut pulsierte in mir, und ich stellte mich auf das Unvermeidliche ein. Diese fünf Dämonen würden durchkommen, wenn nicht noch mehr.

Bereite dich auf den Kampf vor! Ich nahm meine Kampfhaltung ein und stellte meine Füße schulterbreit auseinander. »Behaltet alle das Tor im Auge!«

Ich war mir nicht sicher gewesen, ob Bune und Zagan Waffen trugen, und als sie ihre Messer nahmen, atmete ich auf und meine Schultern entspannten sich ein wenig. Ich hatte nicht damit gerechnet, dass sie bewaffnet waren. Das war eines der schönen Dinge daran, ein Engel zu sein – meine Federn waren meine beste Waffe und immer zur Hand. Manchmal vergaß ich, dass andere übernatürliche Rassen über keine eingebaute Verteidigung verfügten.

Als das Tor nur noch Millimeter vom Boden entfernt war, schlüpften die fünf Dämonen wie erwartet durch den Spalt. Ihre roten Augen blitzten auf, als sie erkannten, dass sie es in die Stadt geschafft hatten. Mir war aufgefallen, dass Dämonenaugen hell aufleuchteten, wenn sie wütend oder aufgeregt waren. Mehr konnte ich nicht ausmachen, aber es war mir auch egal, den Unterschied zu erkennen.

Die Dämonen, die außerhalb der Stadt gefangen waren, hämmerten gegen das Tor und versuchten, es zu durchbrechen, aber die verstärkten Zaubersprüche verhinderten, dass sie durch die Ritzen drangen. Die Wandlerwachen sprangen auf und starrten ungläubig auf das Tor, ihr Atem ging hektisch.

Es war ein Leichtes, fünf zu töten, aber es würden unweigerlich immer mehr kommen. »Breena, hol den Hexenzirkel und verstärke jeden Zauber, der die Stadt umgibt!«

Sie lachte atemlos. »Der Bann und das Engelsholz sollten stark genug sein, um sie fernzuhalten. Es ist ja nicht so, dass es tausend von ihnen gibt.«

Bune hob sein Messer, bereit zum Angriff. »Du hast recht.«

Sie seufzte vor Erleichterung. »Siehst du ...«

»Es werden etwa zweitausend sein, mit mindestens ein paar hundert Schattenhexen in ihrer Mitte«, fuhr er fort.

Sie keuchte, dann holte sie ihr Handy aus der Tasche und tätigte den Anruf.

Da ich wusste, dass die Hexen bald kommen würden, und ich keine Zeit verlieren wollte, flog ich auf den Dämon zu, der mir am nächsten war.

Die fünf waren abgelenkt, ihre Aufmerksamkeit galt den Lichtern. Ihrer Reaktion entnahm ich, dass sie von einem Dämon geboren worden waren. Auf keinen Fall waren sie jemals Engel gewesen. Alle gefallenen Engel hatten im Himmel gelebt und waren mit den Lichtern vertraut.

Ich drehte meine Federn auf die rasiermesserscharfe Seite. Ich fürchtete mich zwar vor dem klebrigen blauen

Blut, das meine Flügel überziehen und meine Federn verkleben würde, aber es war besser, als den Dämonen zu erlauben, zu leben und Unheil anzurichten.

Der Schlag meiner Flügel riss sie aus ihrer Benommenheit, als Bune, Levi und Zagan meinem Beispiel folgten. Es waren fünf, also würde einer von uns zwei töten müssen ... und das konnte genauso gut ich sein.

Zischend richtete derjenige, auf den ich zusteuerte, seinen Blick auf mich. Der Dämon erwartete meinen Angriff. Das war in Ordnung, es würde sowieso keine Rolle spielen. Ich hielt dieses Exemplar nicht für einen ihrer Elitekämpfer, aber ich würde niemanden unterschätzen.

»Ich werde der Erste sein, der einen Engel tötet«, sagte die Dämonin glucksend. Ihr Lachen war nasal – ein furchtbar unangenehmes Geräusch.

Sie wollte mich verunsichern, aber das würde ich nicht zulassen.

»Sollen wir Rosemary jetzt verhaften?«, fragte der männliche Wolfswächter, der nicht sehen konnte, was vor sich ging.

»Nein, du Schwachkopf«, bellte Azbogah dicht hinter mir. »Es sind Dämonen in der Stadt. Sieh zu, dass sich das Tor nicht öffnet!«

»Dämonen?« Die Wache sah sich um, auf der Suche nach der Bedrohung.

Die weibliche Wache stand neben der Kurbel, aber der Mann wollte mitmischen. Er würde sich wehtun.

Wir mussten die aktuelle Bedrohung beseitigen, damit die Engel zusammenkommen und die ganze Stadt über die Situation informieren konnten. Offensichtlich erwarteten die Wandler, in der Lage zu sein, die Dämonen zu sehen. Sie wussten sogar noch weniger, als mir klar gewesen war, aber die Engel sprachen selten über unsere gefallenen

Brüder. Wir gaben nur ungern zu, dass ein großer Teil unseres Volkes so korrupt geworden war. Es war uns peinlich, und deshalb vermieden wir das Thema absichtlich. Ich hatte nicht gewusst, wie man einen Dämon bekämpfte, bis meine Mutter mich in ein paar Techniken eingeweiht hatte, die sie gelernt hatte, als die Dämonen noch in der Nähe gewesen waren. »Ihr könnt sie in ihrer Dämonenform nicht sehen«, sagte ich zu den Wachen. »Das können nur diejenigen, die von Engeln abstammen.«

»Also werden wir jeden, der uns sehen kann, töten.« Die Stimme der Dämonin erhob sich leicht und es klang, als würde sie lächeln.

Die Wachen rissen ihre Köpfe in die Richtung, aus der das Geräusch gekommen war, und ihre Augen weiteten sich vor Entsetzen.

Ich wollte, dass sie aufhörte, zu reden, und schwang meine Flügel, um sie zu enthaupten. Als ich mich umdrehte, bemerkte ich, dass Bune, Levi, Zagan und sogar Azbogah ihre eigenen Kämpfe begonnen hatten.

Meine Flügel bekamen nur Luft zu fassen. Verdammt, die Dämonin war würdiger, als ich es ihr zugetraut hatte. Ich drehte mich wieder um und machte mich bereit, erneut zuzuschlagen.

Aus den Augenwinkeln sah ich, wie Azbogah mit starrem Kiefer auf einen Dämon zuflog. Der Dämon wich ihm mühelos aus und in meiner Brust blubberte ein Lachen.

Es überraschte mich nicht, dass Azbogah sie tot sehen wollte. Wenn einer von ihnen lange genug überlebte, könnte er sein schmutziges Geheimnis verraten, was bedeutete, dass er auch Levi, Bune und Zagan töten wollte. *Sei vorsichtig. Azbogah könnte seinen Zorn gegen euch drei richten, um euch vom Reden abzuhalten.* Ich könnte nicht damit leben, wenn einem von ihnen etwas zustoßen würde. Ich hatte sie freiwillig hierhergebracht, also würde ihr Tod an meinen Händen haften.

Mach dir keine Sorgen. Das erwarten wir. Es ist etwas, was die Prinzen der Hölle tun würden.

Doch Azbogah war nicht gefallen. Das hatte vorher keinen Sinn ergeben – bis ich erfahren hatte, dass ein Zauber die Erzengel dazu gezwungen hatte.

»Ihr Engel seid nicht in Form«, meinte die Dämonin lachend.

Mein Verlangen, ihre Kehle durchzuschneiden, wurde von Sekunde zu Sekunde stärker. Ich hasste es, angestachelt zu werden, vor allem von einer so bösartigen Person wie ihr. Ich funkelte sie an, ohne darauf zu achten, ob sie meine Reaktion sah. Ob es ihr gefiel oder sie verärgerte, war irrelevant. Es war schon vorgekommen, dass Sterlyn und die anderen eine Verletzung vorgetäuscht hatten, um die Emotionen des Gegners zu manipulieren, aber ich weigerte mich, auf diese Weise zu kämpfen. Ich wollte auf meine Weise gewinnen, ohne zu versuchen, meinen Gegner zu täuschen.

Sie schwebte ein paar Schritte von mir entfernt, und ich versuchte, das Geräusch von flatternden Flügeln und stampfenden Füßen auszublenden. Der Kampf würde schneller vorbei sein, als mir lieb war, wenn ich mich nicht um die Bedrohung vor mir kümmerte.

Ich konnte kurz die Umrisse der Hand der Dämonin erkennen. Sie musste eine Waffe gezogen haben – heimlich. Immerhin hatte ich sie entdeckt, bevor sie versuchen konnte, sie gegen mich einzusetzen.

Ich bewegte mich auf sie zu. Ich wollte, dass sie dachte, ich würde sie niederschmettern, weil ich keine Ahnung hatte, welche Art von Waffe sie trug. Es könnte ein

Schwert, ein Dolch, eine Sense oder etwas ganz anderes sein. Jede Option würde meine Strategie beeinflussen.

Ihre Augen wurden schmal und ihre Augenwinkel hoben sich, was mich zu der Annahme verleitete, dass sie ein breites Lächeln im Gesicht hatte. Mein Instinkt musste richtig sein.

Ich bereitete mich darauf vor, meine Flügel nach oben zu bewegen, und kam erneut näher, wobei ich ihre Seite im Auge behielt. Wenn sie ein Schwert hatte, würde sie ihren Angriff früher beginnen, weil die Waffe weiter reichen würde. Wenn ich mich jedoch zu schnell bewegte, würde sie ihre Waffe so lange versteckt halten, bis ich zu nahe war, um ihr auszuweichen. Sie wollte das Überraschungsmoment, und ich respektierte das. In ihrer Situation würde ich das Gleiche tun.

Das Problem war nur, dass es vielleicht nicht offensichtlich sein würde, wenn sie sich bewegte. Gegenwärtig verschmolzen ihre Arme mit dem Rest ihres Körpers, also musste ich hoffen, dass ich eine leichte Bewegung oder ein Zucken bemerken würde, wie beim Griff nach ihrer Waffe.

Mein Kopf schrie mir zu, mich zu bewegen, aber ich beschloss, meinem Instinkt zu folgen. Da musste etwas dran sein, zumal Sterlyn und die anderen immer ihrem Bauchgefühl folgten. Ich hatte nie verstanden, was sie gemeint hatten ... bis jetzt.

Als ich höher emporstieg, schlug die Dämonin mit einem doppelseitigen Kurzschwert genau dort zu, wo ich noch vor Sekundenbruchteilen gestanden hatte. Die Waffe war nur geringfügig größer als ein Dolch, hatte aber eine Klinge auf beiden Seiten des Griffs. Deshalb war sie in der Lage gewesen, ein wenig länger zu warten, bevor sie zugeschlagen hatte.

Sie knurrte frustriert, während sie sich nach oben

bewegte. Sie schlug erneut nach mir, aber ich bewegte meine Flügel und blockte den Schlag ab. Das Schwert prallte von meinen Federn ab und taumelte auf den Zement.

Das war besser gelaufen, als ich es mir erhofft hatte.

Ihr Blick folgte dem Schwert, als es aufschlug, und ich nutzte die Gelegenheit, mich erneut zu drehen und meine Flügel in Richtung ihres Halses zu bewegen. Sie schwebte so weit zurück, dass ich sie erneut verfehlte, und ich biss die Zähne zusammen.

Ich hatte erwartet, sie innerhalb von Sekunden zu töten, und nun hatte ich es zweimal versucht und war gescheitert. Das war inakzeptabel.

Um ihr keine Gelegenheit zu geben, nach ihrer Waffe zu greifen, ließ ich mich fallen. Wie erwartet, hatte sie sich bereits entschlossen, ihr Schwert zu holen, in der Hoffnung, ich würde nicht schnell genug sein, um sie zu erreichen.

Ich stieß mit ihr zusammen. Dieses Mal war sie diejenige, die überrascht wurde, und sie hauchte mir ihren ranzigen Atem ins Gesicht.

Es bestand kein Zweifel, dass dies der Geruch einer verwesenden Leiche war. Er verursachte ein unangenehmes Gefühl in meinem Magen, und die Eier, die ich an diesem Morgen gegessen hatte, krochen meine Kehle hinauf.

Ich schluckte das Erbrochene hinunter, wobei meine Kehle brannte.

Dann schlug ich ihr ins Gesicht und ihre Kälte ließ mich erschaudern. Der einzige Dämon, bei dem ich mich nicht unwohl fühlte, war Levi, aber er war die Ausnahme von jeder Regel, wenn es um unsere Verbindung ging.

Ihr Kopf schnellte zurück, und ich trat ihr ins Gesicht.

Ich musste sie so verletzen, um sie anschließend einfacherer töten zu können.

Blaues Blut strömte aus ihrer Nase auf den Boden. Die Farbe ihres Blutes bestätigte einmal mehr, dass sie sich von ihrer Menschlichkeit abgewandt hatte.

Ich drehte mich schneller – ich wollte, dass dieser Kampf vorbei war. Ich wollte nicht, dass die anderen Engel rechtzeitig eintrafen, um mich in meinem Kampf zu unterstützen. Sie würden das, was ich über Azbogah zu sagen hatte, weniger ernst nehmen, wenn ich ihren Respekt als außergewöhnliche Kriegerin verloren hatte.

Meine Federn durchschnitten Fleisch und meine Flügel brachen Knochen. Ihr Blut sickerte über mich und klebte meine Federn zusammen. Blut beeinflusste meine Flügel im Allgemeinen, aber das blaue Dämonenblut war bei Kontakt klebriger und wurde wie Leim, wenn es trocknete.

Ihr Kopf fiel zu Boden, immer noch in Schattenform. Ihr Körper blieb einen Moment in der Luft, bevor er ebenfalls zu Boden fiel.

Ich drehte mich um und sah, wie Azbogah seinem Gegner den Garaus machte und Levi den Hals seines Dämons durchtrennte. Zagan und Bune atmeten schwer und wischten sich das Blut von ihren Schwertern auf ihre Jeans.

Ein paar Sekunden später hatte Azbogah seinen Dämon erledigt, aber er schnaubte, als Blut auf seine Federn spritzte. Er schlug mit den Flügeln, als würde er denken, dass er damit die Substanz abbekommen würde, und ich grinste. Er hatte seine Fähigkeiten in den vergangenen tausend Jahren eindeutig nicht aufrechterhalten – wenn er überhaupt jemals ein guter Krieger gewesen war.

Ich sah mich um und erblickte Erin, die auf das Tor

zurannte, ihr schwarzes Haar mit den scharlachroten Strähnen wehte hinter ihr her. Mindestens fünfzig Mitglieder des Hexenzirkels folgten ihr, aber sie beachteten uns nicht. Sie bewegten sich alle zum Tor und sprachen Zaubersprüche.

»Rosemary!« Mutter schrie vor Angst.

Meine Aufmerksamkeit fiel auf sie. Etwas stimmte nicht. So hatte ich sie noch nie klingen hören. Ich konzentrierte mich auf sie ... und hielt inne.

Sie sah ganz anders aus als die Mutter, die ich kannte. Ihre normalerweise hellgrünen Augen waren dunkelgrün, und ihr bernsteinfarbenes Haar glänzte nicht – es war unordentlich. Ich hatte sie noch nie so ungepflegt gesehen, und mein Magen verkrampfte sich.

Vater schwebte neben ihr. Sie waren nur noch wenige Meter entfernt. Er sah größtenteils unverändert aus, aber sein weißer Anzug war leicht zerknittert.

»Was ist los?« Irgendwie brachte ich die Worte hervor.

Sie flog auf mich zu und ihre Unterlippe zitterte. »Was *los* ist?« Sie streckte ihre Hand in Richtung Tor aus. »Du wirst mit Artefakten erwischt, brichst aus dem Gefängnis aus und kommst dann mit drei Dämonen an deiner Seite – und dieser Horde hier – zurück.«

Verdammt! Ich hatte nicht bedacht, wie das aussehen würde. Ich hatte mich darauf konzentriert, zurückzukommen, um sie zu warnen, aber es sah so aus, als hätten wir das Problem selbst verursacht.

Zwanzig Engel befanden sich hinter ihnen, mit Munkar, Phul, Ishim, Ingram und Eleanor.

Das Hämmern gegen das Tor wurde immer lauter.

Natürlich waren Ingram und Eleanor in vorderster Reihe und hofften, meinen Untergang zu beobachten.

»Pahaliah, rede du mit ihr!«, rief Mutter und warf ihre

Hände in die Höhe.

So hatte ich sie noch nie gesehen. Die wenigen Erinnerungen, die aus meiner emotionalen Zeit aufgetaucht waren, hatten sie lächelnd und nicht aufgewühlt gezeigt.

»Apropos Dämonen«, höhnte Azbogah und starrte Levi, Bune und Zagan an, »wir müssen sie jetzt töten. Seht euch an, was sie mitgebracht haben!«

»Wenn ihr sie tötet, dann müsst ihr auch mich töten.« Ich würde nicht tatenlos zusehen, wie mein Gefährte, sein Vater und mein ... Quasi-Freund getötet wurden, obwohl sie hierhergekommen waren, um die Stadt und die anderen Engel, die in die Irre geführt worden waren, zu schützen.

Während sie ihr langes dunkelgoldenes Haar über ihre Schulter warf, funkelten Eleanors dunkelblaue Augen hasserfüllt. »Oh, ich wäre mehr als erfreut, Rosemary zu töten.« Abscheu durchzog jedes ihrer Worte und sie fletschte mit den Zähnen.

Ich war nicht überrascht. Ihr Groll rührte daher, dass Mutter sie zunächst großgezogen hatte. Eleanor hatte erfahren, dass ihre eigene Mutter, Hecate, sie im Stich gelassen hatte, und als meine Mutter dann herausgefunden hatte, dass sie mit mir schwanger war, hatte sie eine andere Familie für Eleanor gefunden. Eleanor gab mir die Schuld an ihrer Verdrängung und lenkte ihren Groll über die Vernachlässigung durch ihre Mutter und meine Mutter auf mich.

Mir wurde flau im Magen. Könnte dies die Tochter von Hecate sein? Jetzt, da ich genauer hinsah, erkannte ich eine Ähnlichkeit mit der Dämonin. Aber jetzt war nicht der richtige Zeitpunkt, um mich auf diese neue Information zu konzentrieren.

»Sei still, Eleanor!«, befahl Azbogah, dessen graue Augen die Farbe dunkler Gewitterwolken angenommen hatten und auf mich gerichtet waren. »Warum um Himmels willen würdest du dein Leben mit ihrem aufs Spiel setzen, zumal einer von ihnen Zugang zu einer dämonischen Waffe erlangt hat?«

An diesem Punkt waren Geheimnisse sinnlos. Ich trat auf Levi zu, nahm seine Hand, die glücklicherweise nicht blutverschmiert war, und sagte laut: »Weil Levi mein vorbestimmter Partner ist und das Dämonenschwert rechtmäßig ihm gehört, da seine Mutter, Marissa, tot ist.«

Charity, ein Engel, der hinter Ingram stand, stieß ein lautes Keuchen aus. »Marissa?«

»Du *Närrin*«, fauchte Azbogah, während er sie anstarrte. »Marissa ist gefallen. Das darfst du nicht vergessen.«

»Und wissen unsere Leute genau, warum und wie alle Engel gefallen sind?« Ich hob mein Kinn, bereit, die Wahrheit ans Licht zu bringen.

Zum ersten Mal in meinem Leben sah ich, wie sich Azbogahs Augen vor Angst weiteten. Er hielt inne.

Ich hatte immer gedacht, dass dieser Moment erfreulich sein würde, aber stattdessen machte er mich nur noch wütender. »Und, tun sie das?« Man hatte mir beigebracht, dass die Wahrheit befreiend war, aber das war nicht der Fall. Der Angriff würde nicht enden, sobald die Engel erfahren hatten, was passiert war, und auch der drohende Verlust von Leben würde nicht verhindert werden. Die Wahrheit zu erfahren, würde uns vielmehr dazu bringen, uns den Unwahrheiten zu stellen, die wir zu glauben *gewählt* hatten.

Denn das war die Wahrheit – unsere Entscheidungen waren das Einzige, was zählte.

Und nun war es an der Zeit, dass die Engel erkannten, was sie sich erlaubt hatten, zu werden.

Lesen war schon immer eines meiner liebsten Hobbys, schon als kleines Mädchen. Als Kleinkind haben mir meine Eltern immer wieder Geschichten vorgelesen. Ich hörte sie so oft, dass ich die Bücher auswendig kannte und die Geschichte Wort für Wort aufsagen konnte.

Zu meinen Lieblingsgenres gehören Fantasy, Paranormales und zeitgenössische Liebesromane. Deshalb schreibe ich natürlich auch am liebsten darüber.

Ich habe einen Mann, zwei kleine Töchter und einen Mini Australian Shepherd. Ich habe die meiste Zeit meines Lebens in Tennessee gelebt und liebe diesen Staat.

Ich bin extrem koffeinsüchtig und trinke für mein Leben gerne Kaffee und Lattes.

Ich freue mich sehr, wenn du auf meiner Seite vorbeischaust. Du kannst mich gerne kontaktieren.

E-Mail: authorjenlgrey@gmail.com

www.jenlgrey.com

Erwachte Magie

Die Verborgener-König-Serie

Drachengefährte

Drachenerbe

Drachenkönigin